NINRAGON

DER RING DER ELFEN 3

GEISTERHEXER

HORUS W. ODENTHAL

Bibliografische Information der Deutschen Nationalbibliothek:

Die Deutsche Nationalbibliothek verzeichnet diese Publikation in der Deutschen Nationalbibliografie; detaillierte bibliografische Daten sind im Internet über http://dnb.dnb.de abrufbar.

Impressum

Deutsche Erstausgabe 01/2025
Copyright © 2025 by Horus W. Odenthal
Lektorat: Django
Korrektorat: Myra Frost
Covergestaltung: Elementi.studio
NINRAGON-Logo: Martin Schlierkamp
Horus W. Odenthal, 52525 Heinsberg, Overather Feld 20

Verlag: BoD · Books on Demand GmbH, In de Tarpen 42, 22848 Norderstedt, bod@bod.de
Druck: Libri Plureos GmbH, Friedensallee 273, 22763 Hamburg
ISBN: 978-3-7693-2509-6

Trage dich jetzt in meinen Newsletter ein und erhalte kostenlos das eBook „Schwerter, Streige, Zwielichtpfade" mit drei exklusiven Geschichten aus den Welten meiner Romane, die sonst nirgendwo zu haben sind.

Unter diesem Link bekommst du das kostenlose eBook:

http://eepurl.com/dEtt_5

DER RING DER ELFEN

GEISTERHEXER

WAS BISHER GESCHAH ...

Erion hat sein großes Ziel erreicht. Er ist mit seinen Gefährten, der Dwerc Kunja, dem Duerga Duvruk und der Firimduerga Malaiar, tatsächlich auf die sagenhafte Graue Schar der Sechzehnten gestoßen. In dieser Truppe hat der Widerstand gegen die Kinphauren, die unter ihrer dunklen Heerführerin Kinphaidranauk bereits einen Großteil der Länder der Menschen besetzt haben und nach totaler Unterwerfung streben, ein neues Symbol gefunden.

Doch damit ist sein Traum, einer von ihnen zu werden, noch längst nicht wahr geworden. Er findet zu seiner Überraschung heraus, dass die Sechzehnte, bis auf ihren Anführer Auric, ausschließlich aus Ninraé besteht, der Rasse seiner Mutter.

Dennoch gibt es Widerstand, ihn überhaupt in diese Truppe aufzunehmen. Am stärksten wird dieser Widerstand von dem Ninra Findrac verkörpert, der zur Führungsriege der Sechzehnten, dem sogenannten *Ring der Neun*, gehört und Erions Mutter kannte, bevor sie nach dem Tod ihres menschlichen Mannes die Gemeinschaft der Ninraé verließ. Findrac scheint eine Abneigung gegen Erions Mutter und ihre Art zu hegen, die sich auch in einem Groll, ja, einem unerklärlichen Hass gegen ihren Sohn Erion ausdrückt. Wo er nur kann, legt er Erion Steine in den Weg. So widersetzt sich Findrac vehement seiner Aufnahme in die Sechzehnte.

Der Sechzehnten, die sich jetzt nicht länger auf Blitzattacken aus dem Nichts heraus beschränkt, sondern offen in den Krieg zieht, schließen sich bald weitere Rebellentruppen an: die straff organisierte Turmgarde unter den ehemaligen Stadtgardisten Choraik und Danak, sowie die Freien Vanarands, eine bunte Truppe unter Führung der Kriegerin Ama-Ria.

Erion ist mit seinen Freunden aus der unterirdischen Duergastadt Kharnuk-Bragha geflohen, wo sie unter der despotischen Herrschaft König Morlughs leiden mussten. Es gelang ihnen, ihre Verfolger – darunter der von Rache besessene Morlugh – in einem harten Kampf zu besiegen. Doch jetzt scheint fraglich, ob sich Erions Freunde überhaupt dem Widerstand anschließen wollen. Vor allem Kunja hat auf ein friedliches Leben in irgendeiner vorurteilsfreien Gemeinschaft weitab vom Kriegsgeschehen gehofft. Erst als sie Zeugen der von den Kinphauren und ihrer Verbündeten angerichteten Gräuel werden, überzeugt sie dies, dass sie nicht länger tatenlos zusehen können. Sie schließen sich den Freien Vanarands an, um zu verhindern, dass die Kinphauren unter ihrer Heerführerin alle Länder der Menschen erobern und ein neues dunkles Zeitalter einläuten.

Erion wird von den entsprechend begabten Ninraé-Magierinnen Siganche und Fianaike auf etwaige verborgene magische Talente oder andere Gründe untersucht, die eine Aufnahme in die Sechzehnte rechtfertigen würden. Dabei erscheint Erion bei einer gemeinsamen Reise ins Geisterland der Drache Anaudragor, was zur Offenbarung eines Mals führt, das er mit allen der Sechzehnten teilt. Es kommt danach jedoch zu einem von Erions Anfällen, die ihn sein

Leben lang begleiten und mit zunehmendem Alter immer häufiger und stärker auftreten.

Die beiden Ninraé stellen fest, dass in Erion eine Dämpfung vorliegt, die verhindert, dass er auf magische Kräfte zurückgreifen kann. Diese führt vermutlich zu einem Widerstreit seiner Ninraé- und seiner Menschennatur, einem ständigen Kampf, der zu den Anfällen führt und ihn langsam aufzehren und schließlich töten wird.

Ein Familiar, eine Geistesschöpfung, die es ansonsten Nicht-Ninraé mit der grundsätzlichen Befähigung erlaubt, durch sie Magie zu wirken, scheint dafür eine Lösung.

Da Findrac sich offen dagegen ausspricht, ist Erion gezwungen, sich zu beweisen und durch Anzeichen von latenten magischen Befähigungen zu rechtfertigen, dass für ihn ein solcher Familiar erschaffen wird.

Was die Aufnahme in die Sechzehnte betrifft, so macht ihm das Beispiel von Amara Hoffnung. Sie ist ein Mädchen, jünger als er, scheinbar ohne jede magische Begabung, die dennoch im Kreis der Neun wie ein vollwertiges Mitglied behandelt und geschätzt wird.

Amara bricht zusammen mit ihrem Anführer Auric, den die Elfen auch Ninragon nennen, immer wieder zu geheimnisvollen Streifzügen mit unbekanntem Ziel auf.

Erions Hoffnungen erhalten einen Dämpfer, als sich Amara ebenfalls als Magierin herausstellt und eine Probe in einer verlassenen Schmiede auf ein in ihm schlummerndes magisches Talent negativ ausfällt. Für Amara ist das Feuer die Schwelle zwischen stofflicher und geistiger Welt. Im Feuer der Esse erkennt Erion jedoch keines der gewünschten Zeichen. Zudem hat er dabei auch noch einen Anfall.

Kunja jedoch, die Zeuge dieser Probe vor dem Schmiedefeuer ist, erblickt in den Flammen die Schlackengestalt eines Mannes unter einem Torbogen.

Amara gibt sich selbst die Schuld am Scheitern des

Versuchs, denn sie erkennt in der Erscheinung ihren Vater Alekarn, der zum Hüter der Schwelle des Feuers aufgestiegen ist.

Erion staunt über die wunderbaren Dinge, die sich an Amara offenbaren, und sieht im Vergleich mit ihr seine Chancen in weite Ferne rücken.

Ein Training mit Siganche, um etwaige magische Talente bei Erion herauszubilden, zeigt, dass jeder Versuch dazu nur seine Anfälle hervorruft und die Gefahr durch sie verschlimmert.

Findrac jedoch setzt sich weiter dagegen ein, dass Erion ohne magische Fähigkeiten einen Familiar erhält. Die restlichen Mitglieder des Rings der Neun sind gezwungen, sich diesem Entschluss zu beugen, da sie auf Findrac und seine Unterstützer, unter denen sich viele Magier finden, angewiesen sind.

Inzwischen ist das Ziel ihres Feldzugs bekannt. Man will die Stadt Hugen erobern, um ein Zeichen zu setzen, was ein Zusammenschluss der Kräfte des Widerstands erreichen kann. Das soll die anderen Rebellengruppierungen überzeugen, sich ihnen anzuschließen.

In den Kämpfen, die sie auf ihrem Marsch auf Rhun durchstehen müssen, will Erion sich beweisen, um doch noch zu rechtfertigen, dass er in die Sechzehnte aufgenommen wird und einen Familiar erhält, der ihm vielleicht das Leben retten würde. Aber Findrac und sein Gefolgsmann Hauptmann Viancar sorgen dafür, dass Erion aus allen Kämpfen herausgehalten wird.

Erion wird dazu einer Einheit unter dem Hauptmann Gangratz zugeteilt, zu der auch Horam Horamsohn, der mürrische Murnig und der Lange Firk gehören. Sie alle sind eher froh, dass ihnen durch ihr „Maskottchen" die wirklichen Kämpfe erspart bleiben.

Nach diesen Schlachten wird Erion klar – endgültig durch Amaras Offenbarung ihm gegenüber –, dass sie die

„Geheimwaffe" der Sechzehnten ist. Sie vermag es, jeden, dessen „Signatur" sie kennt, durch magische Gewalten zu vernichten. Auf ihren Streifzügen mit Auric hat sie solche Signaturen ausgespäht oder Orben erbeutet – die Artefakte, mit denen Kinphauren untereinander ihre Geistesbotschaften übermitteln –, auf denen solche Signaturen zum Teil in größerer Zahl gespeichert sind.

Als Erions Einheit wieder abseits einer entscheidenden Schlacht stationiert wird, gerät er durch Zufall in die Lage, zu verhindern, dass eine gefährliche feindliche Kommandoeinheit aus dem Hinterhalt ihrem Heer in den Rücken fällt. Dies gelingt durch Erions heldenhaften Einsatz zusammen mit seinen Freunden und den Leuten um Hauptmann Gangratz.

Allesamt wären sie dabei jedoch der Attacke eines gespenstischen Magiers zum Opfer gefallen – eines sogenannten Birgenvetters –, wenn sich bei Kunja in dieser verzweifelten Notsituation nicht besondere Kräfte gezeigt hätten, die es ihr ermöglichten, den Feuerzauber des Birgenvetters abzufangen und gegen ihn selbst zu richten.

Das Erscheinen des Hüters der Feuerschwelle galt tatsächlich Kunja. Er erschien unter seinem Torbogen, um ihr seinen Segen zu geben, ihre magischen Fähigkeiten zu ergreifen.

Durch eine gerissene Verdrehung der Tatsachen gelingt es Findrac, Erions Einsatz als Versagen darzustellen, für das er bestraft werden sollte.

Kunja dagegen, die ihre Fähigkeiten gezeigt hat, erhält etwas später in einem Schöpfungsritual in einer alten Mühle einen Familiar – nicht ihr Freund Erion, der ihn doch so dringend braucht. Kunja selbst leidet sehr darunter. Daher bleiben auch ihre Kräfte weit hinter den Erwartungen zurück.

Inzwischen ist den Rebellentruppen ist eine große Gefahr erwachsen:

Kinphaidranauk hat ihren „Vollstrecker" Brannaik-Var in den Norden entsandt, um den Vormarsch der Rebellen aufzuhalten.

Dieser hat in Hugen zerstrittene Kinphaurenklans geeint und den Widerstand gegen den Vormarsch der Widerstandstruppen koordiniert. Dabei hat er sich eng mit Sindaurak verbündet, einem Angehörigen der Kinphauren-Abteilung der Bannerklingen, die schon immer auf manchmal verdeckten Wegen ihren Krieg gegen die Feinde ihrer Rasse führte.

In einer letzten Schlacht vor Hugen wollen sie das Rebellenheer durch eine List besiegen. Ohne dass es ihre Feinde bemerken, tauschen Brannaik-Var und Sindaurak die bisher für die Schlacht vorgesehenen Magier gegen solche aus, die Amara mit ihrem Trick nicht treffen kann.

Die Rebellen sind dabei, ins offene Messer zu laufen.

Der in die Reserve verbannte Erion bekommt durch die Waldläuferin Slagni Wind von dieser Falle für das ganze Widerstandsheer.

In ihm reift der Plan, die Schlacht zu retten, indem er einen Orbus aus der Hand von Sindarauk erobert, auf dem die Signaturen der tatsächlich in der Schlacht eingesetzten Magier enthalten sind.

Er überzeugt Slagni, seine Freunde Kunja, Duvruk und Malaiar sowie die hünenhaften Brüder Buron und Hurn davon, sich ihm anzuschließen. Sindauraks Versteck stellt sich jedoch als Falle heraus. Den verzweifelten Kampf gegen eine Übermacht können Erion und seine Gefährten nur überleben, weil sich bei Kunja, mit dem sicheren Tod ihrer Freunde konfrontiert, das volle Potenzial ihrer Fähigkeiten zeigt.

Jetzt jedoch gilt es, den erbeuteten Orbus zu Amara in die bereits tobende Schlacht zu bringen. In einem beinahe selbstmörderischen Vorstoß durch feindliche Reihen und einem letzten dramatischen Ritt Erions gelingt die Übergabe an Amara.

Der wird es dadurch möglich, die beinahe verlorene Schlacht zu wenden.

Dafür wird Erion der graue Mantel der Sechzehnten verliehen. Sein Triumph hat jedoch einen bitteren Beigeschmack. Es zeigt sich, dass auch ein Familiar ihm keine Rettung bringt. Im Gegenteil: Sogar das Erscheinen eines Familiars in seiner Nähe löst die Anfälle aus. Durch deren Stärke und Häufigkeit verkürzt sich die ihm verbliebene Lebenszeit zusehends.

Die Hoffnung auf einen Ausweg und Rettung wird Erion so verwehrt.

Kunja, die längst einen Familiar erhalten hat und von der er sich jetzt fernhalten muss, wenn sie Magie wirkt, ist zu Tode betrübt.

Findrac jedoch beklagt im Stillen, dass er jetzt ständig Erion im Mantel der Sechzehnten vor sich sehen muss. Er trauert um seine große Liebe, die einen anderen – einen Menschenmann – ihm vorgezogen hat: niemand anderes als Erions Mutter.

Das Kind, das sie und sein verhasster Rivale miteinander hatten, steht ihm nun ständig vor Augen als Zeichen seiner Schande.

TEIL I

MEHR ALS DER TOD

1

DER ZORN DER KINPHAUREN

Kinphaidranauk, „Zorn der Kinphauren", stand inmitten des Halbdunkels uralter Ruinen zwischen mächtigen, kantigen Viereckpfeilern. Sie waren vom Zahn der Zeit angenagt, von Rissen durchzogen und mit Scharten übersät. Zu ihrer Basis hin wurden sie auf beirrende Art schmaler, wie es dem Baustil ihrer Rasse entsprach.

Die Heerführerin der Kinphauren trug ihre schwarze, perfekt geformte Rüstung, ohne die sie nur ihre Leibgarde der Drachenklingen jemals sah. Schlankgliedrig, groß und geschmeidig war sie, was durch die Rüstung nur noch betont wurde. Deren glatte, glänzende Teile griffen vollendet ineinander und gemahnten an den Außenpanzer eines fremdartigen Organismus. So erschien sie darin eher wie eine bizarre, insektenartige Kampfkreatur denn wie ein normales sterbliches Wesen einer menschenähnlichen Rasse. Auf dem Kopf türmte sich ein Helm, der diesen befremdlichen Eindruck noch verstärkte und allein das Gesicht freiließ – knochenbleich, in seiner Linienführung von erlesener, exquisiter Schönheit, doch gleichzeitig dadurch nur noch erschreckender und furchteinflößender.

Augen mit Pupillen wie schwarze Nägel bohrten sich in die um sie versammelten Gestalten, die im Zwielicht der Ruinen nicht minder schaurig und gespenstisch wirkten.

Lange Roben trugen sie, deren Säume beinahe über den Boden streiften und denen etwas Leichentuchartiges, Zerfetztes anhaftete. Ihre Köpfe waren umhüllt von Knochenkappen mit kreisrunden Bohrungen für die Augen. An deren Seiten wölbten sich Auswüchse weg, die an riesige versteinerte Libellenflügel oder fossil verwachsene Krallen denken ließen. Ein gebrochener Schnabelrest ragte aus den Knochenschädeln hervor, reichte abwärts geneigt bis hin zu schmalen dunklen Lippen, von denen aus sich netzförmige, in Spiralen verlierende Tätowierungen über bleiche, falbe Haut hinab zum Kinn wanden.

„Ihr seid erschienen", sprach die schwarz gepanzerte Kinphaidranauk, und ihre Stimme hallte hohl in der Leere verwaister Hallen und Gänge wider. „Und das in maßgeblicher Zahl."

„Ihr habt gerufen", erwiderte eines der Geschöpfe mit den Knochenschädeln als Kopfbedeckung, ohne jedoch sonst eine Regung zu zeigen, als handelte es sich bei ihnen tatsächlich um zu Säulen erstarrte Versteinerungen.

„Das will ich hoffen, dass mein Ruf immer noch Grund genug für euer Kommen ist."

„Warum sollte sich daran etwas ändern? Da wir doch ein Bündnis miteinander geschlossen haben?" Die Gestalt legte den Kopf schief und ein Geräusch bohrte sich durch das staubige Gemäuer der Ruinen, als würden die Knochennähte seiner Schädelkappe gegeneinander scharren.

Die Gestalt mit der Knochenkappe schien jetzt zu zögern und dabei die Kinphaurenfrau in der schwarzen, glatten Rüstung eingehend zu mustern. „Ihr habt Euch verändert?", sagte sie schließlich. „Eure Augen ..." Der

Wortführer der Versammlung von Birgenvettern verstummte. Ein seltsam sprödes Knacken ertönte, wie das Brechen eines kleinen Knochens.

Tatsächlich waren die Augen der Heerführerin in jenem vollendet geformten Gesicht dunkel umrandet, etwa wie bei einem schwärzlich-violetten Bluterguss. Von den aschenen Augenhöhlen ausgehend durchzog ein wucherndes Geflecht blau-schwarzer Adern das knochenweiße Antlitz. Der gletscherblaue Nagelkopf der Iris wirkte darin umso eisiger, erschreckender.

Sie blieb ungerührt unter dem eingehend prüfenden Blick.

Der Sprecher der Birgenvettern hob die Hand, wodurch der zerfetzte Ärmelrand zurückrutschte und eine von gelblicher Haut überzogene, skeletthaft abgemagerte Hand entblößte. Er hob sie, als wollte er sie ausstrecken, um das veränderte, dunkel geäderte Gesicht über die Entfernung hinweg zu betasten. Auch schien die bleiche, glatte Haut Kinphaidranauks gespannt, wie leicht gedunsen und mit einem milchigen Sekret überzogen.

„Eure Augen?", fragte der Sprecher der Birgenvettern erneut. „Euer Gesicht?"

Kinphaidranauk hob schräg den Kopf in dem ihn übertürmenden schwarzen Helm – ein wenig zu ruckartig, um es natürlich erscheinen zu lassen –, als wollte sie fragen, was der Sinn hinter der Frage sei.

„Ist es …" Die spröde Stimme des Birgenvetters stockte beinahe bis an den Rand des Stammelns. „Ist es … ein Zeichen? Ist es so weit? Beginnt es?"

Auch jetzt antwortete Kinphaidranauk nicht. Keine Spur einer Regung zeigte sich auf ihren hochmütig unmenschlichen Zügen. Sie nickte nur sacht, kaum merklich, beinahe nicht wahrnehmbar. Und es schien, als würde ein Aschehauch von der schwarzumrahmten Gletscherhöhle ihrer Augen fortstäuben.

Der Birgenvetter nahm dies als Antwort. „Gesegnet sei Anaudragor", sprach er und neigte sein Haupt, ehrfurchtsvoll auf eine Weise, die nicht zum Rest seiner Erscheinung passen wollte.

Die anderen seiner Reihe senkten als Antwort ebenfalls ihre knochenschädelumhüllten Häupter.

Kinphaidranauk beschrieb mit einem Schlenker ihrer gepanzerten Hand einen perfekten Bogen, der den Halbkreis aller Birgenvettern einschloss. Einen Moment verharrte sie in einer Haltung, die man als huldvoll hätte annehmen können.

Dann, als wäre ihr Schweigen mit Worten gefüllt gewesen, fuhr sie zu den Birgenvettern gewandt fort. „Ihr redet da von unserem Bündnis. Schätzt ihr ihn denn noch, unseren Pakt?"

„Unser Bund bleibt ungebrochen." Die Stimme klang kratzig wie das Scharren von morscher Steinplatte gegen Steinplatte. „Warum sollte daran ein Zweifel bestehen?"

Kinphaidranauk schien anzuwachsen, die Schatten hinter ihr schienen sich auszudehnen, bläulich-violett, dann dergestalt mit ihr eins zu werden, als hätte sie sich in die Höhe gereckt und die Schultern gespreizt, als hätte sie dort rein aus ihrem Willen heraus einen ausladenden Panzerschutz wachsen lassen.

„Warum es daran Zweifel geben sollte? Weil ihr im Norden vor allem durch Abwesenheit geglänzt habt!" Plötzlich war ihre Stimme ein Donnern, das die Pfeiler der Ruine beben und in ihrer Basis knirschen ließ. Staub rieselte in feinen Wehen von einer schattenverhangenen Decke herab. „Weil ihr euch rar gemacht habt, wo eure Anwesenheit dringend geboten gewesen wäre!"

Ihre Stimme schien aus den Grundfesten des uralten Bauwerks heraufzudröhnen. „Weil ihr dort, wo es unser Pakt gefordert hätte, jedes Handeln unterlassen habt."

Sie ließ eine Pause, in der es nicht das natürliche Echo

ihrer Worte war, das zwischen den Säulen der uralten Ruinen widerhallte. „Weil uns dadurch Hugen verloren ging."

Die Birgenvettern schwiegen. Lange unberührter Staub regte sich auf dem Boden und trieb in arkanen Wirbeln umher, die sich ganz auf Kinphaidranauk auszurichten schienen.

„Nicht nur das", donnerte nach dem Moment der Ruhe ihre Stimme erneut. „Ihr habt nicht nur in Zeiten nichts getan, wo nach eurem eigenen Ermessen die Treue zu unserem Pakt ein Handeln dringend geboten hätte … ihr habt euch auch aus einer Schlacht zurückgezogen, in der euer Einsatz ausdrücklich geplant und abgesprochen war."

„Wir haben …"

„Ja, einer von euch, ein Einziger, war tatsächlich vor Ort, doch dann hat er sich wieder zurückgezogen. Eine Schlacht, die durch sein Eingreifen gewonnen werden sollte, ging daraufhin verloren."

Es schien, als würden die sie umgebenden gärenden, schwarz-violetten Schatten Atem holen, dann donnerte sie mit einer Stimme, die dutzendfältig überlagert klang und nicht nur von ihr allein kommen konnte.

„Wie wollt ihr mir das erklären?"

Die Ruinen schienen zu beben, die Konturen zu zittern, die Gestalten der Birgenvettern zu schwanken. Doch noch immer zeigte keiner von ihnen eine Regung.

„Es ist uns geboten", sagte schließlich der eine, der auch zuvor schon der Wortführer gewesen war, „zu unserem eigenen Schutz und um Eurem Kampf und unserem Pakt weiter dienlich sein zu können, mit unseren Mitteln und Quellen sorgsam umzugehen. Dort war es ratsam, sich zurückzuziehen und die Kraft für eine spätere Gelegenheit aufzusparen."

„Warum? Was war der Grund?"

„Es ist dort eine neue, merkwürdige Art von Magierin aufgetreten …"

„Was für eine Art soll das sein? Erleuchtet mich!"

Jetzt schien der Wortführer der Birgenvettern zu schwanken, als würde hier etwas berührt, über das er lieber nicht sprechen wollte. „Wir können es nicht bestimmen. Wir sind uns nicht einmal sicher, ob sie eine echte Magierin im strengen Sinne ist. Doch … sie reicht an Quellen, die sie nicht berühren können sollte …"

Die Schatten um Kinphaidranauk wogten, brodelten gärend. „Ihr schwafelt. Ihr versucht mir auszuweichen", sagte sie barsch und schneidend.

Jetzt schien sich der Wortführer der Birgenvettern wie im Trotz zu strecken. „Was wollt Ihr wissen? Genügt es nicht, dass unsere gesamte Schutztruppe aus Vikhnar-Var getötet wurde? Reicht das nicht aus, ihre Gefährlichkeit darzustellen?"

Er trat einen Schritt näher auf Kinphaidranauk zu. Die Schatten verschoben sich in der kahlen, staubigen Halle. „Außerdem …" In seiner knarzenden Stimme klang eine Spur von Zorn an, ein scharfer, raspelnder Ton. „Ihr sprecht von einem Pakt? Aber dennoch hat der, den Ihr vermutlich als Euren ersten Erzverheerer angesehen habt, uns angegriffen. Auf unserem eigenen Boden!"

„Gelion? Erster Erzverheerer?", tönte Kinphaidranauks Stimme scharf und hart durch den Raum. „Er war *nichts*. Das hat sich am Ende gezeigt. Als er euch angriff, hat er gegen meine ausdrückliche Order gehandelt. Und jetzt ist er tot."

Sie neigte den Kopf auf jene befremdliche Weise, die einem räuberischen Insektenwesen glich. „Damit", sagte sie, „betrachte ich diese Angelegenheit als beendet. Wir sollten uns nun der Gegenwart zuwenden."

Stille senkte sich über die Halle, in welcher der Fall von Staubkörnern ein Echo zu haben schien und leiser Donner von einem fernen Ort jenseits aller irdischen Gemarkungen herüberdröhnte.

Hinein hallte Kinphaidranauks Stimme, hart wie eine Klinge, wie der Schlag des Hammers auf einem Amboss. „Steht ihr nun zu unserem Bündnis oder wollt ihr euch offen gegen die Drachentochter stellen?"

„Drachentochter?", entgegnete der Birgenvetter. „Das ist ein großes Wort, das ..."

Er kam nicht dazu, seinen Satz zu vollenden. Kinphaidranauk unterbrach ihn, während um sie die Schatten wuchsen.

„Ja, es *ist* ein großes Wort. Und es hat große Macht. Doch es ist nicht nur ein Wort allein."

Die Schatten um sie erhoben sich, und sie hatten ein Gewicht, das wie eine schwere Last unter der Decke der Halle hing, ja, sie zu sprengen drohte. Sie dehnten sich aus, krochen darunter her und glichen der Schicht eines Unwetterhimmels, der über die Versammlung der Birgenvettern dahinzog.

Ein Zucken ging durch deren Reihe. Dann begann es um sie herum, frostig bleich zu flirren. Ein kaltes, rumorendes Wummern wie Trommelschlag ging von ihnen aus, ein Beben, das sich ringförmig ausdehnte. Wieder erhoben sich Staubkörnchen vom Boden und krochen träge darüber entlang.

Mit einem fahlen Leuchten wucherte Blitzgeäder über ihren Köpfen hoch.

Kinphaidranauk schien sich nur noch weiter zu strecken, ihre Glieder schienen nur noch schlanker und langgezogener zu werden, bis alles Menschenähnliche aus ihnen zu verschwinden schien.

Ein Schlag ging durch die Schatten, die sich um sie erhoben hatten. Ein hartes dröhnendes Wummern wie der Schlag einer Pauke.

Alles Blitzgewucher über den Häuptern der Birgenvettern erstarb darunter, als hätte eine gigantische Hand die Reste eines schwach noch glimmenden Feuers erstickt.

Der Raum bebte. Die Birgenvettern fuhren zusammen.

Hinein in das Rumoren tönte die schneidend scharfe Stimme Kinphaidranauks. „Wagt ihr es, euch wider mich zu erheben?"

Ein erneuter Paukenschlag, der weniger von den Ohren als durch jeden Partikel der Materie wahrgenommen wurde.

Die Birgenvettern erzitterten, wenngleich ihre Haltung ungerührt blieb. Ihre frostig bleiche Aura war erloschen.

Schließlich beugte der Wortführer unter ihnen als Antwort leicht sein Haupt.

Die Schatten um Kinphaidranauk zogen sich zurück.

„Gut", sagte sie. „Dann werden wir jetzt darüber reden, wie ihr zukünftig die Drachentochter unterstützen werdet."

2

STRASSENKAMPF

Erion lief durch die Straßen Hugens.

Johlende, schreiende, manchmal kreischende Stimmen jagten sich von Gasseneingang zu Gasseneingang. Jeden Moment erwartete er, dort verzerrte Fratzen hervorstürzen zu sehen, die ihm grausige Grimassen schnitten. Dämonen, die ihn durch die Straßen einer eroberten Stadt jagten. Doch die hervorbrechenden Schreckgespenster blieben aus.

Stattdessen lagen die Straßen Hugens größtenteils verlassen vor ihm. Gespenstisch verlassen. Die wenigen Bewohner, die sich ihm zeigten, eilten eilig wie fliehendes, vom Licht erhaschtes Ungeziefer zu ihren Zielen hin oder drückten sich rasch zurück in Schatten, düstere Hauseingänge und Gassen.

Das Unheimliche daran war jedoch, dass die Straßen nur meist gespenstisch verlassen dalagen. Unvermittelt konnte es geschehen, dass man im Vorbeilaufen plötzlich Menschenmassen sah, die in wildem Tumult schreiend einen Straßenzug entlangstürmten, ohne erkennbares Ziel. Dass man Eindrücke einer wilden Gewalttat erhaschte, jemand, der von einer Gruppe von Leute zusammengeschlagen wurde, ein Körper, der blutend auf dem Pflaster lag, während jemand anderer floh. Alles war hier regellos in dieser von ihnen eroberten Stadt. Alles konnte geschehen.

Das machte es so gefährlich.

Woher kamen dann jetzt die Stimmen?

Von solch unerklärlichen Mobs und Menschenaufläufen? Ganz eindeutig hörte er Schreie und Kampflärm von irgendwoher. Jäh brachen sie hervor, verflüchtigten sich dann und zogen weiter. Wie Dämonen, die unter der Oberfläche der Wirklichkeit durchtauchten, um nur hin und wieder und ganz kurz nah an sie heranzukommen oder kurz den Kopf hindurchzustrecken.

Er fühlte sich beim Laufen beengt an den Schultern. Der graue Mantel der Sechzehnten mit seinem dicken, gewachsten Stoff saß ihm noch ungewohnt und fühlte sich wie ein hemmender Fremdkörper an.

Auch Grolk hatte anscheinend Probleme damit, dass sich der Platz auf Erions Schulter, an dem er sich normalerweise festklammerte, jetzt anders anfühlte. Statt dort zu hocken, wetzte er in langen Sätzen neben ihm her.

Wo blieben nur die anderen?

Gleich würde er die Stelle erreichen, wo Hilfe gebraucht wurde, und wie würde es aussehen, wenn er dort allein aufkreuzte? Ein einzelner Junge, wenngleich im grauen Umhang der Sechzehnten.

Eine weitere Kreuzung. In ihrer Flucht sah er den Umriss der eroberten Zitadelle aufragen. In deren Hintergrund stieg Rauch auf. Ein Sieg und Einmarsch in Hugen bedeuteten noch lange nicht, dass die Stadt jetzt ihnen gehörte. Wer so etwas angenommen hatte, der war einem Irrtum erlegen.

Was nur einmal mehr zeigte, was für ein unerfahrener Narr er doch war.

Bevor er mit der Häuserecke die Kreuzung hinter sich

ließ, bemerkte er gerade noch eine Gruppe von Leuten, vielleicht eine Großfamilie, die mühsam versuchte, einen schwer bepackten Karren die Straße hinaufzuziehen und sich argwöhnisch nach ihm umsah.

Die nächste Abzweigung, nur eine Gasse.

Zuerst hörte er bloß, von den Wänden zu beiden Seiten hin- und hergeworfen, den Fall schwerer Schritte auf dem Pflaster, dann erklang schon die dröhnende Stimme, die ihm nur allzu bekannt war und die er in den letzten Tagen schmerzlich vermisst hatte.

„Da ist er ja, unser Leichtfuß! So kennen wir ihn. Eilt schon schnellen Fußes zum Ort der Not. Auch ohne den ihm zugeteilten Einsatztrupp. Weil …“

„… er kriegt das hin!“, setzte eine zweite gehetzte Stimme wie aufs Stichwort den Satz fort.

Erion stoppte seinen Lauf ab. Ihm entfuhr ein Seufzen der Erleichterung. „Ah, endlich! Da seid ihr ja! Ich dachte schon, ihr hättet mich im Stich gelassen …“ Er stockte, weil ihm die tönernen Füße, auf denen die ganze Sache stand, wieder ins Bewusstsein traten. „… weil ihr im letzten Moment doch noch dringend irgendwo anders eingesetzt worden wärt.“

Duvruk war nicht nur der Erste, den er gehört hatte, er erreichte ihn auch zuerst. Seine graue, breitschultrige Masse verdeckte beinahe den Blick in die Gasse dahinter. Und auf die, die ihm folgten.

Das waren zwei, erkannte er erstaunt. Zunächst war da Malaiar, die er ebenfalls benachrichtigt hatte. Doch sie war nicht allein.

„Kunja!“, stieß er verblüfft den Namen aus.

Sie erwiderte nur kurz, trotzig seinen Blick, sah dann wieder weg.

„Ich hoffe, es ist in Ordnung, dass ich sie mitgebracht habe“, meinte Duvruk. „Ich dachte mir, bei so einem Einsatztrupp kann man jeden Mann und jede Frau gebrauchen." Er stockte, zog ernst seine Brauenwülste über den gelben Augen zusammen. „Und mit ihren besonderen Fähigkeiten …"

Ihre Fähigkeiten, ihre Fähigkeiten! Als hätten die was mit dem ganzen Groll zu tun, der zwischen ihnen herrschte! Als ob ihm das irgendwas ausmachte! Ihr aber anscheinend schon.

„Hallo, Kunja."

„Hallo, Erion", erwiderte sie knapp.

Er hatte sie tatsächlich länger nicht mehr gesehen als Duvruk. Nach der letzten Untersuchung durch Siganche, bei der Kunja dabei gewesen war und bei der sich herausgestellt hatte, welchen Einfluss Familiare – wie zum Beispiel Kunjas schwarze flammengefleckte Eichhörnchenechse – auf ihn hatten, war es nur noch zu einem einzigen Versuch der Aussprache zwischen ihnen gekommen.

Der war nicht gut ausgegangen.

Und, war das etwa seine Schuld?

Grolk schien seine Gefühle Kunja gegenüber nicht zu teilen. Er flitzte zu ihr hin, blieb zu ihren Füßen sitzen und schnurrte zu ihr hoch, bis sie sich herabbeugte und ihm über den schwärzlichen, rattenartigen Schädel mit den vereinzelten zerrauft abstehenden Haarbüscheln streichelte.

Ungnädig sah er zu den beiden rüber. „Können wir jetzt weiter? Wenn ihr fertig seid? Wir werden schließlich gebraucht."

„Lauf du voran", meinte Duvruk zu ihm. „Mann im grauen Mantel der Sechzehnten", fügte er dann hinzu. Ein Grinsen zog dabei seine grauen schmalen Lippen auseinander, sodass ansatzweise seine kurzen, spitzen Zähne sichtbar wurden.

Erion ließ den Blick kurz zwischen Duvruk und Kunja hin- und hergehen. „Ja. Klar." Er wandte sich unwirsch ab. „Komm schon, Grolk!"

Sie brauchten nicht mehr lange zu laufen, bis das Ziel ihres Weges in Sicht kam.

Von dorther tönte eindeutig Lärm, dessen Quelle klar zu identifizieren war.

Von der Barrikade ihrer Feinde im Hintergrund hallten laute Rufe herüber, von ihrer eigenen Truppe direkt vor ihnen nur wenige knappe Befehle. Sie hatten ebenfalls aus Trümmern und Einrichtungsgegenständen angrenzender Häuser einen improvisierten Schutzwall errichtet. Die anderen Laute, die bei der Annäherung hörbar wurden, waren die trockenen Einschläge von Armbrustbolzen in Holz, ihr Klackern beim Auftreffen auf Stein oder das Schwirren, wenn sie an ihrem Ziel vorbeizogen.

Vor solchen Schüssen mussten sie rasch dicht entlang der Häuserwände Schutz suchen. Geduckt liefen sie daran entlang weiter, bis in die Deckung der behelfsmäßigen Barrikade ihrer eigenen Leute.

Die sahen sie schon kommen. Es waren welche von den Freien Vanarands. Einer tippte deren Hauptmann auf die Schulter, der sich daraufhin zu ihnen umwandte.

„Ah, wurde auch Zeit. Ihr seid die angeforderte Einsatztruppe?" Er sah zwischen ihnen hin und her. „Wer unter euch ist denn der Magier?"

„Na, der dort", meinte der, der den Hauptmann auf sie aufmerksam gemacht hatte, und deutete auf Erion. „Wer denn sonst? Trägt schließlich den grauen Mantel und ist ein Elf."

Erion bemerkte aus den Augenwinkeln die Blicke, die seine Gefährten ihm zuwarfen. Er räusperte sich, wandte den Blick ab.

Um irgendwas zu sagen und keine Zeit für Gerede zu lassen, fragte er rasch nach. „Was ist die Situation, Hauptmann? Warum habt ihr einen Einsatztrupp gerufen?"

In diesem Moment schlug erneut eine Salve von Pfeilen

mit dumpfem Prasseln in ein Türblatt ein, das in die Barrikade verbaut worden war.

„Na, deshalb", sagte der Hauptmann, duckte sich, während er in Richtung der Quelle des Geräuschs wies. „Weil sie diese verdammten Armbrüste der Kinphauren haben. Nordwehr. Geführt von einer spitzohrigen Mehlfresse. Sind bestens ausgestattet mit deren tollen Sturmarmbrüsten. Und wir sitzen fest. Wir können die Straßensperre von denen nicht einnehmen. Die nageln uns hier fest und lassen uns keine Chance, auch nur irgendwie an sie ranzukommen."

„Durch Seitenwege und Gassen?", fragte Malaiar.

Der Hauptmann musterte sie argwöhnisch. Wahrscheinlich hatte er noch nie eine Firimduerga gesehen. „Haben wir versucht. Auch über die Dächer. Die haben wohl einen echten Scharfschützen dabei. Und ihr Kommandant ist auf Zack und schneidet uns jede ..." Jetzt fuhr sein Blick von Malaiar zu Duvruk. Klar, einen echten ausgewachsenen Koloss von einem Duerga hatte er vielleicht schon mal gesehen – oder zumindest davon gehört –, nur eben auf der Seite des Feindes, aber noch nie in den eigenen Reihen. „He, wer ist das denn?" Er gab den Leuten seiner Einheit ein Zeichen, worauf sie kampfbereit näher kamen, dann trat er auf Duvruk zu. „He, was *machst* du da?"

Erion hatte aus dem Augenwinkel bemerkt, dass Duvruk die ganze Zeit die Reihe der Häuser hinter ihrer Deckung gemustert hatte. Jetzt war er zielsicher auf eine Hauseinfahrt zugetreten und machte sich im Schatten der Öffnung am Flügel eines Tores zu schaffen.

„Ich besorg mir einen Schild", grollte Duvruk, packte den Türflügel mit beiden Pranken und riss ihn mit einem Ruck aus den Angeln. Das schwere, beschlagene Eichenholzblatt mit beiden Händen vor sich haltend, kam er aus dem Dunkel des Eingangs herausgestapft.

„Was ist?" Das schwere Türblatt in beiden Händen

schritt er vorbei und warf ihnen einen knappen Seitenblick zu. „Kommt ihr jetzt mit oder wollt ihr hier weiter rumhängen und die Lage lang und breit reden?"

Verdutzt starrte Erion ihm hinterher.

Jemand schlug ihm auf die Schulter, es war Malaiar. „Na los, er klaut dir deinen Part. Hinterher, bevor er dich abhängt … und alles allein *im Griff hat.*"

„Du bleibst hier!", herrschte er Grolk an, woraufhin der sich augenblicklich verschüchtert hinkauerte.

„Alles bereit?" Einmal noch sah Duvruk sich knapp über die Schulter nach ihnen um, bevor er an ihrer eigenen Verschanzung vorbeitrat.

Erion versicherte sich, dass sie sich alle im Schatten von Duvruks riesigem Torflügelschild befanden, dann stapfte Duvruk auch schon los. Ein grollender, wortloser Schrei flog von seinen Lippen.

Ihnen blieb nichts anderes, als mit ihm Schritt zu halten.

Dann folgte auch schon das hämmernde Stakkato der ersten Armbrustsalve, die in den von Duvruk gehaltenen Torflügel einschlug. Ein paar der Bolzen sirrten vorbei und prallten klackernd vom Pflaster ab. Zum Glück befanden sie sich alle im Schatten von Duvruks improvisiertem Schild, doch selbst so verfehlten einige der Geschosse sie nur knapp.

Der polternde Rhythmus der Einschläge gab Duvruk Anlass, eine seiner Schlachthymen anzustimmen. Mit dröhnender Stimme sang er zu deren Takt sein Lied.

Was für ein irrer, abgedrehter Haufen wir doch sind!, schoss es Erion kurz durch den Kopf und vager Stolz mischte sich mit dem Rausch der Gefahr und der aufgedrehten, flauen Bangigkeit in seinem Magen.

Im Gedränge berührte er die Schulter Kunjas und zuckte erschreckt zurück. *Ihr Familiar, wenn sie ihn ruft, bin ich dran! Ein Angreifer, der bewusstlos zu Boden sinkt … toll. Ein leichtes Opfer!*

Einen Wimpernschlag lang trafen sich ihre Blicke und er glaubte, einen grimmigen Vorwurf in Kunjas Miene zu bemerken. Als wollte sie sagen, *Als ob ich ...*

Erneutes Prasseln trieb ihm scharf den Stachel der derzeitigen Gefahr ins Fleisch.

Duvruks Gesang riss ab. Er stieß einen donnernden Schrei aus.

Und stürmte die ersten Ausläufer der Barrikade hoch.

Erion sah unter dessen Schildrand hinweg Trümmerbrocken, stürzte sie hinauf.

Der Schatten von Duvruks Schild fiel weg. Er sah seinen Freund, das schwere, jetzt von Armbrustpfeilen gespickte Blatt des Torflügels mit einem Arm hochgewuchtet, oben auf der Spitze der Barrikade stehen, eine gewaltige Titanengestalt gegen das Licht, und auf die andere Seite herabspähen. Jetzt, da er nicht mehr im Schatten von Duvruk und seinem Schild war, erhielt Erion einen klaren Blick auf das Hindernis. Zusammengeschobene Karren waren mit Trümmerbrocken und Gerümpel verkeilt worden. Durch die Lücken erhaschte er vage hektische Bewegung.

Mit einem rauen Kampfschrei sprang Duvruk breitbeinig von der Krone der Barrikade und verschwand aus seiner Sicht. Wildes, wirres Gebrüll aus vielen Kehlen dahinter war die Antwort darauf. Dann war er selbst auch schon oben, mit raschen, leichten Sprüngen über die Bestandteile der Barriere auf deren Krone geeilt, und erkannte aus dem Augenwinkel, wie Malaiar zu ihm aufschloss. Auf der anderen Seite kam Kunja und scherte, bevor sie die Krone der Barrikade erreichte, von ihnen weg. Warf dabei einen kurzen Blick zu ihm herüber ...

Bevor sie in Flammen aufging.

Unwillkürlich wich er einen weiteren Schritt zur Seite, als plötzlich Flammen an ihr hochleckten, ihre Glieder mit rotem Gluthauch und gelbem Züngeln liebkosten.

Jäh riss er den Blick von ihr weg, wandte sich ihren Feinden zu.

Duvruk trug dort unten Chaos in die Reihen ihrer Gegner, die – ja, der Hauptmann hatte recht – zumeist in die Uniformen der Nordwehr gekleidet waren. Sein Duergafreund schlug mit seinem behelfsmäßigen Schild nach allen Seiten aus. Wer konnte, floh vor dessen Wucht. Da kam niemand dazu, noch eine Armbrust auf ihn anzulegen.

Er erspähte eine bleichhäutige Gestalt in der fremdartigen Kluft der Kinphauren – ihr Anführer. Doch er sah jetzt auch, dass sich im Schutz der Straßensperre eine weitaus größere Truppe gesammelt hatte, als nur die vermutete kleine Schar mit Sturmarmbrüsten. Hier wartete eine kleine Kompanie darauf, dass der Armbrustbeschuss ihren Widerstand brach, um dann vorzurücken. Kein Wunder, dass die Freien kein Glück gehabt hatten, die Stellung auf Schleichwegen zu umgehen.

Hier war ein größerer Vorstoß geplant.

Entsprechend brauchte Duvruk Hilfe. Der schon wieder grollend und durch die Anstrengung des Kampfes abgehackt, irgendeine Schlachthymne angestimmt hatte.

Kurz nickte er Malaiar zu, sichtete das Kampfgetümmel – wo war der Kinphaure? – und sprang ab.

Auf Kunjas Seite sah er ein Flammennest vorbeifliegen, erhaschte knapp, wie es in der Menge der Feinde auftraf, wo jemand daraufhin wild versuchte, die Flammen auszuschlagen.

Erions Schwert flog im Sprung in seine Hand, dann fand seine Fußspitze auch schon Halt. Kaum spürte er die Bewegung des menschlichen Trittsteins unter seinen Füßen, zu schnell war er wieder weg. Im Gewühl kam er am Boden auf, starrte in die Augen eines verdutzten Nordwehrkämpfers, nutzte dessen Verblüffung und stieß mit dem Schwert zu. Der übereilten Abwehr gelang es nicht, seine Klinge zu parieren, und deren Spitze durchdrang den Lederschutz. Im

Fortschnellen riss er sie frei, führte sie in einem Bogen gegen halb nur wahrgenommene Schemen. Sah Blut entlang der Bahn der Klingenspitze aufspritzen und stieß sich erneut zum Sprung ab.

Im Flug erhaschte er einen Blick auf Malaiar, die in ihrer verblüffenden, geschmeidig widerstandslosen Art zwischen den Reihen der ohnehin von Duvruk versprengten Feinde dahinglitt und ihre Klingen wie silberne Fische in aufgewühltem Strom durch den Tumult der Feinde führte.

Erion landete, sah eine Lücke im Gewühl, durch die zwei Armbrustschützen auf ihn anlegten. Ein heißer Schreck durchfuhr ihn.

Rotes knisterndes Flattern zog an ihm vorbei, die Sicht auf die Schützen wurde ihm verdeckt. Blitzschnell wand er sich zur Seite, vernahm mit seinen scharfen Elfenohren ein hartes Schnappen und dann ein dicht vorbeiziehendes Schwirren.

Während er herumkreiselte, um der Gefahr besser zu begegnen, hörte er Duvruks furchteinflößendes Gebrüll. Wie ein Kontrapunkt durchbrach es immer wieder den zerhackten Fluss seiner Schlachthymne. Doch es erzielte ungleich durchgreifendere Wirkung als der Gesang.

Ihre Feinde – überrascht von ihrem plötzlichen Zugriff, überrumpelt durch einen Koloss, der plötzlich mit einem eichenen Torflügel als Schild und Waffe in ihrer Mitte auftauchte, und einer Kriegerin, die in Flammen stand – verließ der Widerstandsgeist angesichts des donnernden Röhrens dieser riesenhaften, grauhäutigen Kreatur umso schneller.

Ein lauter Befehlsruf. Erion suchte nach dem Ursprung, erhaschte im Gewühl ein bleichhäutiges Gesicht. Nur allzu gern folgten ihre Gegner der Order ihres Befehlshabers und wandten sich zur Flucht.

Einen Moment lang standen er und seine Freunde

schwer atmend hinter der feindlichen Verschanzung und sahen einander an.

An Kunjas stämmiger Gestalt schrumpften die züngelnden Flammen zusammen und erloschen ganz. Kurz blieb ein rotes Glühen zurück, dann war auch das verschwunden. Dafür sah man jetzt auf ihrer Schulter eine schwarze, gelb gefleckte Kreatur kauern.

Bleib bloß von mir weg, Vieh!, war der erste Gedanke, der ihm durch den Kopf schoss. Schon zweimal hatte es bei ihm einen Anfall ausgelöst und jedes Mal verkürzte das offenbar seine ohnehin schon knappe Lebenserwartung.

Wieder trafen sich ihre Blicke. Kunja wandte rasch den ihren ab. „Ihnen hinterher!", schrie sie, etwas zu abrupt und wie in plötzlicher Eingebung.

Duvruk reckte sich, um über das Hindernis zu ihren eigenen Leuten hinzusehen. „Die Barrikade ist gefallen!", schrie er über die Straßensperre hinweg.

Es schien beinahe überflüssig, denn er hörte bereits die Jubel- und Kampfrufe, mit denen ihre Rebellentruppe zu ihnen hingeeilt kam. Die Ersten kamen bereits über die Krone der Verschanzung geklettert, andere drückten sich an den Seiten vorbei.

Momente später befand sich Erion innerhalb der Verfolgermeute, die der fliehenden Abteilung der Nordwehr hinterherhetzte.

Zu seinem Erstaunen sah er, wie offenbar einige ihrer Rebellen die größte Scheu vor einem grauen Koloss in den Reihen überwanden. Sie klopften Duvruk anerkennend, wenn auch noch immer ein wenig scheu, auf den Rücken.

Im Pulk rennend, fiel es Erion schwer, zu erkennen, was mit den Verfolgten geschah. Er versuchte, durch die Lücken der eigenen Leute hindurchzuspähen.

Flohen die Gegner als geschlossene Truppe? Zerstreuten sie sich in die Gassen? Oder – und das würde gefährlicher –

formierten die sich neu, um ihnen entgegenzutreten oder einen Hinterhalt zu legen?

Stimmenlärm voraus.

„Was geht da vor?", hörte er Malaiar rufen.

Auf den ersten Blick sah er nichts als viele Menschen vor sich. Was nicht verwunderlich war, denn sie verfolgten schließlich eine kleine Kompanie. Doch dann stutzte er.

Die schienen gar nicht zu fliehen. Sie strömten irgendwo aus Gassen und Nebenstraßen herbei. Außerdem trug keiner eine Uniform.

„Was ist denn das da?", hörte er jemanden rufen. Er glaubte, den Hauptmann zu erkennen.

„Verfluchte Scheiße!"

„Doch nicht etwa …? Die schon wieder?"

Die Häuserfronten traten weiter zurück. Vor ihnen lag so etwas wie ein kleiner Markt, zum Teil mit Planen überdacht, welche die sich verbreiternde Gasse überspannten. Doch das war nicht allein das normale Gedränge Kauflustiger.

Die Gruppe der eigenen Leute lichtete sich und er bekam einen besseren Blick voraus.

Das war eine wahre Menschenansammlung, die sich zwischen den Marktständen drängte. Und ihre Feinde fädelten sich zwischen ihnen ein und verschwanden im Gedränge. Sie wurden willig durchgelassen und in das Menschenknäuel aufgenommen.

„Los schnappt sie euch, bevor sie …"

„Was sind denn das für welche?", grollte Duvruk neben ihm.

Er sah, wie die Letzten ihrer Feinde in die Menschenmenge eintauchten.

Ihre Verfolgung kam zum Halten. „Los, auseinander!", brüllte der Hauptmann der Freien Vanarands die Meute an.

Zwischen den Marktständen schloss die Wand der Versammelten sich nur dichter. Keiner von ihnen rührte sich. Sie rückten nur noch enger zusammen. Erion sah, dass die meisten von ihnen recht unterschiedlich gekleidet waren, wie normale Bürger dieser Stadt. Nur ein paar trugen lange weiße Gewänder, fast wie Büßerhemden.

„Auseinander! Oder wir treiben euch auseinander!"

Erion, Duvruk und Malaiar sahen einander an.

„Ich hab keine Zeit für so einen Mist!", rief der Hauptmann. „Los, Leute, durch!"

Von den von ihnen Verfolgten gab es inzwischen keine Spur mehr.

Jetzt erhoben sich aus der Menge Rufe und Fäuste wurden gereckt.

„Kein Raum für Hass!"

„Bleiche Haut macht nicht zum Feind."

„Kinphauren und Menschen, Brüder unter einer Sonne!"

Das war es jedenfalls, was Erion von den Parolen heraushörte.

Ihre Leute versuchten, gewaltsam die Menge zu durchbrechen, hatten dabei aber gehörig Schwierigkeiten.

„Lügen schaffen Krieg, Liebe schafft Frieden!"

„Es gibt keinen Feind. Außer dem Feind in dir!"

„Hass und Verdammung ein Ende!"

„Den Kinphauren den Brudergruß!"

„Was sind denn das für Spinner?", fragte Duvruk.

„Freie Geister", erklärte Malaiar. „So nennen die sich."

„Jedenfalls Spinner, für die wir keine Zeit haben." Das durfte doch nicht wahr sein! Wegen dieser schrägen Wirrköpfe entkam ihnen noch der Trupp der Nordwehr mit dem Kinphauren. „Duvruk, geh doch mal mit deinem Torflügel nach vorne und schaff uns Platz."

„Gute Idee!", brummte der. „He, Leute, macht mal den Weg frei!" Seine Mitstreiter schufen ihm willig Raum.

„Gute Idee", meinte auch der Hauptmann, dem Schweiß übers Gesicht lief und der sich den Nacken massierte.

Duvruk hielt das Torblatt quer vor sich und schritt voran. Die Menge rührte sich keinen Fußbreit.

„Kein Raum für Hass!"

„Bleiche Haut macht nicht zum Feind."

Erion hörte, wie Duvruk über das von ihm gehaltene Tor hinweg in seiner typisch ruhig grollenden Art zu den Leuten in der Menge sprach, die ihnen den Weg versperrte.

„Ich hasse euch nicht", sagte er. „Und es stimmt, die Hautfarbe macht nicht den Feind. Aber ein menschenverachtendes, mordendes Arschloch zu sein, tut das schon."

Und dann drängte er vorwärts. Das Türblatt vor sich gehalten, schob er die Vorderen zurück. Zumindest wehrten die sich nicht mit Waffen. Es flogen nicht mal Steine.

Duvruk stemmte sich jetzt in seinen improvisierten Schild und zwang die Menge weiter rückwärts. Erion, Malaiar, Kunja und die anderen Rebellen strömten ihm hinterher und ließen nicht zu, dass sich die Menge der Spinner wieder um ihren Duergafreund schließen konnte.

Wütende, geifernde Gesichter drängten sich heran. Aber auch einfach nur sture oder milde Mienen, was ihn nur noch wütender machte. Schließlich setzte er auch für diese verdrehten Querköpfe sein Leben ein. Damit auch sie frei und in Frieden leben konnten.

„Zurück! Verdammt, geht zurück!"

Ein Gedanke durchzuckte ihn. Verflixt, was gab er sich überhaupt mit diesem Getümmel ab? Es war zwar kein Kampf, aber dennoch konnte er noch immer, was er konnte.

„He, macht mal was Platz!"

Malaiar sah ihn an und verstand sofort. Sie griff seinen Ruf auf und drängte die Nächststehenden zur Seite.

Er schätzte kurz die Lage ein, dann machte er einen Satz und sein Fuß ertastete schon den ersten Rücken. Von da aus trug ihn sein fliegender Lauf über Rücken und Schultern, vorbei an Duvruk mit seinem Schild, weiter über die Menschenmenge. Die stellte tatsächlich nur noch eine schmale Barriere dar.

Verdutzte Gesichter wandten sich ihm zu. Ein letzter

Absprung, und er war über den Aufmarsch Freier Geister hinweg.

Er kam auf und sah sich um.

Das war die andere Seite des Marktes, der sich unter Überspannungen und Dachplanen zu beiden Seiten in die querende Straße hineinzog. Von der Nordwehr und ihrem Kinphaurenoffizier war nichts mehr zu entdecken.

„Verflucht!"

Ein Rumpeln und Grollen. Hinter ihm tauchte Duvruk aus der Menge hervor. Er ließ seinen behelfsmäßigen Schild in seinem Griff rotieren und setzte den Torflügel mit der Unterkante auf dem Boden auf. Die meisten Pfeilschäfte, mit denen die Holzplatte gespickt gewesen war, waren inzwischen abgebrochen.

„Wo sind sie hin?" Duvruk sah sich nach allen Seiten um.

„Über alle Berge. Dank dieser Spinner."

Jetzt strömten hinter Duvruk auch die anderen der Einheit aus dem Gedränge hervor, an ihrer Spitze der Hauptmann. Der schüttelte sich, als wollte er das Gefühl der ihn hemmenden Arme und nach ihm greifenden Hände loswerden.

Die Horde der Spinner wich zurück, als hätten sie ihren Dienst getan und könnten sich nun beruhigt was drauf einbilden. Nur vereinzelte Parolen stiegen noch aus ihren Reihen auf. Stattdessen bildete sich jetzt ein Pulk der eigenen Leute mit Duvruk als Zentrum. Offenbar verloren sie inzwischen ganz ihre Scheu vor dem Duerga.

„Du bist ja ein ganz famoser Barrikadenbrecher."

„Einer aus der Turmgarde hat mir von ihm erzählt. Er hat beim Marsch auf Hugen bei einem Angriff eine Stadtmauer durchbrochen."

„Und er singt immer so ein Lied dabei."

Duvruk sah sich um und blickte auf sie hinab. Ein leichtes Grinsen zeichnete sich auf seinen schmalen Lippen ab. „Na, ganz so war es ja auch nicht. Die Mauer hatte schon einen Knacks."

Erion stand ein paar Schritte von Duvruk entfernt am Rand der Menge. Noch immer spähte er unruhig die angrenzenden Gassen hinab. Ob er doch die Geflüchteten verfolgen sollte? Doch was hatte er jetzt noch für Chancen, sie zu finden?

„Gut gemacht!" Jemand aus der Truppe der Freien Vanarands klopfte Erion auf die Schulter.

Malaiar kam an seine Seite, grinste ihn an. An ihr vorbei sah er Kunja, die ebenfalls näher trat, jedoch grimmig blickte.

Befremdet erkannte er jetzt, wie das Lächeln in Malaiars Gesicht erstarrte, wie sie den Blick wandte und an Erion vorbeisah.

Dann bemerkte er auch schon selbst den Schatten, der von hinten aufs Pflaster fiel, und es prickelte zwischen seinen Schulterblättern beim Gefühl, dass jemand in seinem Rücken an ihn herantrat.

„He, was tust du denn hier?", hörte er eine barsche Stimme, die eindeutig ihn ansprach. „Und was denkst du dir eigentlich, was das hier sein soll?"

Mit einer bösen Vorahnung drehte Erion sich um.

3

DORN IM FLEISCH

Erion schaute in die strengen, ungnädigen Züge des Mannes vor sich und fand seine Befürchtungen bestätigt.

Seine Schultern erschlafften, und ein Seufzen entrang sich seiner Kehle. Er konnte nicht dagegen an.

Malaiar schob sich zwischen ihn und den Mann, maß ihn von unten her und sah dann Erion an. „Was will der von dir? Wer ist das?"

„Die Visage kommt mir irgendwie bekannt vor", hörte er Kunja sagen. „Der Mantel …"

„Darf ich vorstellen? Mein Hauptmann", erwiderte Erion.

Dessen weißhäutige Züge wurden nur umso schroffer. Wütend starrte er Erion an. „Was erlaubst du dir? Willst du mich etwa verspotten? Du machst dir wohl auch noch einen Spaß aus der ganzen Sache."

Die Züge, die er dem Kerl zuwandte, mussten so bar jeden Ausdrucks sein, wie es sich leer in seiner Brust anfühlte. „Keineswegs, Hauptmann Viancar. Spaß kann ich darin beim besten Willen keinen erkennen."

„Viancar?" Das war Kunjas Stimme, die er in seinem Rücken hörte. „Ach, das ist der Kerl, der uns auch schon beim Marsch auf Hugen aus den Kämpfen rausgehalten hat."

„Auf Anweisung seines feinen Kumpans Findrac", setzte Malaiar hinzu.

Ja, sie hatte es erfasst. So war es, und das schien sein Schicksal zu sein.

Auf Anweisung von Viancars feinem Kumpan Findrac war er auch, nachdem er in die Sechzehnte aufgenommen worden und dessen direkten Befehl unterstellt war, in Viancars Einheit versetzt worden. Wo der ihm wie ein Habicht auf die Finger schaute und dafür sorgte, dass er bloß irgendwelche unwichtigen, zermürbenden Aufgaben zugeteilt bekam. Patrouille, Nachtwachen, Botengänge. Nichts von Belang. Nichts, bei dem er sich irgendwie beweisen konnte. Nichts, was einen Unterschied machte. Nichts, was eines Angehörigen der Sechzehnten würdig war.

So hatte er sich das wahrhaftig nicht vorgestellt.

Von fern nur hatte er mitbekommen, wie seine Freunde – die er seitdem kaum noch zu sehen bekam – auf wichtige Posten versetzt und an den gefährlichen Stellen eingesetzt wurden. Er hörte Großes von ihnen. Sowohl bei der Einnahme von Hugen als auch bei den folgenden Straßenkämpfen und der Überwindung des erbitterten Widerstands, den ihnen die Verteidiger – oder besser: Besetzer – der Stadt immer noch boten, Straße für Straße, Häuserzug für Häuserzug.

Ihnen gab man die wichtigen Missionen, weil sie in der letzten großen Schlacht vor Hugen ihren Wert bewiesen hatten. Genauso wie er! Immerhin war er es gewesen, der den entscheidenden Plan ausgeheckt und sie erst dazu überredet hatte, dabei mitzumachen. Und er war es auch gewesen, der Amara den rettenden Orbus mit den wichtigen Signaturen darauf überbracht hatte, die am Ende schlachtentscheidend für sie gewesen waren. Sie hatten ihm dabei geholfen, ohne sie hätte er es nicht geschafft – das war wohl wahr. Doch die Idee dazu war allein auf seinem Mist gewachsen.

Aber seinen Freunden saß auch niemand wie Findrac im Nacken, der ihn aus einem unerfindlichen Grund heraus abgrundtief hasste und alles tat, um ihm das Leben zu versauen. Die kurze unbestimmte Zeit, die ihm noch davon blieb.

Viancar riss ihn jäh aus seinen düsteren, bitteren Gedanken.

„Du hast eigenmächtig gehandelt", herrschte der ihn an. „Du hast einen Ruf um Unterstützung, der an deine Einheit erging, abgefangen und nicht weitergeleitet. Stattdessen bist du auf eigene Faust losgezogen. Du hast dich von deiner Einheit entfernt. Gegen ausdrücklichen Befehl." Er holte Luft, es zuckte in seinem Gesicht. „Das ist –"

„Insubordination", sagte er resigniert. „Ja, kenn ich schon. Das Wort macht wohl die Runde."

Jetzt erstarrte Viancars Gesicht förmlich zu einer Maske des Grimms. „Du wirst deinen Vorgesetzten nicht unterbrechen. Du wirst dir keine Frechheiten mehr erlauben. Du steckt ohnehin schon genug in der Klemme." Wieder holte er Luft für die nächste Runde. „Eigenmächtiges Handeln gegen ausdrücklichen Befehl deines Vorgesetzten. Dazu weiterhin Anstiftung deiner Kumpane zur Befehlsverweigerung und Entfernen von der Truppe ..."

„Wir sind ein Einsatztrupp." Das war Malaiars Stimme, die den Hauptmann unterbrach.

Viancar starrte auf die Firimduerga hinab, als wären sie und ihre Rasse nur unerwünschtes Ungeziefer. Was hatte Findrac sich nur als seine Bande von Anhängern herangezogen?

„Nein, seid ihr nicht." Die Geringschätzung klang in den Worten deutlich durch. „Ihr seid eine Bande von Befehlsverweigerern, die durch eigenmächtiges Vorgehen unsere Sache gefährdet haben."

Jetzt mischte sich jemand von der Seite ein. „He, er hat gar nichts gefährdet. Er hat uns geholfen. Er hat uns den Arsch gerettet." Ein Blick zeigte Erion, dass es der Hauptmann der Truppe war, die unter dem Pfeilhagel aus Kinphauren-Sturmarmbrüsten festgenagelt gewesen war. „Ohne ihn und seine Freunde hätten wir niemals diese Barrikade überwinden und diese Nordwehrhorde in die Flucht schlagen können." Er maß Viancar von oben bis unten. Ohne jede Scheu. Dieser Hauptmann stieg gewaltig in seiner Achtung. „Wir haben Hilfe durch einen Einsatztrupp erbeten. Wir haben sie bekommen. Und zwar durch diesen jungen Mann." Er legte die Hand auf Erions Schulter.

Er spürte einen weiteren kameradschaftlichen Klaps, den ihm jemand auf den Rücken versetzte, diesmal spürbar von einer größeren, kräftigeren Hand. Sogar einer regelrechten Pranke.

„Ihr alle … aber ganz besonders *er* …" Viancar durchbohrte Erion mit einem harten Blick. „… ihr habt alle nur Glück gehabt, dass das nur eine mit normalen Kinphauren-Armbrüsten bewaffnete Truppe war und dass die hier an der Sperre keine Armbrustbatterie aufgefahren haben."

„Armbrustbatterie?", hörte er Malaiar fragen.

Jetzt fasste Viancar sie mit strengem Blick ins Auge. „Ihr habt ja alle keine Ahnung …"

Armbrustbatterie, dachte Erion.

Und er war dankbar, als sich Duvruk über seine Schulter lehnte und ihn damit aus dieser aufkeimenden unseligen Diskussion herausriss.

„Gut gemacht, Erion!", grollte Duvruk jetzt laut und von seinem für die anderen unsichtbaren Seitenblick her deutlich hörbar an alle gerichtet. „Du warst ein guter Anführer. Der beste, den man sich für einen Einsatztrupp wünschen kann. Durch dich haben wir die Barrikade erstürmt."

Erion sah, wie Duvruk über seine Schulter gebeugt den Blick wandte, um Viancar zu fixieren. Er konnte sich die Miene seines Freundes dabei gut vorstellen. Dann richtete sich Duvruk wieder auf, wandte sich an die anderen ihrer Abteilung. „Stimmt's, Leute? Erion ist unser Held!"

Das war das Zeichen für die restlichen Leute des Rebellentrupps in seinem Schlepptau, ebenfalls zu ihm hinzudrängen, ihm zuzujubeln, ihm auf die Schulter zu klopfen und in Beifallsbekundungen auszubrechen.

Viancar konnte nicht verhindern, dass sie an ihm vorbeidrängten und sich um Erion scharten.

„Da hört ihr es", vernahm er die Stimme des Hauptmanns, dessen Trupp sie Beistand geleistet hatten.

Duvruk nutzte die Gelegenheit, drehte seine breiten Schultern und große Körpermasse so, dass sie Erion vor Viancar abschirmte und drängte in diesem Schutz Erion etwas abseits.

So kam er Auge in Auge mit seinen Freunden, während Duvruks breite, machtvolle Erscheinung und die Einheit der Freien Vanarands einen schützenden Wall zwischen ihm und Viancar bildeten.

Noch einmal wandte Erion den Blick zu dem bleichhäutigen Stinkstiefel hin, der jetzt von Rebellen umgeben war und etwas irritiert schaute. Als sich Erion wieder umdrehte, starrte er direkt in Kunjas erbittertes Gesicht.

„Du hast uns belogen", sagte sie. „Du hast uns, ohne das mit uns abzusprechen, ohne dich vorher an uns um Hilfe zu wenden, einfach so für deine Zwecke benutzt."

Vor Empörung blieb ihm förmlich die Luft weg. Das von ihr? Das hätte er wirklich nicht erwartet. Na, irgendwie passte es ja. Wenn ihr … *Familiar* ihn schon anblaffte und Gift spritzte …

„Kunja, lass ihn!", mischte sich jetzt Malaiar von der Seite her ein. „Hör auf damit! Das bringt keinem etwas."

Er sah, wie Kunja jetzt den Blick zu Malaiar wandte. Zwei wütende kleine Falten stiegen zwischen ihren Brauen auf.

„Ja, du mit deiner ewigen Ruhe!" Kunja funkelte Malaiar an. „Du mit deinem ewigen Ausgleich und deinem Versuch, es allen recht zu machen. Du lässt dich auch von jedem verarschen!" Erion sah, wie sie die Fäuste ballte, während sie Malaiar weiterhin anstarrte. „Du bist auch nicht besser als diese ..." – die Erbitterung ließ sie verstummen – „... diese fehlgeleiteten missbrauchten Schafe, die sich uns da in den Weg gestellt haben."

Malaiar blieb bemerkenswert ruhig. „Kunja, beruhige dich! Reg dich ab! Vorwürfe bringen niemandem etwas. Lass ihn zuerst selbst reden. Bevor du ihn verurteilst." Sie wandte sich ihm zu. „Erion, warum hast du das getan?"

Warum er das getan hatte? Die Frage kam ihm absurd vor. Als sei er ein Straftäter, der sich hier vor einem Tribunal für etwas zu verantworten hatte!

Verstanden sie es nicht? Verstand Kunja es nicht?

Was sollten dann alle Erklärungen, jeder Versuch, ihnen nahezubringen, warum er es so und nicht auf irgendeine andere Art getan hatte, sodass bloß auch alle zufrieden gewesen wären?

Er spürte, wie alle Kraft aus ihm wich, wie sein Körper in sich zusammensackte, als wäre er nur noch ein bloßes Knochengestell mit nichts, was es zusammenhielt.

„Weil ich sterbe", sagte er.

Es klang matt und tonlos in seinen Ohren.

Er blickte in die betroffenen Gesichter Malaiars und Duvruks.

Nur das von Kunja blieb starr wie eine Maske.

Er vermied es, sie direkt anzusehen, während er weitersprach. „Ich hab nicht mehr lange. Dann bin ich ... weg ..."

Er spürte diesen Sog der Leere und der Verzweiflung, der ihn ganz einholen würde, wenn er zu lange bei diesem Gedanken verweilte.

Er riss sich zusammen, straffte die Schultern. „Ich will einen Unterschied machen. Ich will eine Spur hinterlassen."

Jetzt spürte er wieder das Feuer der Erbitterung in sich hochflammen. „Ich will, dass es einen guten Grund hatte, dass ich aus diesem scheiß Kharnuk-Bragha weggerannt bin. Und dass es auf was hinauslief. Ich will, dass das alles eine Auswirkung hat. Dass es am Ende zu irgendeinem Ergebnis geführt hat. Dass man sagen kann …" Die Stimme versagte ihm.

Er schaffte es nicht länger, seinen Freunden direkt in die Augen zu sehen. Er wollte nicht, dass sie erlebten, wie er vollständig zusammenbrach.

„Das hier … das alles …" Er rang nach Worten. „Dieser ganze Feldzug auf Hugen, das läuft doch gegen die Wand. Unser Sieg, unser Beitrag dazu, das scheint sich alles in Nichts aufzulösen und zu zerfasern. Als wär das, was wir als so wichtig gefeiert haben, der Sieg bei der Schlacht, unser Einzug in die Stadt, am Ende für nichts und wieder nichts gewesen." Er sah zu Boden, ließ seinen Kopf baumeln. „Nur Asche, die der Wind wegpustet."

Er spürte, wie sein Geist wegdriftete. Riss sich zusammen.

Verdammt!

Wie stand er denn hier? Was gab er da nur für ein jämmerliches Bild ab? Er, der immer behauptet hatte, alles im Griff zu haben. Es irgendwie hinzukriegen. Egal, wie hoffnungslos die Situation auch aussah.

Der sich immer was auf dieses tolle Schicksalszeichen eingebildet hatte. Und wozu war das jetzt gut? Alles nur eine Lüge? Alles nur Illusion?

Er hob den Kopf, sah seine Freunde an. „Irgendwas … irgendetwas muss ich doch tun können."

Die sahen alle recht betroffen aus. Mist! Dieses kulleräugige Mitleid war das Letzte, was er wollte! Aber sie sollten ihn verstehen. Sie sollten ihm wegen dieser Sache hier keine Vorwürfe machen. Was Kunja für ein Gesicht zog, wollte er gar nicht erst nachschauen.

In diesem Moment schob jemand Duvruk schroff beiseite. Das war wahrscheinlich auch nur möglich, weil sein Duergafreund in diesem Augenblick einfach betreten aus der Wäsche schaute und dabei recht unentschlossen dastand.

Hauptmann Viancar drängte sich an ihm vorbei. Er schaute Erion grimmig an. „Das alles nützt dir gar nichts. Hast du etwa geglaubt, du wirst dafür auch noch gefeiert?"

Viancar schaute ihn mit gehobenem Kinn von oben herab an und konnte so nicht sehen, dass Duvruk offenbar mit sich ringen musste, um ihn nicht auf der Stelle ungespitzt in den Boden zu hauen. Offenbar musste Malaiar dazu ebenfalls an ihm herumringen.

„Du wirst dich für deine Taten verantworten müssen", sagte Viancar voll selbstgerechter Strenge.

„Taten?" Duvruk hielt es jetzt nicht länger aus. „Weil er eine Barrikade gestürmt hat, die sonst niemand einnehmen konnte?"

Viancar sah sich nach ihm um. „Das hätte bestimmt auch ein *ordnungsgemäßer* Eingreiftrupp geschafft. Nein, deshalb nicht. Er muss sich verantworten, weil er nicht nur entgegen einem ausdrücklichen Befehl seinen Posten verlassen hat, sondern auch, weil er andere angestiftet hat, das Gleiche zu tun."

„Er hat uns zu gar nichts *angestiftet*", grollte Duvruk.

„Er hat Ergebnisse erzielt", fügte Malaiar hinzu. „Er hat etwas getan, was unserer Sache dient."

„So welche können wir mehr brauchen." Das war der Hauptmann der Truppe. „Welche wie ihn, die gar nicht erst auf Befehle und irgendeine Erlaubnis warten, sondern einfach handeln und das Richtige tun." Er hatte weitere seiner Leute im Schlepptau, die Viancar ebenfalls mit düsterer Miene anstarrten.

Jetzt erst traf Erions herumstreifender Blick zum ersten Mal auch Kunja. Bisher hatte sie bei alledem keinen Laut von sich gegeben. Sie bemerkte wohl seinen Blick, begegnete ihm einen Moment lang mit wütendem Starren. Bevor sie wegsah.

Ihn verließ der Mut. Das hatte alles keinen Wert! Es war sinnlos, dass sie versuchten, ihn zu verteidigen. Vor Viancar hatte es keinen Zweck. Denn der wusste schon von Anfang an, wie er die Situation einzuschätzen hatte. Er hatte schließlich seine Anweisungen. Rund um Viancar tobte, so wie es sich anhörte, ein heftiger Wortwechsel. Das konnte man sich auch sparen.

Er schaute zu dem Kerl hinüber. „Gut", sagte er. „Gut. Ich komme mit. Aber können wir zuerst noch meinen Grolk suchen?"

Alle verstummten.

„Ich weiß nicht, wo er bei all dem abgeblieben ist", fuhr Erion fort. „Und ohne mich ist er in dieser Stadt doch verloren."

Duvruk sah ihn erstaunt an. „Er ist weg? Er ist noch nie …"

Erion zuckte die Schultern, und Duvruk verfiel in Schweigen.

„Da hinten steigt Rauch auf", sagte jemand irgendwo in die Stille hinein.

„Ist bestimmt bei der Zitadelle", fiel ein anderer ein, als hätte die Bemerkung einen Bann gebrochen. „Die ist noch umkämpft."

„Nein, das muss woanders sein."

„Vielleicht wieder ein Anschlag dieser verdammten … wie heißen die noch gleich? … *Front der Menschen*. Front der Arschlöcher trifft's eher! Die Dreckskerle setzen uns zu, wo immer sie nur können."

„Ja, so mancher aus den eigenen Reihen sitzt uns wie ein Dorn im Fleisch", sagte Duvruk.

Er stand hinter Viancar und Erion bemerkte, wie er den Mistbock dabei mit stechendem Blick von oben herab musterte. Hätte der Kerl doch nur gemerkt, wie dieser Koloss sich drohend hinter ihm aufgebaut hatte! Hätte er doch gemerkt, dass er kurz davorgestanden hatte, von einer Duergapranke die Knochen seiner edlen Ninraéfresse mal so gehörig umarrangiert zu bekommen.

„Die Front der Menschen hat aber noch nie Gewalt angewendet", hörte er jemanden sagen.

„Bisher. Machen aber 'ne Menge Wirbel und Rauch. Und wo Rauch ist …"

4

____

BRANDSTIFTER

D a war Feuer.

Und dem Rauch nach zu schließen, der durch den Torbogen drang, musste es im Innenhof dieses Gebäudes ganz ordentlich brennen.

Sie hörte vielfältige Schreie, sah eine Frau durch den Rauch gerannt kommen, sich umwenden und dann verzweifelt mit geballten Fäusten einen Namen rufen. Jetzt erkannte sie auch gelbe Flammennester, irgendwo dahinter, die kurz die Rauchschleier durchdrangen und grell aufglommen.

Sie wandte den Blick vom Toreingang ab, sah wieder nach vorn. Auf die Straße vor ihnen.

Dies war ihr Auftrag, ihr Teil im großen Plan, die Stadt zu sichern: Entlang der Magistrale Richtung Zitadelle vordringen, um dafür zu sorgen, dass ihnen von hier aus bei der Erstürmung niemand in den Rücken fiel, und sich dann den Belagerungskräften anschließen.

Es war aber auch lange Jahre ihr Auftrag gewesen, die Straßen von Rhun sicher zu halten. Und der hatte sich ihr offenbar tief eingegraben. Das hier war zwar nicht Rhun, aber hier war sie in einer anderen Stadt, in der vor der

Eroberung durch die Kinphauren und während deren Besatzung ebenfalls ganz normale, unschuldige Menschen gewohnt hatten, die nichts anderes wollten, als mit den Ihren ein ganz normales, friedliches Leben zu führen.

Danak schüttelte den Kopf, biss die Zähne zusammen.

Ihre Truppe, ihr Job. Zusammen zur Zitadelle vordringen, die Straße sichern und sich dann dem Sturm auf die Festung anschließen.

Zusammen mit Choraik, der an ihrer Seite der Einheit der Turmgarde vorausmarschierte und mit argwöhnischem Blick die Umgebung absuchte.

Und jetzt offenbar bemerkte, wie sie zur Seite schielte. Und dass es ihr in den Knochen juckte.

„Du kannst es nicht lassen, was?", sagte er, während das typische harte Lächeln, das sie an ihm so lieben gelernt hatte, knapp in seinem Mundwinkel aufblitzte.

Sie zuckte die Schultern, erwiderte seinen Blick. „Steckt in mir drin. Liegt an meiner Zeit in der Stadtgarde. Hat mich eben geprägt. Wenn's drum geht, die Bürger zu schützen ..."

Er hatte angehalten, der ganze Trupp hinter ihnen kam jetzt ebenfalls zum Stehen.

Sie nahm wahr, wie er den Verlauf der Straße vor ihnen mit seinem wachsamen Blick abfuhr. Grimmig, konzentriert, sodass unter seiner Kinphaurentätowierung die Wangenknochen stark hervortraten.

Der breite Straßenzug lag leer vor ihnen. Nichts regte sich, bis auf ein paar Fetzen Papier, die übers Pflaster wehten, und eine Gruppe von Leuten, die sich in der Ferne mit einem Handwagen abplackten und sich jetzt bemühten, möglichst schnell von der Straße wegzukommen, außer Sicht. Im Hintergrund ragte die Zitadelle über der Umrisslinie der Häuser auf. Dort stieg Rauch auf und wehte über den Himmel. Weit entfernt hörte man irgendwo in den Straßen wild einen Schwarm von Rufen entlangjagen.

Davor allerdings das Wummern des Feuers und die Schreie der Bewohner des brennenden Gebäudes.

„Na, geht schon!", sagte Choraik. „Ich schaff das allein."

„Wirklich?"

Er zuckte knapp die Schulter. „Ein Dutzend mehr oder weniger von uns, darauf kommt's nicht an. Du siehst selbst, hier ist nicht viel Widerstand zu erwarten. Die schlagen eher aus den engen Gassen zu." Er seufzte. „Ich mache mir eher um den Hauptsitz der Bannerklingen Sorgen."

Dankbar versetzte sie ihm einen Knuff gegen den Arm, wandte sich dann jäh um.

„Sandros, Mercer, Chik!" Sie winkte noch ein paar anderen zu. „Los, mir nach!"

Und schon rannten sie los, auf den Rauch zu.

Eimer und Kübel fanden sich. Eine Kette zum Brunnen war schnell gebildet, die Löschaktion genauso zügig organisiert. Dafür war sie schließlich lange genug bei der Stadtgarde Rhun gewesen und hatte gelernt, ihre Autorität durchzusetzen.

Danak trat kurz aus der Schlange zurück, um sich das Ganze zu besehen. Mit dem Unterarm wischte sie sich den Schweiß von der Stirn. Und grinste. Vermutlich sah sie auch nicht besser aus als Chik und Sandros, deren Gesichter vom Rauch geschwärzt waren wie die von Dieben in der Nacht. Sandros, der Frauenheld mit seinen Schmachtlocken, befand sich mitten in der Kette, brüllte Befehle und plackte sich mit den Bewohnern ab, die ihre Behausungen retten wollten.

Zum Glück hatten sie alle rechtzeitig rausschaffen können.

Sie war zwar weit weg von Rhun und sie war keine Milizionärin mehr, doch auch ohne offizielles Mandat hatte sie noch immer keine schlichten, unschuldigen Bürger der Stadt, in der sie sich gerade befand, einfach ihrem Schicksal überlassen können.

Sie waren schließlich der Widerstand, die Befreier.

Vielleicht wurde es nun aber wieder Zeit, sich Choraik und der Turmgarde in ihrem Marsch auf die Zitadelle anzuschließen. Denn das hier hatten jetzt die Bewohner der Gebäude auch allein unter Kontrolle. Vielleicht war der Sturm auf die letzte Bastion der Besetzer mittlerweile in vollem Gange und jeder Mann und jede Frau wurden gebraucht.

Gerade als sie darüber nachdachte, ihre Leute zusammenzurufen, stutzte sie. Da war etwas. Ein Geräusch.

Sie wandte den Kopf und strengte ihre Ohren an, über dem Lärm der Löschtruppe irgendwas zu hören.

Ja, da war tatsächlich etwas. Ein Ruf. Grell und hoch.

Konnte eine Katze sein, so wie das klang.

Oder ein Kind.

Sie schaute sich um. Das kam aus einem schmalen gemauerten Torbogen zu einem engen Hinterhof, fast nur ein Spalt zwischen zwei Häusern.

Dicker Rauch quoll dort hervor. Auch dort war also ein Brandnest. Weil dort keine hellen Flammen hochschlugen, hatten sie es zunächst nicht bemerkt. Eigentlich sollten sie sich später darum kümmern. Wenn der Hauptherd unter Kontrolle und dafür Zeit war.

Doch wie es aussah, war dafür keine Zeit.

Nicht für das Kind. Oder wer immer es war, der durch den Rauch vom Weg in Sicherheit abgeschnitten war.

„He, Sandros!", rief sie zu ihm rüber. „Da ist noch einer."

Der hörte sie nicht, schrie gerade ein paar Leute an, sich um Frauen und Kinder zu kümmern. Die hatten hier alles im Griff.

Ja, genau. Die Schutzlosen. Die Hilfe brauchten.

Sie schaute zum Torbogen rüber.

Das konnten nur einer oder zwei sein. Und die trauten sich nur nicht durch den Rauch.

Das kriegte sie schon allein hin.

Sie packte das Tuch, das sie um den Hals trug, zog es hoch und band es sich straff vor Mund und Nase.

Na, dann mal los!

Kurz vor dem Torbogen holte sie noch einmal tief Luft und tauchte dann in die Rauchschwaden ein. Der Qualm biss ihr übel in den Augen, doch zum Glück war der Vorhang nicht tief, sodass sie schnell hindurch war.

Seltsam, vom Eindruck von draußen her, hätte sie mehr erwartet. Woher …

Ein Sirren warnte sie und ihr Kopf zuckte zur Seite.

Das rettete ihr das Leben.

Ein hartes Pfeifen, etwas schoss wuchtgetrieben an ihrem Ohr vorbei und zerrte an ihren kurzen Haarsträhnen.

Ihre geschulten Reflexe ließen sie herumfahren, zur Seite springen. Weg aus der Schussbahn, sollten weitere Schüsse folgen.

Sie stoppte ab, ihr Blick schoss hin und her, suchte Orientierung, ihr Rücken war an keiner Mauer. Nicht ganz so eng, wie sie von draußen gedacht hatte, dennoch ein enges Geviert von einem Hof. Schmale Fenster, nirgends Feuer …

… außer von dem aufgehäuften Holzstapel direkt vor dem Durchgang. Der wesentlich mehr qualmte, als er eigentlich sollte.

Keine Mauer im Rücken – sie stand in einem türlosen Durchgang ins Hausinnere.

Keine weiteren Schüsse mehr. Die sparten sie sich. Kein Zweifel, was die von ihr erwarteten.

Statt aber durch den Eingang ins Hausinnere zurückzuweichen, trat sie zur Seite, bis sie die Wand im Rücken hatte, und schob sich dann an ihr entlang seitwärts. Weiter und weiter, bis sie nicht mehr weiterkonnte, weil da ein Vorsprung kam. Ihre Hand saß am Griff ihres Fechtspeers über ihrer Schulter.

Warten musste sie nicht lange. Denn nur wenige Herzschläge später kamen aus einem für sie durch den Vorsprung unsichtbaren und nicht einsehbaren Durchgang drei vermummte Gestalten hervorgeschossen.

Die Tücher vorm Gesicht trugen sie nicht zum Schutz vor Rauch. Die passten perfekt zu den Kapuzen überm Kopf. Eng anliegende, zum Kampf praktische Kleidung. Wäre die schwarz gewesen, hätte sie vielleicht an die Kutte gedacht.

Sie fächerten aus wie die Profis. Einer zum qualmverhüllten Eingang des Hofes, zwei zum Durchgang, vor dem sie in Deckung gegangen war. Jede Wette hatten die mit mehr Leuten gerechnet, die ihr falscher Hilferuf anlocken würde. Wer von denen war denn der Jammerlappen mit der Fistelstimme?

Jedenfalls gaben die sich alle drei verdammt selbstsicher. Aus gutem Grund bei nur einem Gegner. Drei gegen eine. *Wenn* der Schütze einer von ihnen gewesen war.

Die hatten sie im Schatten der Nische noch immer nicht gesehen. Mit gezogenen Klingen machten zwei von ihnen einen Schritt auf den Türeingang zu. Gebogene Klingen, also mehr Säbel als Schwerter.

Danak dachte nach, ließ dann den Griff ihres Fechtspeers los. Zog sich das doofe Tuch vor Nase und Mund weg.

„Hallo, Jungs", sprach Danak sie von der Seite an. Blöd, dass so eine Kapuze den Blickwinkel einengte. Oder doch nicht so sehr Profis, wie sie gedacht hatte.

Die zwei Vermummten schnellten herum. Zwei gebogene Klingen sausten auf sie zu. Danak schoss vor, wand sich in die Bewegung des Angreifers hinein und packte ihn beim Arm. Wuchtete ihn, um die eigene Achse kreiselnd, herum.

Einem leisen Klacken folgte ein dumpfer Aufprall, mit dem ein Ruck durch den Vermummten in ihrem Griff ging.

Also drei und dazu noch ein Schütze.

Sie stemmte den schlaffen, von einem Pfeil durchbohrten Körper herum und stieß ihn kraftvoll von sich. Sodass er in denjenigen prallte, der sie von der anderen Seite angriff. Der zum Torbogen hin wandte sich jetzt blitzschnell zu ihr um, ebenfalls mit gebogener Klinge.

Jetzt lag der Fechtspeer allerdings in ihrer Hand.

Sie hatte recht gehabt mit ihrem Zuruf: Das waren alles Jungs.

Die waren nicht faul und griffen an.

Ihr Fechtspeer fuhr hoch und lenkte die erste Klinge ab.

Wie schwerelos glitt die perfekt ausbalancierte Waffe in ihrem Griff herum. Und fing die zweite Klinge ab. Den Fechtspeer stieß sie rückwärts, sodass der erste Angreifer, als er gerade zum Nachstoßen ansetzte, das Keulenende in den Bauch bekam.

Allerdings sah sie über dessen unter dem Treffer einknickenden Körper hinweg, dass jetzt auch der Schütze in den Kampf eingriff. Hatte wohl eingesehen, dass er in diesem Handgemenge genauso gut seine eigenen Leute treffen konnte. Und einer davon hatte ihm wohl gereicht.

Ganz dumm konnten die Kerle auch nicht sein, denn sie gingen nicht augenblicklich zur nächsten Attacke über. Die warteten erst mal ab, zogen sich zurück. In der Einsicht, dass das Überraschungsmoment verbraucht war und sie sich jetzt besser auf ihre zahlenmäßige Überlegenheit verlassen sollten.

Pech! Mist!

Denn darin agierten sie plötzlich wieder wie die Profis. Wenn die gleichzeitig angriffen, war sie dran.

„Vier gegen eine", sagte sie, während sie die verbliebenen drei scharf im Auge behielt. Einer in der Mitte, zwei zu ihren Flanken. „Wäre unterm Strich 'ne miese Quote für euch gewesen. Habt euch gedacht, da kommen mehr, was? Und die könnt ihr fein einen nach dem andern abschießen, wenn sie durch den Qualm kommen." Darum hatten die auch so lange gezögert. Weil sie auf die Nächsten hinter ihr gewartet hatten. Das hatte ihr das Leben gerettet. „War ein feiner Hinterhalt. Aber leider –"

Die restlichen drei griffen an. Gleichzeitig. Scheiße!
Zeit fürs Keulenende.

5

HINTERHALT

Sie sah die Klingen blitzend heransausen, schwang die Waffe in ihrer Hand herum, wodurch das Keulenende vorankam. Eine Klinge fegte sie im Schwung weg, die zweite traf auf den Schaft des Fechtspeers. Die dritte ... verflucht! ... erwischte sie an der Schulter.

Gut, dass die geschützt war. Doch es zog höllisch scharf ihren Unterarm entlang. Einer stürzte ihr hinterher, sodass sie im blitzschnellen Zurückweichen ins Straucheln geriet. Taumelte.

Sie spürte, wie sie mit dem Rücken gegen die Wand knallte.

Mit einem Fechtstab, der Freiraum brauchte, an der Wand? Übel!

Und augenblicklich drängten auch ihre Gegner wieder vor. Gnadenlos. Verflucht, die hatten sie! Keine Chance. *Choraik, ich ...*

Den Fechtspeer hoch, Keulenende zuerst. Dass du sie wegdreschen kannst.

Etwas Scharfes, Blitzendes zog haarscharf an ihrer Stirn vorbei. Eine zweite Klinge folgte.

Geduckt schnellte sie zur Seite weg. Schwang den Fechtspeer um die Achse. Erwischte mit der Klinge etwas Nachgiebiges. Ein Schrei.

Zugleich ein harter Schlag am Kopf, sodass ein Dutzend Brandnester sie umtanzten. Verflucht! Ein Treffer, zum Glück mit der flachen Seite.

Als sich ihre Sicht klärte, war da eine Klinge, die auf sie zukam. Der Umriss ihres vermummten Trägers dahinter, vor dem Rauch.

Kein Abwehren. Nichts.

Aus!

Ein Schrei und ein Ruck, der durch den Körper ging.

Ihr Angreifer knickte weg.

Hinter ihm kam jemand in dunkler Kleidung mit verrußtem Gesicht zum Vorschein, der augenblicklich wieder mit seinem Fechtspeer in Kampfhaltung ging.

„Sandros!"

„Ja, klar! Unser Frauenheld wird wieder zuerst bemerkt", kam eine weitere Stimme.

Mercer!

Als dritte Gestalt kam Chik durch den Rauchvorhang, ging ebenfalls sofort in Kampfstellung.

Danak sackte zurück, gegen die Mauer. Mit einem tiefen Seufzen. Aus Erleichterung und weil mit einem Mal die Benommenheit durch den Schlag sie einholte.

Durch schwankende Schleier beobachtete sie, wie vor ihr der Kampf im Hof seinen unvermeidlichen Lauf nahm. Eine Vermummung wie ein Quâ-tsunja machte einen eben noch längst nicht zu einem Meister der arkanen Kampfkunst.

Gegen drei gut ausgebildete Gardisten der Stadtmiliz hatten die drei Möchtegern-Attentäter keine Chance.

Dennoch wehrten sie sich so erbittert, dass es für sie übel ausging.

Danak sah, wie Mercer einem, der am Boden lag, die Maske runterzog. „Ein Mensch." Es klang fast ein wenig bestürzt. „Keine Spitzohren."

„Wären dir Idarn-Khai lieber gewesen? Gegen den Kampforden der Kinphauren hätten wir kaum eine Chance gehabt", meinte Sandros.

„Trotzdem …" Mercer schüttelte den Kopf. „Menschen … Welche von uns."

„Jetzt tu nicht so", sagte Chik mit seinem harten ostnaugarischen Akzent. „Dass welche von uns auf der Seite der Kinphauren kämpfen, ist doch kein Geheimnis. Das wussten wir von Anfang an. Protektoratsgarde und so."

„Trotzdem frag ich mich immer noch, warum. Was bringt einen von uns dazu, auf der Seite dieser kriegslüsternen Eroberer zu kämpfen?"

„He, du warst bei der Stadtgarde. Du musst wissen, warum andere Menschen solche Dinge tun, die für unsereins nie infrage kämen. Bei denen man sich fragt, wie kann das sein." Chik hielt den Fechtspeer auf einen am Boden liegenden Vermummten gerichtet. „Der hier lebt noch. Den hat nur ein Treffer mit dem Keulenende mattgesetzt." Die Spitze der Fechtspeerklinge schwebte über der Brust des Verwundeten, der jetzt leicht den Kopf hob.

„Gut", sagte sie, „dann können wir ihn …"

„… verhören. Ja, dachte ich auch schon."

Sie wollte sich über die Stirn wischen.

„He!" Der Ruf ließ sie in der Bewegung innehalten.

„Geh da nicht mit der dreckigen Knoche rüber." Es war Sandros, der sie besorgt ansah. „Du blutest da." Er musterte sie. „Und am Arm hast du auch einen ordentlichen Kratzer abgekriegt. Komm, lass dich erst mal verarzten! Mercer freut sich bestimmt schon drauf, den Kerl zu verhören. Stimmt's, Mercer?"

Es zuckte grimmig in Mercers Mundwinkel, als er auf den Gefangenen hinabstarrte.

Als sie dann hinzukam, hatte Mercer den Möchtegern-Attentäter schon richtig in der Mangel. Der Kerl saß gefesselt auf einen Stuhl in einem der Räume, die vom Feuer nur wenig abbekommen hatten. Es schwelte noch ein wenig in den Ecken. Aber das trug nur zur Atmosphäre bei.

Wie ein wilder Wolf, der sich nur schwer zügeln konnte, um nicht auf der Stelle übers Opfer herzufallen, schnürte Mercer vor ihm herum. Die übliche mühsam im Zaum gehaltene aggressive Energie, die er nicht mal spielen musste, kam ihm hier zugute.

Dem Kerl war grob seine Kluft runtergerissen worden, zum Teil hing sie in zerschnittenen Fetzen von seinen blutigen Gliedern herab. Der hielt sich aber offenbar stur. Schwer, seine Herkunft abzuschätzen. Wahrscheinlich irgendwo aus dem Norden. Von Bauern geboren, vielleicht früher Söldner? Das würde seine kaltblütige Art angesichts Mercers Verhörs erklären.

Mercer schnellte immer wieder plötzlich vor, schrie auf den Kerl ein, ließ sein kleines gebogenes Messer machen, wozu es geschaffen worden war. Jetzt schrie der Kerl.

Danak kreuzte die Arme, sah sich das Schauspiel eine Weile an.

„Waren wir schon bei den Fingern?", fragte sie dann.

Mercer drehte sich zu ihr um. „Kommen gleich dran." Und wandte sich wieder ruckartig dem Gefangenen zu. „Nicht wahr, Arschgeige? Ich hoffe, du hast kein Steckenpferd wie Stickarbeiten oder so."

Trotz Mercers energischem Einsatz bekamen sie auf ihre brennenden Fragen dennoch keine Antwort.

Wer für den Anschlag verantwortlich war, wer die Kerle überhaupt waren. Wer als Drahtzieher dahintersteckte. Ob es ein gezielter Hinterhalt war oder aus der Situation heraus improvisiert. War der Brand etwa gezielt gelegt worden, damit man in der Verwirrung an sie persönlich herankam? Das hätte ein gehöriges Maß an Planung und Voraussicht, aber auch Skrupellosigkeit erfordert. Dann hätte man sie schon länger genau beobachtet haben müssen. Das wäre allerdings äußerst beunruhigend gewesen. Denn, wenn sie, wen dann noch?

Waren die Attentäter Agenten aus der Protektoratsgarde? Gab es dort Überzeugungstäter, die so weit gingen? Oder hatten die Bannerklingen menschliche Agenten angeworben und ausgebildet?

Oder hatte diese *Front der Menschen* jetzt etwa einen radikalen, militanten Zweig und beschränkte sich nicht nur auf gewaltfreie Protest- und Sabotageaktionen?

Der Gefangene hatte sich stur gestellt und so auf seine Weise gesiegt.

Am Ende ließen Danak und Mercer den traurigen Ort hinter sich und gingen ihre Gefährten suchen.

Sie fanden Chik und Sandros nicht inmitten des noch immer anhaltenden Trubels im Hof. Stattdessen hatten sie sich nach draußen auf die Straße verzogen. Dort saßen die beiden auf einem Mäuerchen und rauchten welche von Sandros Kräuterstängeln.

„War noch was?", fragte Sandro sie. „Hat er noch was gesagt?"

„Nein, er ist ziemlich wortlos gestorben."

„Hast du ihn wieder zu hart rangenommen?" Sandros blickte zu Mercer auf.

„Nein, ich hab das Gift übersehen, das er versteckt hatte."

„O Schitt!" Sandros schnaufte. „Wir wissen also gar nichts."

„Nö. Null." Mercer zuckte die Achseln.

Sandros wandte sich jetzt an Danak. „Wir haben doch auch unsere Verdeckten hier in Hugen, die ihre Ohren offen halten sollen. Wissen die nichts?"

Auch ihr blieb nichts anderes als Achselzucken. „Bisher ist von ihnen nichts gekommen."

„Da denkt man, man hat's nur mit Spitzohren zu tun, und dann kommt der Widerstand irgendwo aus dem eigenen Lager", meinte Chik kopfschüttelnd.

„Oh." Sandros schien sich zu besinnen. Er langte in seine dunkle Wildlederweste, hielt ihr was entgegen. „Kräuterstängel?"

Diesmal lehnte sie nicht ab. War eine zermürbende Sache gewesen, die sie ziemlich mitgenommen hatte. Sie schaute in Richtung Zitadelle rüber. Der wilde Lärm, der von dort gekommen war, war inzwischen abgeklungen. Einen Kräuterstängel lang hatten sie wohl Zeit.

Dann saßen sie alle rauchend nebeneinander auf dem Mäuerchen.

„Ich hab Heimweh nach Rhun. Ich sehn mich nach einer richtigen Stadt."

Danak sah sich zu Mercer um. „Wir sind in einer richtigen Stadt. Hugen ist die zweitgrößte Stadt Vanarands."

„Joh, mag sein. Hugen ist auch eine große Stadt, aber es ist nicht das Gleiche. Gut, Rhun war am Ende besetzt, aber hier fühlt es sich an, als wären *wir* die Besetzer."

So kam es Danak auch vor. Sie saß still daneben und hörte ihnen zu.

„Rhun ist auch nicht mehr dasselbe", warf Chik ein.

„Da hast du wohl recht, Maisaczik", gab Mercer zurück.

Sandros stieß bedachtsam den Rauch aus. „Wir würden uns wahrscheinlich alle gewaltig wundern, wenn wir jetzt plötzlich zurück in Rhun wären."

„Du hast gut reden. Dir blieb keine Wahl."

Sandros sah sich irritiert zu ihm um. „Natürlich blieb mir eine Wahl. Wir alle hatten eine Wahl."

„Na, so wie ich mich dran erinnere, musstest du ganz schnell aus Rhun verschwinden, weil so 'ne Sache aufgeflogen ist, die du am Laufen hattest. War leider die Frau von 'nem Kinphauren. Alter! Wenn's um Ärsche geht, machst aber echt keinen Unter–" Ein harter Stoß von Chik in die Rippen brachte ihn abrupt zum Schweigen.

„Was ist aus ihr geworden?" Chik schaute jetzt Sandros ernst und besorgt an.

Sie sah, wie Sandros nur die Schultern zuckte, leer vor sich hinstarrte und gar nichts mehr sagte.

Mercer merkte jetzt wohl auch, was er da angerichtet hatte. „He, kein Hass, Bruder. Tut mir echt leid, Sandros."

Eine Weile starrten sie still und rauchend vor sich hin.

„Junge, hätte nie gedacht, dass ich den Vastacken, die alte, linke Pflaumenfresse, mal vermissen würde", sagte Mercer schließlich.

„Joh", sagte Sandros, der jetzt offensichtlich die Sprache wiedergefunden hatte. „Dass ausgerechnet der in den Meander-Gärten, mitten im Rattenloch, einen blutigen Kampf gegen die Besetzer führt und in einem letzten erbitterten Gefecht untergeht?"

„Weiß man's?", warf Chik ein. „Beim Vastacken würd's mich nicht wundern, wenn der am Ende noch irgendwo wie eine Ratte in einem brennenden Haus ein Schlupfloch gefunden hat und jetzt wer weiß wo mit ein paar Getreuen seine Wunden leckt." Er hielt inne. „He, schaut mal, wer da kommt!"

Sie schauten die verwaiste Straße hinab, auf der eine einzelne Gestalt schnellen Schrittes auf sie zukam.

„Ah, da kommt ja dein Stecher", bemerkte Mercer.

Danak zuckte zusammen, bedachte ihn mit einem strengen Blick. „Gardist!"

Das einzelne Wort ließ ihn sichtbar zusammenzucken. „Tschulligung … Leutnant!"

„Kein Hass, Gardist …", erwiderte sie. „Aber du hast ein ziemlich loses Maul!"

„Sie hat recht", sagte Sandros. „Du hast wirklich ein loses Maul."

„Fühlt sich komisch an, nicht mehr dein Kader zu sein", bemerkte Mercer. „… Leutnant."

„Tja, wir sind jetzt Turmgarde. Choraik und ich sind die Köpfe. So weit hat sich für euch kaum was geändert. Hattest inzwischen Zeit, dich dran zu gewöhnen."

„Fühlt sich trotzdem noch immer komisch an, nicht mehr dein Kader zu sein."

Sie konnte es ihm nachfühlen. Vor allem in Momenten wie diesen. So vertrackt und verworren die Situation in Rhun auch gewesen war … Sie hätte niemals gedacht, dass ihr die Tage dort in mancher Hinsicht wie eine unschuldigere, einfachere Zeit vorkommen würden. Sie stieß den Rauch des Kräuterstängels aus. Wahrscheinlich war der Blick auf diese Zeit auch vom Rückblick verklärt. So wie ihr Ausblick jetzt von den Rauchschwaden.

Die verzogen sich und Choraik stand vor ihnen, betrachtete ihren Verband und die blutige Stirn. „Geht es dir gut?"

Sie blickte zu ihm hoch. „Sind nur Kratzer. Kennst mich doch. Die anderen sehen immer schlimmer aus. Dank meiner Jungs aus dem alten Kader." Sie warf den Stumpen des aufgerauchten Kräuterstängels auf den Boden und zertrat ihn mit der Stiefelspitze. „Was macht die Zitadelle?"

„Ist erobert. Jedenfalls so gut wie. Sie kämmen sie gerade durch, ob sich jemand noch in irgendwelchen Löchern versteckt."

„Tut man immer gut dran", bemerkte Chik und sah sie an. „Stimmt's … Leutnant?"

Choraik schaute irritiert vom einen zum anderen, fuhr dann fort. „Wir kamen gerade rechtzeitig zum letzten Sturm.

Keine Bannerklingen. Der Schwarze hat jetzt Angst, dass sie ihm von irgendwo in die Flanke fallen, deshalb will er deren Stützpunkt so schnell wie möglich sichern und besetzen."

„Bannerklingen", meinte Sandros. „Wenn er sich nur um die Sorgen machen muss, wäre ich beruhigt. Ich krieg graue Haare, wenn ich dran denke, was da unter der Hand im eigenen Lager lauern könnte. Stimmt's, Danak?"

„Wie meinst du das?", fragte Choraik jetzt und runzelte die Stirn.

6

____

AM WICKEL

Mancher hat eben nichts Besseres zu tun, als einen, der auf der gleichen Seite steht, wie einen Galgenvogel durch die Straßen zu treiben, nur weil er das Richtige getan hat."

Duvruk hielt mit Leichtigkeit mit dem schnell marschierenden Trupp von *Hauptmann* Viancar Schritt und warf dabei einen schweren Schatten, unter dem der nicht Genannte, aber klar Gemeinte die ganze Zeit voranmarschierte.

Da Viancar ihm den Rücken darbot, konnte Erion nicht erkennen, ob er wegen Duvruks Bemerkung eine Miene verzog oder nicht. Letzteres hätte er sich bei dem kalten Schweinearsch unschwer vorstellen können. Nichts gegen die armen Tiere! Die wollte er wirklich nicht beleidigen.

„Lass mal gut sein", sprach er zum Rücken vor ihm. „Ich bin mir sicher, der *Hauptmann* hat sich vorher versichert, dass es nichts anderes gibt, bei dem er grade eine große Hilfe sein könnte. In einer gerade eroberten und noch nicht ausreichend gesicherten Stadt. Wie könnte einer wie er da nützlich sein?"

Er schaute über die Dächer hinweg. Von der Zitadelle stieg noch immer Rauch auf. Allerdings auch von einigen anderen Stellen der Stadt. Man konnte nur vermuten, was dort vor sich ging.

„Es gibt bestimmt welche", fuhr er im Laufen fort, „mit edleren Beweggründen, die sich bei der Eroberung der Zitadelle verdient machen."

Jetzt wäre er allerdings beinahe in seinen feinen Hauptmann reingerannt, denn der blieb abrupt stehen.

„Willst du auch noch frech werden?" Viancar funkelte ihn aus erstarrten Zügen an. „Nur zu! Mach es nur noch schlimmer für dich!"

Aus den Augenwinkeln bemerkte er, wie nicht nur Duvruk, sondern auch Malaiar näher traten. Von Kunja bemerkte er nichts; die hielt sich wohl außer Sicht.

Beschwichtigend hob er beide Hände. „Gemach, gemach! Will sich ein Träger des grauen Mantels der Sechzehnten etwa am anderen vergehen? Wir sind schließlich alle Brüder. Du, dein Genosse Findrac, ich … Brüder, alle miteinander."

Grolk hatte ebenfalls in seinem raschen wieselnden Lauf innegehalten und fauchte Viancar an.

„Kusch, Grolk! Was ficht dich an? Was stört dich nur an diesem netten und zuvorkommenden Vertreter seiner Art?"

Die Augen Viancars verengten sich zu Schlitzen. Das dunkle Tintenblau darin schlug förmlich Funken.

„Hauptmann …", hörte er Malaiar sagen.

Duvruk grollte leise. Es klang wie ein Räuspern. Doch wer ihn kannte …

„Erion!", erklang in diesem Moment ein Ruf. Und gleich darauf, „Duvruk!"

„Klar, der Große wird mal wieder zuerst bemerkt", meinte Malaiar. Es klang, als würde sie dabei grinsen.

Erion nahm den Blick von Viancar, der ihn noch immer

erbittert anstarrte. Und entdeckte Amara mit dem Grausling im Schlepptau, die beide auf sie zueilten.

Einerseits freute er sich, sie zu sehen, andererseits … In dieser Lage?

„He, Amara!", rief er ihr zu. Seine Stimme so unbeschwert, als hätte sie ihn gerade aus einem netten Plausch aufgestört. Wäre ja noch schöner! „Ich dachte, du mischst irgendwo bei der Zitadelle mit."

„Die Zitadelle haben wir eingenommen. Aber ich werde anderswo gebraucht."

„Siehst du?", hörte er Duvruks tiefe Stimme. „Sag ich doch, dass du dich anderswo nützlich machen solltest." Ein kurzer Blick versicherte Erion, dass er zu Viancar gesprochen hatte, über dem er sich wieder wie ein kleiner Berg aufbaute.

„Nützlich machen …?", warf Erion in dessen Richtung. „Na ja. Nützlich ist ein großes Wort."

„Wohin bist du unterwegs?", fragte Malaiar rasch nach. Offenbar bemüht etwas zu sagen, bevor die Situation eskalierte.

Hmmm, schade! Wäre ja was gewesen, wenn Viancar direkt vor Amaras Augen hochgegangen wäre.

Die schaute ein wenig verwundert zwischen ihm und Viancar hin und her, bevor sie antwortete. „Unsere Truppen rücken schnell auf den Hauptsitz der Bannerklingen vor. Damit uns von dort aus nicht ein zusätzlicher Brandherd entsteht. Und bevor sich von dort aus neuer Widerstand bilden kann."

„Und?"

„Tja, das Hauptquartier der Bannerklingen ist verlassen. Aber unsere Truppen sind dabei in einen Hinterhalt geraten. Unter den Angreifern befindet sich auch ein Magier. Deshalb soll ich auf den Plan."

Sie wandte sich an den Grausling. „Wieder mal so'n typischer Auftrag für uns, was? Wie in alten Tagen."

Er sah den Grausling grinsen – eine der seltenen, wenn nicht die einzige Gelegenheit, bei der er das an ihm beobachtet hatte. Vielleicht sah man's bei ihm nur schwerer, so, wie ihm die Zotteln ins Gesicht hingen.

Der Grausling kauerte sich hin, und bevor Erion sich über den Grund wundern konnte, sah er, wie Grolk angehuscht kam, seinen Kopf in dessen hohle Hand schmiegte und sich von ihm kraulen ließ.

„Anscheinend gibt's unterirdische Wege aus dem Bannerklingengebäude raus", fuhr Amara ein wenig gehetzt fort. „Grausling war früher sogar mal drinnen und meinte, das wäre reichlich verwinkelt. Jedenfalls werd' ich jetzt dort dringend gebraucht. Komm, Alter!" Sie winkte dem Grausling zu, der sich erhob. Wollte schon wieder los.

Doch dann sah sie sich noch einmal nach ihm und seiner Eskorte um. „Bei dir alles in Ordnung?" Ihre Stirn war gerunzelt.

Nein, nein! Jetzt bloß nicht vor ihr wie die Niete dastehen, die man auf dem Kieker hatte und die jetzt reuevoll abgeführt wurde.

Sie hatte ihn als strahlenden Helden erlebt, der die Schlacht gerettet hatte. Obwohl sie todsicher wusste, wie es um ihn stand, sollte sie ihn auch so in Erinnerung behalten. Oder eben gerade deshalb.

Er straffte sich, trotz der Umgebung, musste aufpassen, dass er sich nicht zu sehr in die Brust warf.

„Nein, nein, alles bestens." Er versuchte, ihr sein strahlendstes Lächeln zu präsentieren. „Wir haben eine Barrikade der Besatzer erstürmt, ich und meine Freunde. Es wurde ein Einsatztrupp gebraucht." Er machte eine ausladende Handbewegung, die den Kreis seiner Gefährten andeuten sollte. „Tja, und da waren wir."

Er stutzte. Konnte sie vielleicht annehmen, dass er in die Geste auch Viancars Trupp einschloss? „Na, bis auf Findracs Spießgesellen hier. Der ist dann dazugekommen, als alles vorbei war." Er wandte sich um, damit sein breites Grinsen Viancar traf. Der brütete düster vor sich hin. Da war eh das Kind in den Brunnen gefallen. Daher zwinkerte Erion ihm knapp zu, wandte sich dann schnell wieder ab.

Und fand mit seinem Blick ausgerechnet jetzt Kunjas wütendes Gesicht. Zorniger denn je. Regelrecht zu einer Maske des Grimms erstarrt, dass es ihm in den Magen fuhr. Selbst, da er schon wusste, wie es derzeit um sie beide stand.

Obwohl Kunja offenbar den Blick geflissentlich starr halten wollte, merkte er, wie er kurz zu Amara hinüberwanderte, nur ganz knapp. Oh, jetzt hatte sie die auch noch gefressen? Was war nur mit Kunja los?

„War eine ganze Armbrusttruppe", sagte Duvruk, der noch immer hinter Viancar stand. „Aber wir haben sie in die Flucht geschlagen. Mit Erion voran an der Spitze. Kennst ihn ja."

„Na, dann ist ja alles in Ordnung." Es kam ein wenig zögernd von Amara. Ihre Stirn blieb weiterhin gekraust, als sie sich zu ihrem Gefährten umwandte. „Komm, Grausling! Die warten auf uns!"

Und fort war sie.

Zurück blieb er mit seiner Eskorte.

Er wandte sich von der Richtung ab, in die Amara und der Grausling verschwunden waren. Zeit, sich dem zu stellen. Und schaute wieder zu seiner Begleittruppe rüber.

Oh, oh.

Es schien ihm fast, das größte Problem war nicht ein zornentbrannter Viancar. Sondern eine gefährlich schwelende Kunja. Kurz vor dem Moment, in dem der Deckel hochging. Doch noch mit einer zu einer Maske erstarrten Miene, wie man sie zuweilen auch in einen der großen, schwarzeisernen Duergakessel einprägte.

Sie starrte ihn eine ganze Weile an. Er konnte sich von ihrem Blick einfach nicht lösen. Dabei kam es ihm dennoch nicht vor, als wollte sie ihn mit ihrem Blick durchbohren oder gar niederstarren. Vielmehr schien sie ganz intensiv und grimmig in ihre eigenen Gedanken versunken. Als hätte sie etwas mit sich abzumachen. Oder für sich eine Entscheidung zu fällen.

Schließlich hielt er es nicht länger aus.

„Was?", fragte er.

„Er hat uns belogen", sagte sie.

Den Blick unverwandt auf ihn geheftet, aber keineswegs so, als würde sie das Wort an ihn richten.

Bevor er – oder irgendjemand anderes etwas dazu sagen oder nachfragen konnte, fuhr sie fort. „Er hat uns verraten und missbraucht." Ihre Miene war noch immer maskenhaft erstarrt. „Und das nach allem, was wir für ihn getan, was wir für ihn geopfert haben."

Da hing es in der Luft, und Erion wusste nichts dazu zu sagen.

Die Erwiderung kam von Malaiar. „Du tust ihm unrecht." Die Stimme war ruhig, milde.

Die von Kunja dafür umso wütender. Als sie Malaiar anfuhr. „Und du bist immer eisern auf seiner Seite. Das heilige Wässerchen, das von nichts getrübt werden kann."

Ihr Blick schwenkte kurz zu ihm hin, wanderte wieder zu Malaiar zurück. „Und das tut er. Ständig. Und zwar ziemlich offen." Jetzt kniff sie noch mehr die Augen zusammen. Zumindest verzog sich dadurch einmal ihre Miene. „Du weißt doch, wie man ein Wässerchen trübt?"

„Ja, indem man …"

Während Malaiar sprach, sah Kunja zu ihm rüber, maß ihn von oben bis unten und wurde puterrot. So groß war ihr Zorn auf ihn?

Fragen konnte er sie nicht mehr, denn sie fuhr auf der Stelle herum und stapfte mit erbittertem Schritt davon. „Ich muss zurück zu meiner Einheit", warf sie über die Schulter. „Und ihr eigentlich auch. Wenn ihr nicht wollt, dass man euch ernsthaft dafür zur Rechenschaft zieht, dass ihr beim Sturm auf die Zitadelle nicht dabei wart."

Mit diesen Worten zog sie davon.

Erion bemerkte, wie Duvruk und Malaiar sich betroffen anschauten. Die Betroffenheit – oder war es Schuldbewusstsein? – standen dabei am meisten Duvruk ins Gesicht geschrieben.

„Sie hat recht", sagte Duvruk dann. „Jedenfalls, was das Verpassen des Sturms der Zitadelle betrifft." Schnell hinzugefügt und mit Blick in Erions Richtung.

Er sah, wie Duvruks Blick hinab zu Viancar wanderte. „Und du erinnerst dich besser immer an mich. Bei allem, was mit ihm zu tun hat." Er deutete auf Erion. „Wir Duerga haben ein sehr gutes Gedächtnis, und wir können nicht nur besonders loyal zu unseren Freunden sein, sondern auch sehr nachtragend. Und rachsüchtig."

Man musste Viancar lassen, dass seine Miene regungslos blieb. „Du verschwindest jetzt besser. Bevor ich dich persönlich bei deinem Befehlshaber melde."

„Ich bin schon weg", meinte Duvruk. „Aber in meiner Abwesenheit, denk mal drüber nach, wie ein Ort aussieht, der von Duerga heimgesucht wurde. Und was die mit ihren Feinden anstellen. Komm, Malaiar!"

Erion sah, wie Malaiar ihm einen letzten Blick zuwarf und dann an Duvruks Seite davonzog.

Als er sich abwandte, starrte Viancar ihn an. „Dann wären wir also wieder unter uns."

7

IN TIEFSTER HÖLLE

Sindaurak stand in Flammen. Das Feuer wanderte an ihm empor, leckte an seiner Kleidung hoch, dass sie sich wellte, verkohlte und in teerigen Flocken davonflog. Wie ein Schwarm schwarzer Vögel, der den Himmel verdunkelte. Es entkleidete ihn seiner Tracht, seines Ranges, seiner Persönlichkeit und seiner Würde.

Auf seinen Körper hatte es längst übergegriffen. Seine Glieder entzündeten sich, es loderte von seinen Händen hoch, die nur noch geschwärzte Skelettklauen inmitten eines gelb-roten hektischen Tanzes waren, dann seine Arme empor. Sein Fleisch lohte, es warf Blasen, schmolz und schälte sich von den Knochen.

Er schrie.

Er schrie in nicht unbeträchtlichem Maße.

Er litt Schmerzen, daran bestand kein Zweifel.

Und seine Pein war so echt, als würde sein Körper auf der physischen Ebene tatsächlich brennen.

Das wusste Siganche genau.

Sie wandte sich schaudernd ab. Tränen liefen ihr über die Wangen, selbst in dieser Geistesform.

Sie ließ die Flammen mit einem Schlag versiegen. Was ihr innerhalb der Konklavsphäre, in der sie sich mit Sindaurak befand und die sie geschaffen hatte, mit Leichtigkeit möglich war.

Er sank schlaff auf die Knie, eine verkohlte, schmauchende, zu einem Halbgerippe heruntergebrannte Gestalt, wie ein schwarzer, gelöschter Kerzendocht. Dem verbrannten, halb herabhängenden Kiefer entrang sich noch immer ein Schrei, der sich lang zu einem jämmerlichen Heulen hinzog.

„Ich kann die Lohe jederzeit wieder herbeirufen. Wie mit einem bloßen Fingerschnipsen. Es kostet mich wenig."

„Aaaah!" Er heulte wieder auf. „Ich will reden. Ich will ja reden. Nur lass es aufhören! Wie lange soll ich denn brennen? Wie lange kann ein Mensch denn brennen?"

Rein durch ihren Willen ließ sie die Träne an ihrer Geistesgestalt wieder verschwinden, straffte ihre Züge und wandte sich ihm dann schroff zu. „Ich weiß es nicht, wie lange ein Mensch brennen kann. Ich weiß auch nicht, wie lange ein Kinphaure brennen kann." Sie ließ ihre Stimme scharf und hart werden. „Aber ich weiß, wie lange du brennen kannst. In alle Ewigkeit nämlich. Denn das hier ist ein Land ohne Zeit, in das ich dich gebracht habe."

„Mein Körper …" Es war ein Laut, als würden Knochen und verrottete Sehnen sich mühen, Worte hervorzubringen.

Ihr schauderte.

„Sei dir sicher, dein Körper ist ganz sicher auch hier. Hier an diesem Ort. Und er brennt. Es gibt keinen anderen Ort, an den du zurückkehren kannst. Es gibt keinen Zustand, zu dem du wieder zurückkehren kannst. Das ist dein Hier und dein Jetzt, und das ist deine Existenz. Du entscheidest, ob sie von ewiger Qual geprägt ist oder ob du uns die Antworten gibst, die wir von dir haben wollen."

Sie log. Tatsächlich, sie belog jemanden. Doch gaukelte

sie ihm die Unwahrheit für einen höheren Zweck vor. Das war es, womit sie sich die ganze Zeit tröstete. Das war es, womit sie sich selbst belog.

„Ich will von dir alle verborgenen Quartiere und Stützpunkte der Bannerklingen hören", fuhr sie fort, bevor sie noch unter der Last einknickte. „Eure Agenten im Feld, ihre Aufträge und Missionen. Geheime Routinen, Vorgangsweisen und Protokolle."

„Ich weiß sie nicht", schrie der Gefangene mit einer markerschütternd röchelnden Stimme, als müsste er die letzten blutigen und angesengten Fleisch- und Knorpelreste mit aller Kraft dazu zwingen, verständliche Worte hervorzubringen. „Ich weiß sie nicht alle. Ich habe euch doch schon einige gesagt."

Nicht genug, so wusste sie. Nicht genug. Kaum mehr, als sie ohnehin schon kannten.

Sie musste weitermachen. Eigentlich war er schon gebrochen. Er stand kurz davor, ihr auch den Rest zu verraten.

Sie war es, die ihn gebrochen hatte. Sie hatte ihm das angetan. Sie hatte nicht nur für den höheren Zweck gekämpft und getötet, sie hatte jetzt auch dafür einem lebenden, fühlenden Wesen vorsätzlich Qualen zugefügt. Egal, ob es ein Kinphaure, ob es der Feind war. Egal, ob er derjenige war, der Ränke gegen sie geschmiedet hatte und sie mit einem Orbus, der wichtige Signaturen enthielt, in die Falle hatte locken wollen. Sie teilten schließlich alle ihren unvergänglichen Anteil an der Weltenseele miteinander und waren im Geist verwebt, egal, unter wessen Banner sie kämpften.

Jetzt hörte sie ihn wieder leise vor sich hinröcheln. Er musste es schon eine ganze Weile tun, wie eine auf- und abschwellende Klagemelodie, wie ein Mantra, doch jetzt verstand sie die Worte.

„Mein Körper ist …“

Sie ertrug es nicht. „Dein Körper ist *hier*!“, unterbrach sie schnell und schroff sein Gejammer.

„Mein Körper ist …“

Es gab kein Entkommen. Sie war hier mit ihm in dieser Konklavsphäre gefangen und erlitt an ihm die Konsequenzen ihrer Taten.

Sie hielt es nicht länger aus und riss sich aus der von ihr geschaffenen Konklavbindung. Sie wusste, die Sphäre blieb jetzt auch ohne sie weiter bestehen. Und er auch ohne sie in seiner Qual gefangen.

Sie war wieder in dem düsteren Gewölbe, in dem die Tortur ihren Anfang genommen hatte. Flackernd beleuchtet von Fackeln und einem Kohlebecken, wie es sich für einen Folterkeller gehörte.

Die Atmosphäre trug ihren Teil dazu bei, den Gefangenen zu brechen, so hatte Slagni ihr erklärt. Das musste Sindaurak als Bannerklinge natürlich ebenfalls wissen.

Da stand Slagni und neben ihr Buron und Hurn und starrten sie an.

„Na, redet er?“, fragte Slagni.

„Er hat schon geredet“, erwiderte Siganche. „Können wir es nicht dabei belassen?“ Sie wusste selbst, dass sie das nicht konnten, dass sie mehr wissen mussten. Auch endlich etwas Belangreiches.

Sie ließ den Blick dorthin wandern, wo Sindauraks Körper, wo sein wahrer physischer Körper auf einem hölzernen rohen Stuhl saß. Gefesselt, den Kopf nach hinten baumelnd, die Augen leer zur düsteren Decke verdreht. Jedoch unversehrt. Zumindest von den Flammen. Aber nicht von dem, was Slagni, Buron und Hurn vorher mit ihm angestellt hatten.

Es stank hier in diesem Kerkerloch nach Pech, Verbranntem, Körperausscheidungen und etwas Unbenennbarem, das schlimmer war als jede Fäkalie und Absonderung, die ein Mensch von sich geben konnte.

Sie schaute wieder zu Slagni zurück. Und hatte keine Scham, sich vor ihr und den beiden hünenhaften Brüdern in ihrer Schwäche zu zeigen, die keine Schwäche war.

„Ich kann das nicht mehr", sagte sie. Und diesmal liefen Tränen, die sie nicht durch ihren reinen Willen ungeschehen machen konnte, ihre Wangen herab. „Ich schaffe das nicht länger. Ich bringe das nicht über mich."

In Slagnis Blick begegnete sie Verständnis. Auch in ihm lag etwas Gequältes, das sich losreißen wollte.

„Ich bin …" Die Worte wollten sich nicht durch ihre Kehle quälen. „Ich bin eine Heilerin. Kein Folterknecht."

„Wir hätten dich nicht dazugerufen, wenn wir bei ihm nicht absolut auf Granit gestoßen wären", entgegnete Slagni. „Wir wären auf unserem Weg nicht weitergekommen. Ich kenne die Bannerklingen. Ich stand immerhin früher in ihren Diensten." Slagni legte den Kopf schief, während sie Siganche ansah, ihre Miene beinahe verständnisvoll. „Hast du vorher etwas mit deinen Möglichkeiten erreicht, seinem Geist auf anderen, auf gewaltlosen Wegen die Informationen zu entreißen, die wir brauchen?"

„Nein."

„Siehst du. Die Bannerklingen werden in mentaler Disziplin trainiert, die sie in allen möglichen Situationen bestehen lassen."

„Aber er hat ja schon geredet." Das war eine Hoffnung, an die sie sich klammerte. Obwohl sie wusste, wie fadenscheinig sie war.

„Hat er den Standort geheimer Bannerklingenstützpunkte und Namen von Agenten verraten?" Die Stimme, mit der Slagni zu ihr sprach, war, anders als ihre Miene, unerbittlich.

Sie senkte den Blick und den Kopf. „Keine, die wir nicht schon kennen. Oder vermutet haben."

„Du weißt, dass das wichtig ist", sagte Slagni.

„Ich weiß …", begann sie, doch ein grässlicher Laut ließ sie innehalten. Er glich dem, mit dem Sindaurak in der Konklavsphäre versucht hatte, mit seinem verbrannten Körper Worte hervorzubringen.

Hurn war schneller bei ihm, als ihr Blick zu Sindaurak herüberstreifen konnte. Sie sah, wie der Hüne etwas dem Klammergriff von dessen Hand entriss. Die eigentlich gar nicht frei sein sollte und an der die Fetzen seiner Fesseln herabhingen.

Quer über seine Kehle sollte eigentlich auch kein breiter roter Strich sein, und aus dem Schnitt sollte das Blut nicht derart hervorsprudeln. Und sein Kopf sollte nicht so weit nach hinten klappen.

„Hätten wir doch besser Eisenschellen genommen", sagte Hurn. „Jetzt haben wir den Salat."

„Na, Salat …?", fragte sein Bruder an und besah sich Sindauraks Leib. „Salat ist kaum das richtige Wort." Buron rührte sich erst gar nicht von der Stelle, denn ihm musste wohl klar ersichtlich sein, dass jedes Eingreifen zwecklos geworden war.

Was Siganche jedoch auf der Stelle hielt, war nicht eine bloße Erkenntnis. Jedenfalls nicht die gleiche wie bei Buron: Sie hatte diesen Mann umgebracht. Ihr Handeln, ihre Folter hatten dazu geführt, dass dieser Mann sich selbst die Kehle durchgeschnitten hatte.

„Er hat …", konnte sie nur stammeln.

„Ja", antwortete Slagni. „Irgendwie muss er wohl an dieses Messer rangekommen sein." Siganche wollte gar nicht wissen, was die drei vorher mit dieser kleinen, gebogenen Klinge angestellt hatten. „Oder er hat sich zuerst die Fesseln durchgescheuert." Die Waldläuferin schüttelte den Kopf. „Ist mir ein Rätsel, wie er das zustande gebracht hat."

Sie wunderte sich allerdings über etwas ganz anderes.

Welche mentale Stärke und Konzentration musste der

Gefangene aufgebracht haben, sich von der Wirklichkeit der Konklavsphäre abzuspalten und in seinen Körper zurückzufinden? Und um dann ... – ihr Blick wurde wieder zu dem grässlichen Anblick hingezogen – *das hier* zu tun? „Die geistige Disziplin, die sie den Bannerklingen beibringen, muss wirklich bemerkenswert sein."

„Da haben wir schon sein Gebiss auf falsche Zähne mit Giftkapseln untersucht", meinte Buron auf ihre Bemerkung hin. „Weil wir so was schon gerochen haben."

„So jedenfalls kann er uns nichts mehr verraten."

„Wir wissen jetzt immerhin, dass jemand, der sich Brannaik-Var nennt, der Kopf des Widerstands gegen unseren Befreiungskampf ist."

Den Namen kannte sie. „Von einem Brannaik-Var hat man auch schon vom Kampf an der Südfront mit dem Idirischen Reich gehört. Man sagt, er hätte mit eiserner Hand die zerstrittenen Kinphaurenklans zusammengeschweißt."

„Bei unserer Endschlacht und allem vorher hat er sich aber im Hintergrund gehalten", hörte sie Buron sagen.

„Das beunruhigt mich. Und dass wir von den kinphaurischen Magiern, diesen Birgenvettern, erst einen zu Gesicht bekommen haben. Jedenfalls haben das Erion, Kunja und die Truppe bei ihnen gesagt."

Es war Slagni, die geantwortet hatte, doch die Worte zogen an Siganche vorbei. Ihr Blick hatte sich im Leeren verloren.

„Soll sich aber sofort wieder zurückgezogen haben."

„Was haben diese Birgenvettern wohl vor?"

„Das genau wollten wir mit dieser Befragung herausfinden."

Siganche schreckte auf. Aus ihrem düsteren Sinnen, bei dem die Stimmen sich im Hintergrund verloren hatten. Slagni hatte wohl ihre Miene bemerkt und die letzten Worte direkt an sie gerichtet. Jedenfalls erklangen sie nah bei ihr.

Sie wandte sich zu der Waldläuferin um. „Du meinst mit dieser Foltersitzung?"

Da lag echtes Mitleid in den hageren Zügen der Frau, die als Waldläuferin und Amaras Begleiterin auf ihren Reisen durch die Wildnis schon so viel gesehen haben musste. Slagni legte ihr die Hand auf die Schulter.

„He, Siganche", sagte Slagni. „Es herrscht Krieg, und den führen wir, damit etwas Schlimmeres verhindert wird." Mit einer Kopfbewegung deutete sie zu dem Toten auf dem Stuhl hinüber. „Dieser Sindaurak ist unser Feind. Und nicht einfach, weil er auf der falschen Seite geboren wurde. Er hat sich bewusst dazu entschieden, in die Bannerklingen einzutreten und gegen uns zu kämpfen. Er war der Kerl, der uns mit dem Trick mit den ausgetauschten Magiern fertigmachen wollte. Meinst du, der hätte viel Aufhebens um uns gemacht, wenn wir die Schlacht wegen ihm verloren hätten? Der Drecksack wollte uns, für den Fall, dass es nicht zog, mit seinem Orbus in einen Hinterhalt locken. Wahrscheinlich hat er gehofft, damit Amara zu erwischen. Die hätte er bestimmt eiskalt umgebracht. Und sie vorher ausgiebig gefoltert, um ihr unsere Geheimnisse zu entreißen. Meinst du, der hätte deswegen auch nur mit der Wimper gezuckt?"

Siganche blickte auf, und sie sah Slagni bewusst mit dem Blick ihrer erweiterten Sinne an, sah das Spiel der Auraschichten an ihr, deren Komplexität. Ja, Slagni war ein lauterer Mensch.

„Ich weiß", sagte sie. „Ich weiß das alles. Aber ..."

„Was aber?" Slagni blickte ihr direkt in die Augen, und sie konnte nicht anders, als diese Menschenfrau für ihre Art zu bewundern, wie sie ihre Lasten trug.

„Ich hab von Amara aus ihren Unterhaltungen mit Auric erfahren, wie das bei euch war", fuhr Slagni fort. „Es war bei euch Ninraé eine bewusste Entscheidung, euch in die Belange der Welt einzumischen. Eure ganze Rasse war dabei, die Welt zu verlassen, und sich ... was weiß ich ..."

Sie machte eine ausschweifende Handbewegung. „… in *höhere Gefilde* zu verabschieden. Aber ihr habt euch bewusst dagegen entschieden. Um ein dunkles Zeitalter zu verhindern oder so." Wieder so eine Handbewegung, diesmal fahriger. „Was weiß ich denn? Ich bin nur eine einfache Waldläuferin."

Siganche spürte die Wärme von Slagnis Trost, und sie spürte die Wärme, die von ihrer Persönlichkeit ausging.

Diesmal war sie es, die Slagni die Hand auf die Schulter legte. „Du bist so viel mehr als das, Slagni. Vor allem bist du eine große Seele."

Lächelnd schüttelte sie den Kopf, als sie sah, dass Slagni abwinken wollte. „Du tust all das, was nötig ist." Eine knappe Kopfbewegung deutete den Hintergrund des Kerkers an. „Deine Hände werden dabei vielleicht schmutzig, aber dein Herz bleibt rein."

Jetzt wurden Slagnis Züge finster. „Was weißt du denn …"

„Nein, nein!" Sie winkte mit der Hand vor Slagnis Gesicht hin und her, um sie zurückzuholen. „Was immer du von dir denken magst …" Sie schluckte. „Ich danke dir, dass du mich an etwas Wichtiges erinnert hast."

Sie schluckte, ließ den Blick über diesen düsteren, blutigen Ort schwenken.

„Die Ninraé haben sich entschieden", sprach sie und bemühte sich um eine feste Stimme, „aus ihrer Absonderung hervorzutreten und sich in die Belange der Welt einzumischen. Sie haben das getan, um ein weiteres Dunkles Zeitalter zu verhindern. Sie haben den Drachen Anaudragor in all seiner Bosheit und seinen finsteren Absichten gesehen. Sie haben die Gewalt und die enthemmte Macht gesehen, die von ihm ausgehen. Und wir, die wir der Sechzehnten angehören, haben beschlossen, dass wir dem entgegentreten müssen. Mit allem, was nötig ist."

Sie sah sich um. Da saß ein Mann auf einem Folterstuhl,

der lieber sein Leben selbst beendet hatte, als ihnen zu offenbaren, auf welch finsteren Wegen er dazu beitragen wollte, dass die Welt unter einen Schatten fiel, in dem nur Angriffslust, Freude an der Unterwerfung anderer und die Erhebung im Glanz eigener Bosheit gediehen. Sie sah zwei Hünen und Brüder, die zu den Ihren hielten und ein blutiges Handwerk taten, um sie zu beschützen. Sie sah eine vom Leben gezeichnete Waldläuferin, die sich über all die Fährnisse und Härten erhoben hatte, um in ihrem Herzen doch noch die Liebe zu finden, und zwar auf eine Art, wie es ihr Herz ihr eingab und die allein für sie gut sein mochte, sich aber nicht darum scherte, was andere dachten. Als sie all dies sah, das Licht und den Schrecken, zog ihre Kehle sich zusammen und Tränen traten ihr erneut in die Augen.

Sie wandte den Blick von den harten Gesichtern und dem blutigen Anblick ab, weil das sie täuschen konnte, sie anfallen und niederringen konnte, wenn sie es auch nur für einen Herzschlag länger zuließ.

„Sei gütig", sagte sie. Es waren Worte, die beinahe ohne ihr Zutun von ihren Lippen kamen und von denen sie nicht wusste, von welchem Ort aus sie sich ausgerechnet hierher in diesen finsteren Kerker verirrt hatten. „Sei gütig, so gut es dir nur gelingt. Und lass nichts Übles von denen an dich heran, die es nicht sind. Bedenke ihre guten Taten mit Aufmerksamkeit, die nicht so guten mit Hoffnung. Aber weise jene mit aller Härte in ihre Schranken, die der Güte in der Welt schaden wollen."

Es waren große Worte für einen Folterkeller, das wusste sie, und ihre Kehle wollte gegen sie protestieren und sich zusammenziehen. Sie sah es aber auch an Slagnis befremdeten Blick, der sich auf sie richtete. Es war ihr egal. Sie musste hart mit sich ringen, dass das Flämmchen dieser Worte nicht erlosch, sondern dass sie es von hier aus, aus dem tiefsten Dunkel, wieder hinaus in die Helligkeit der Welt tragen konnte.

Das war ihr eigener kleiner Kampf. Sie wusste von Auric, dass der ihn auch auf eine ganz besondere und harte Art ausgetragen hatte. Und sie wusste sich darin mit allen Geschöpfen dieser Welt eins. Egal, wie tief sie gefallen schienen.

Sie sah Slagni nicken und spürte dann deren Hand, die sich ihr erneut auf die Schulter legte. Und mehr wollte sie von ihr in diesem Moment nicht.

8

AM ZIEL DER WÜNSCHE

So dreckig, rußbeschmiert und abgekämpft, wie sie war, trat Amara in den Versammlungsraum. Draußen wurde es inzwischen schon Abend.

„Sind wir hier richtig?", hatte der Grausling zunächst gefragt, als sie durch das Chaos, das wilde ungezügelte Treiben geeilt waren, das in der Zitadelle der Stadt Hugen herrschte. „Können die wirklich hier, wo gerade alles erst erobert ist, ihre Versammlung abhalten?"

„Wahrscheinlich gerade deswegen", hatte Amara ihm zugeraunt, als sie sich durch das Gedränge, das unvorstellbar lärmende Tollhaus schoben, zu dem der Innenhof des stark befestigten Gebäudes geworden war.

Sie selbst war bei der Eroberung dabei gewesen und das nicht gerade in einer untergeordneten, stillen Rolle. So hatte sie bereits im Torbogen einige der Brandspuren wiedererkannt, später dann geborstene Säulen, rußgeschwärzte Wände und Pfeiler, sogar einige der Blutspritzer. Sie kämpfte damit, sich nicht mehr als nötig dabei zu denken. Darin bekam sie langsam Übung, bemerkte sie mit einer gewissen Bitterkeit. Sie wusste nicht recht, ob ihr das Sorgen machen sollte.

Früher hatten in diesem Gebäude das Parlament der Region und manchmal auch der Rat der Stadt getagt. Früher, das war, als Hugen eine der großen Städte der idirischen Provinz Vanareum und damit Teil eines Reiches gewesen war, das sich eine Republik nannte.

Dann, nach ihrer überraschenden Invasion, waren hier die Kinphauren eingezogen, hatten alles an sich gerissen und wahrscheinlich genau auf diesem Podest im Hof, an dem sie vorbeigekommen waren, die Oberen der Verwaltung und die Repräsentanten der Stadtregierung aufgeknüpft oder auf andere Art hingerichtet.

An diesem Tag wurde keiner auf dieses Podest geschleift, was für die Absichten, aber vor allem für die Disziplin sprach, die auf ihrer Seite herrschten. Anscheinend waren alle Gefangenen an stillere Orte, vielleicht in den Kellern irgendwo unter der Zitadelle, verbracht worden. Obwohl man bei dem wirren Durcheinander aus Menschen und Pferden, wild durcheinandermarschierender Kolonnen, von Rufen, Schreien und Gebrüll die Zügel einer solchen Disziplin gar nicht vermutet hätte.

Auf den Gängen drinnen wurde es dann kühler, stiller, und man hatte ihnen auf Nachfrage den Weg gewiesen.

Jetzt, da sie zusammen mit dem Grausling durch die weit geöffnete doppelflügelige Tür in den Versammlungsraum trat, wich die verhältnismäßig schattige Ruhe säulengesäumter Korridore und das Tollhaus holte sie erneut ein und brach ungezügelt über ihr zusammen.

Über rasch zusammengestellte Tische und Bänke wurde hinweggeschrien, wurden Befehle erteilt und atemlose Rapporte abgeliefert.

Sie erkannte Auric mitten im Getümmel, Sekainen, die sich sonst aus offiziellen Belangen heraushielt, ausnahmsweise an seiner Seite. Und natürlich Darachel unvermeidlich auch. Auric und Darachel bildeten noch einen ansatzweisen Punkt der Ruhe inmitten all des Tohuwabohus. Was aber keineswegs daran lag, dass sie nicht bedrängt wurden, sondern dass sie sich durch ihre Erlebnisse offenbar eine kaltblütige Seelenruhe errungen hatten.

Hier waren außer den Neun, weiteren Angehörigen der Sechzehnten und den obersten Anführern der Rebellenorganisationen auch noch ein Großteil der anderen Befehlshaber anwesend, sofern sie sich nicht gerade in dringendem Einsatz befanden. Offenbar ging es hier um die Koordination der Maßnahmen, die eingenommene Stadt Hugen endgültig unter Kontrolle zu bringen.

An einer Seite säumten hohe, schmale Rechteckfester den Raum, ohne jede Zier, ohne bunte Mosaikverglasung oder sonst etwas, und so fiel ein schlichtes, mildes, klares Licht herein. Umführende Stufen mit dem Zentrum einer achteckigen Vertiefung zeigten an, dass der Saal früher auch in seinen Aktivitäten einem Publikum geöffnet gewesen war.

Aha, dachte Amara, *das passt zu dem, was ich bisher über die Regierungsform einer Republik gehört habe.* Vielleicht auch das Tohuwabohu der vielfältigen, sich durchkreuzenden Debatten, die mit ihrem Lärm den Raum erfüllten.

„Was sollen wir hier?", fragte der Grausling, nachdem sie eine Weile einfach nur dagestanden und sich das Treiben angeschaut hatten.

„Du nichts", antwortete sie ihm. „Du kannst jederzeit gehen, wenn dir das zu viel wird." Sie wusste schließlich, welche Schwierigkeiten der Grausling mit großen Menschenansammmlungen hatte.

„N-n-nein", meinte er zögernd, „ich bleibe. Bei dir", fügte er dann schnell hinzu.

„Wenn du dir sicher bist." Sie legte ihm die Hand auf den Rücken. „Du schaffst das."

Gemeinsam schritten sie hinab in den Saal.

Während sie sich ihren Weg zu Auric und Darachel suchten, legte sich bereits der größte Trubel. Die meisten Befehlshaber jenseits des inneren Kreises wurden nun entlassen, doch es dauerte, bis sie untereinander die letzten Absprachen getroffen hatten, wild zur Tür stürmten und dann schließlich alle hinausgefunden hatten.

Zurück blieb eine himmlische Ruhe, in der alle Zurückgebliebenen einander zunächst einmal tief durchatmend ansahen.

„Da bist du ja!", rief Auric, der jetzt über die verwaiste Leere der Tische und Bänke hinweg Amara entdeckte.

„Nachdem Hugen gegen den Widerstand der Eroberer erreicht ist und wir in der Stadt Fuß fassen konnten, stellen sich uns ganz neue Herausforderungen."

Auric stand am mittleren der Tische und erstattete ihnen Bericht. Sein grauer Mantel stand vorne offen, wodurch man sein geschwärztes Kettenhemd und Teile seiner schwarzen Kluft erkannte. Und er dominierte den Raum.

Amara, die an seiner Seite saß, sah es und musste ein Grinsen unterdrücken.

„Bei jedem von euch muss das inzwischen angekommen sein", fuhr Auric fort. „Ich wiederhole hier also nur längst Bekanntes."

Amara nahm jetzt den Blick von ihm und ließ ihn über die Versammlung schweifen. Was sie sah, wollte ihr nicht so ganz gefallen.

Schon vorher hatte sie festgestellt, dass außer den Neun, den höherrangigen Befehlshabern der Freien und der Turmgarde auch einige der Sechzehnten im Raum geblieben waren, die nicht zum engen Kreis der Neun gehörten. Das war nicht außergewöhnlich, doch störte sie, welchem Lager sie viele von ihnen zuordnen konnte. Von denen jedoch, die sie eigentlich erwartet hatte, fehlten ein paar. Ama-Ria war zwar anwesend, aber nicht Buron und Hurn und auch nicht Slagni. Auch Danak und Choraik als oberste Anführer der Turmgarde waren nicht da.

„Wir konnten zwar die Zitadelle erobern, aber unsere Bemühungen, die Stadt zu sichern und wirklich unter unsere Herrschaft zu bringen, gestalten sich zäh."

Sie hörte ihn kurz eine Sprechpause einlegen.

„Amara, du warst beim Hauptsitz der Bannerklingen. Wie sieht es dort aus? Ist er in unserer Hand? Haben sich die Kämpfe dort beruhigt?"

Beinahe zuckte sie zusammen, als sie sich so direkt angesprochen sah, riss sich aus ihrer Betrachtung der Versammlung und richtete ihre Aufmerksamkeit wieder auf Auric.

„Na ja, ihr Hauptstützpunkt ist verlassen. Unsere Truppen haben ihn schon so vorgefunden." So vor einer solchen Versammlung zu reden, kam ihr noch immer merkwürdig vor, und vor allem fühlte es sich komisch an, Worte wie *unsere Truppen* in den Mund zu nehmen. Sie sollte ihr Befremden besser abschütteln und sich nichts anmerken lassen. „Sieht aus, als hätten sie den Stützpunkt schon vorher durch unterirdische Gänge verlassen. Es muss da unten vor Stollen, geheimen Kammern und Stiegen nur so wimmeln." Sie überlegte kurz, ob sie ihre Vermutung erwähnen sollte, dass es da drin auch die Eingänge zu Verzweigten Wegen gab. Aber nein … besser, sie brachte die Gefahren, die das mit sich brachte, erst mal nicht auf den Tisch „Kommt mir auch so vor, als sei das von ihrem Standpunkt aus der klügste Zug gewesen. Ihr Hauptquartier ist nicht auf eine Belagerung eingerichtet. Das ist keine Festung, die man gut verteidigen kann, sondern eben nur ein großes, ziemlich verschachteltes Gebäude. Passte wahrscheinlich gut zu der Art von Architektur, die die Kinphauren so lieben."

Du machst das schon gut, Amara, hörte sie eine kleine, krächzende Stimme in ihrem Kopf ... oder eher rechts neben ihrer Schulter.

Danke, Yauso.

Wenn man Maßstäbe anlegt, die für diese schlichten Gemüter ausreichend sind, hörte sie ihn etwas blasiert hinzufügen.

***Danke** ... Yauso*

Oh, sehr gerne! Die Ironie in ihren Worten entging der kleinen, rot glühenden Landplage, der sie den Zugang zu den Geisterräumen verdankte, offenbar genauso wie der abwertende Unterton seiner eigenen Aussage. Ob das wirklich einem Unvermögen entsprang, oder er sich bewusst dumm stellte, damit ihm noch mehr Unverschämtheiten durchgingen, hatte sie bisher nie herausbekommen.

„Aber was ist dann mit den Bannerklingen? Wo sind sie hin?"

Oh, von einer Landplage zur anderen, dachte sie, als sie nachsehen wollte, woher die Frage kam. *Genau! Richtig geraten.*

„Das ist nicht so eindeutig zu sagen, Findrac. Einige sind wohl aus der Stadt geflohen, aber viele sind offenkundig auch innerhalb Hugens in den Untergrund ge-gangen."

„Den Untergrund kennen sie ja gut. Von dort aus manipulieren sie schon seit langer Zeit mit ihren kleinen, gezielten Eingriffen das Spiel." Der Einwurf kam von Slagni, die gerade den Raum betreten hatte und auf Ama-Rias Platz zusteuerte. Sie stand jetzt hinter ihr und wischte sich noch die Hände und Arme mit einem Lappen ab. Der Lappen war rot. Trotz ihrer Bemühungen zeigten sich jedoch noch immer einige Spritzer auf ihrer Kleidung.

„Du musst es wissen. Du kennst sie besser", entgegnete

sie der Waldläuferin. Immerhin hatte Slagni früher, als Amara sie kennengelernt hatte, in deren Sold gestanden. Bis Amara dann Slagni überzeugt hatte, die Seiten zu wechseln. „Vielleicht kannst du uns beraten, was das betrifft. Es sieht es nämlich so aus, als würden sie aus ihren Schlupfwinkeln die Straßenkämpfe und Angriffe auf unsere Kräfte koordinieren." Die Tür öffnete sich erneut, wahrscheinlich Nachzügler, doch hielt sie ihren Blick auf Slagni gerichtet.

„Sieht ihnen ähnlich. Ist die Art, wie sie vorgehen", stimmte ihr die Waldläuferin zu.

„Können wir nur bestätigen", kam eine Stimme aus Richtung der Tür. Von dorther marschierte eine Danak in den Saal, die mindestens so rußgeschwärzt war wie sie selbst, eher stärker, und den Arm verbunden hatte. Außerdem trug sie ein Tuch um die Stirn, das ebenfalls nach einem Verband aussah, denn in dessen Nähe waren verkrustetes Blut und Ruß derart weggewischt, als hätte jemand eine Wunde versorgen wollen. „Sie hängen im Untergrund, zündeln und hetzen. Und wo's sowieso schon gärt, da stacheln sie noch mehr und zeigen die Richtung. Und Ziele."

„Es gab ein Attentat auf Danak", erklärte Choraik an Danaks Seite. „Es waren menschliche Attentäter. Aber die Sache riecht stark nach Bannerklingen. Es könnten welche von der Front der Menschen gewesen sein, dann aber unter fremder Leitung. Das Ganze war zu strukturiert. Das kriegt die Front so nicht hin. Egal, wohin man blickt, überall riecht der Widerstand verdammt nach Bannerklingen."

„Die Freien Geister nicht zu vergessen", führte Danak an. „Diese hirnlosen Lämmer sind für die Bannerklingen ein gefundenes Fressen. Die müssen die stumpfe Herde nur noch in die richtige Richtung lenken."

„Die *Freien Geister*", entfuhr es Ama-Ria, deren Platz sich die beiden jetzt hinter den Reihen näherten und drehte sich zu ihnen um. „*Frei* ist bei denen doch die reine Verarsche! Als wollten die sich bewusst mit uns von den *Freien Vanarands* vergleichen. Die Dumpfbacken sind so frei wie der Ochse im Joch.“

„Aber sie machen Ärger“, meinte einer aus der Befehlsriege der Turmgarde. „Unter ihnen verstecken sich Attentäter oder ganze Trupps unserer Feinde. Wir wollen einfach nur eine Versammlung dieser Trottel zerstreuen, und plötzlich werden wir angegriffen. Wir ziehen zu einer Mission aus, und die stellen sich uns in den Weg. Wir wollen sie auseinanderdrängen und zack! haben wir’s mit der Attacke eines ganzen Angreiferkaders zu tun. Oder mit einem einzelnen Attentäter, der plötzlich zwischen ihnen rauskommt und einen nach dem anderen absticht. Bis wir ihn aufhalten und schnappen. *Wenn* wir ihn schnappen. Das macht diese verdammten *Freien* so gefährlich. Sie werden benutzt.“

„Überall kommt es zu Häuserkämpfen und Straßenschlachten“, sagte einer der Freien Vanarands, der in Ama-Rias Nähe saß. „Unserer Kräfte werden zu weit auseinandergezogen. Wir können nicht überall sein. Nehmen wir uns eine einzige Vorstoßroute, einen einzelnen Häuserblock oder Viertel vor, fallen sie uns woanders in den Rücken. Das ist eine Stadt, und eine verdammt große noch dazu. So was ist nicht unser Terrain. Wir sind ohnehin schon ziemlich dünn gestreckt. Weil wir bei den Schlachten um Hugen schwere Verluste erlitten haben. Straßenkämpfe und so was, Barrikaden, Häuserkampf, das ist nicht unsere Art von Krieg. Wir kommen aus dem offenen Feld, wo es höchstens Weiler, Dörfer und kleine Städte gibt – *das* ist unsere Art von Kampf.“

„Diese Stadt ist verdammt groß und verwinkelt“, rief eine andere Stimme. „Vor allem, wenn man sie nicht kennt. Das ist unser großer Nachteil.“

„Was ist mit euren verdeckten Leuten?“, fragte jetzt Ama-Ria in Richtung von Danak und Choraik, die inzwischen einen Platz gefunden hatten und sich setzten. „Die kennen die Stadt. Können die uns nicht helfen?“

Amara sah, wie Danak zögerte. „Ich tu mich schwer, sie aus ihrer Deckung rauszuholen“, entgegnete Danak schließlich. „Sie sollen dort, wo sie sind, ihre Ohren aufhalten. Unterwanderung kommt man am besten mit Unterwanderung bei. Wenn der Feind den Informationen nicht mehr trauen kann …“

„Das hat bisher ja unerhört große Erfolge gezeitigt.“

Amara sah sich nach dem Sprecher um. Er trug einen grauen Mantel mit heruntergeschlagener Kapuze wie alle Mitglieder der Sechzehnten hier im Raum. Sie glaubte, sich zu erinnern, dass es einer von Findracs Anhängern war.

Bevor jemand etwas entgegnen konnte, erhob sich eine weitere Stimme. Und bestätigte Amaras Vermutung. Findrac höchstselbst. „Kann man die Stadt überhaupt vollständig einnehmen und beherrschen? Ist das möglich? Ist das überhaupt sinnvoll? Kann der strategische Gewinn, den wir dadurch erzielen, die Verluste, die wir dabei erleiden, überhaupt rechtfertigen?“ Er wandte sich bedeutungsvoll in Richtung Aurics, ohne ihn dabei jedoch direkt anzusehen. „Ich frage mich, ob wir mit der Entscheidung, die Einnahme dieser Stadt zu unserem Feldzug zu machen, wirklich so gut beraten waren. Und ob das Ergebnis nicht die Art, wie Führung bisher unter uns ausgeübt wurde und Entscheidungen getroffen wurden, infrage stellt.“

„Es war keine Einnahme, sondern eine Befreiung. Außerdem gibt es noch kein Ergebnis.“ Aurics Stimme war tief wie immer, doch zum ersten Mal seit langer Zeit, glaubte sie, darunter das Grollen eines Wolfs anklingen zu hören. „Hugen war nie das Ziel, sondern nur ein Mittel, das uns unserem Ziel näherbringt.“

„Das ist uns aber so nicht verkauft worden“, hielt Findrac dagegen. Dass er damit erst richtig loslegen wollte, sah man ihm an.

Auric kam ihm zuvor. „Wenn das bei dir nicht angekommen ist, Findrac, hast du nicht zugehört."

Findrac wollte etwas erwidern, Auric ließ ihm keine Chance. „Die Eroberung Hugens war nie als strategischer Gewinn geplant. Sie sollte ein Symbol sein, ein Signal gegenüber Einauge und den anderen Rebellen. Wer das nicht versteht, der sollte sich auf eine beratende Position zurückziehen. Und den Entscheidungsprozess anderen überlassen."

Autsch, das saß! Findrac musste sichtlich um Beherrschung ringen.

„Und?" Er fasste sich jedoch erstaunlich schnell. „Wo bleibt dann die gewünschte Reaktion von den Rebellengruppen?"

„Bisher gibt es keine", erwiderte Auric ohne Zögern. „Wie lange sind wir hier? Wir haben gerade eben die Zitadelle eingenommen, das war eine symbolische Befreiung, aber nicht viel mehr. Was denkst du denn, Findrac, wie schnell die Rebellen reagieren können? Meinst du, die hören das augenblicklich von einem ihrer Nachrichtenwichtel und kommen auf der Stelle durch die Lüfte auf einem stählernen Greifen hier angeritten?" Er schüttelte den Kopf. „Man sollte doch denken, die Langlebigkeit der Ninraé hätte dich Geduld gelehrt, Findrac."

„Gut. Aber was ist dann mit den Rebellennestern im Umland?", hielt Findrac dagegen. „Warum kommen die uns nicht zur Hilfe geeilt?"

„Ich weiß ja nicht, aus welchem … *Nest* du so geflogen kommst …" Diese Stimme war weiblich volltönend. Sie klang in Amaras Ohren, als hätte jemand lediglich eine feine Schicht Samt um einen eisernen Schlagring gehüllt. Ama-Ria war halb von ihrem Platz aufgestanden. „Aber außer uns gibt es kaum Rebellen im Umland. Und die im weiteren Umkreis haben genug damit zu tun, sich ihrer eigenen Haut zu erwehren. Hast du eigentlich irgendeine

Ahnung, wie es im Land aussieht? Alle Gruppen, die im Widerstand sind, kämpfen entweder gegen einzelne Kinphaurenklans oder Duergakader. Der Rest gehört zu uns."

Auric griff ein, bevor Findrac noch irgendetwas darauf erwidern konnte. „Du vergisst, Findrac, wie zahlenmäßig überlegen unsere Feinde sind. Die Kämpfe, die der Widerstand derzeit austrägt, das sind alles verstreute Kampfherde. Sie sind nicht aufeinander abgestimmt. Bisher. Und das muss sich ändern. Hugen ist das Zeichen. Das ist der Sinn seiner Befreiung."

„Ein kostspieliges Zeichen", warf Findrac ein. Und rings um ihn erhob sich zustimmendes Murren, das genau anzeigte, wo seine Anhänger saßen.

Auric ging darüber hinweg, als habe Findrac nichts gesagt. „Zum Glück sind unsere Feinde genauso zerstritten. Nur zur Verteidigung von Hugen hat unser noch unbekannter Anführer auf der gegnerischen Seite auf die Schnelle ein größeres Verteidigungsheer aus mehreren Klans zusammengebracht. Wenn sich die anderen zerstrittenen Klans vereinen und sich geschlossen gegen uns wenden … na, dann stecken wir in echten Schwierigkeiten."

„Eben." Findracs Entgegnung kam hart und schneidend. „Deshalb bin ich dafür, dass sich die Sechzehnte auf der Stelle aus Hugen zurückzieht. Wir sollten augenblicklich wieder auf die Taktik der Dolchstiche aus dem Verborgenen heraus zurückfallen. So schaden wir den Kinphauren am meisten. Das ist unsere Stärke."

„Und Hugen?", hörte Amara Danak fragen. Sie sah ziemlich aufgebracht aus, als würde sie am liebsten gleich über den Tisch springen und sich Findrac vorknöpfen.

„Hugen?" Findrac zuckte die Achseln. „Das sollten wir euch überlassen, der Turmgarde und den Freien Vanarands. Menschen, die für Menschen kämpfen. Das macht sich gut, so soll es sein. Also, wenn man mich fragt –"

„Arschloch!"

Amara sah sich um. Der gar nicht laut, aber klar gesprochene Einwurf kam von Ama-Ria.

Findrac wandte sich ihr ebenfalls zu. „Was hast du da gesagt?"

„Was hast du denn *gehört*? Hat es in deinen süßen kleinen, spitzen Öhrchen geläutet?", gab Ama-Ria zuckersüß zurück, warf leicht den Kopf nach hinten, dass ihre Locken flogen. „Von dir hab ich jedenfalls nur mitbekommen, dass du dich aus dem Staub machen willst, sobald es schwierig wird."

„Findrac!" Es war Aurics Stimme, welche die gespannte Stille durchteilte. Der Angesprochene wandte sich daraufhin um. Auric wartete auf ihn. „Du musst verrückt sein! Willst du allen Ernstes unsere Einheit aufs Spiel setzen?" Amara direkt neben Auric spürte dessen Erbitterung nicht nur in seiner Stimme, sondern auch im leichten Zittern der Tischplatte. „Du sagst, sollen Menschen doch für Menschen kämpfen. Und ich dachte, *wir* würden ebenfalls für die Menschen kämpfen. Ich zusammen mit den Ninraé, die aus diesem Grund diese Welt nicht mit dem Rest ihrer Rasse verlassen haben. Berichtige mich, wenn ich etwas Falsches sage!" Aurics Stimme war hart wie Stahl. Seinen Blick sah sie nicht, hatte aber ihre Vermutungen. „Du weißt selbst, dass die Stadt ohne die Sechzehnte kaum zu halten ist."

Ein Lächeln trat jetzt auf Findracs Züge, die Geste, die es begleitete, war bedächtig, fast theatralisch. „Oh, du meinst, sie ist nicht ohne *Magier* zu halten." In aufgesetztem Ernst zog er jetzt die Brauen zusammen. „Was du wirklich sagen willst, ist, dass deine Ziele ..." Ebenso gewollt stutzte er, korrigierte sich, „... *unsere* Ziele nicht ohne Magier zu erreichen sind. Kannst du es dir dann leisten, über die Ansichten einer größeren Gruppe von Magiern einfach so hinwegzugehen?"

Jetzt schaute Findrac ringsum. Nickte. Wie auf ein

Zeichen erhoben sich seine Anhänger von ihren Plätzen und scharten sich um ihn. Es war eine stattliche Anzahl. Und nach dem, was Amara feststellen konnte, stammten sie alle aus anderen Ninraéfestungen als Himmelsriff, der Heimat von Darachel, Nadragír und den anderen Gefährten Aurics. „Kannst du auf eine derart große Gruppe von Magiern einfach so verzichten?"

Amara spürte die Spannung, die ebenfalls von den um Auric und sie Versammelten ausging. Doch die war anders. Besonnener. Beschränkte sich allenfalls auf ein dezentes Scharren eines Stuhls. Sie ließen Auric die Rede. Obwohl sich jeder sicherlich seine eigenen Gedanken machte. Die Erfahrung musste sie gelehrt haben, ihm das Wort zu lassen.

Auric ließ sich Zeit mit seiner Erwiderung. Wusste, den Moment der Aktion und deren erste Wirkung verstreichen zu lassen.

„Ich weiß, worauf ich auf *keinen Fall* verzichten kann", sagte er schließlich. Er sagte das ruhig und klar. „Und das ist Einigkeit. Unsere Botschaft an die anderen Rebellengruppen sollte sein, dass nur Einheit zum Sieg führt." Er ließ eine kurze Pause, und Amara schielte zu ihm hin. Sie sah, wie er die erhobene Hand zu Faust ballte. „Stehen wir zusammen, können wir gewinnen. Aber ohne Einigkeit …" Er fixierte Findrac mit hartem Blick. „… fallen wir", schloss er dann und senkte die Faust, indem er die Finger löste.

„Wer will das?", setzte Auric in die sich herabsenkende Stille nach. „Wollt *ihr* das?" Ganz klar fixierte er Findrac und seine Unterstützer, bevor er dann den Blick über den Rest der Versammelten gleiten ließ.

Aha, da wankt auch deren geschlossene Front. Amara beobachtete, wie Findracs Unterstützer unsicher auf der Stelle herumtraten, als sie sich plötzlich im Mittelpunkt der Aufmerksamkeit sahen. Alle Blicke richteten sich auf sie.

Doch das war nicht die Art der Aufmerksamkeit und Beachtung, die sie sich gewünscht hatten.

Sie sah auch, wie Findrac mit sich rang. Er musste jetzt etwas sagen. Um nicht das Gesicht zu verlieren.

Alles hing am seidenen Faden.

Denn Findrac hatte recht. Sie brauchten ihn. Sie brauchten die Unterstützung der Ninraé aus den anderen Festen, die auf ihn hörten. Sie brauchten die Unterstützung der nicht gerade unerheblichen Zahl von Magiern, die er mit sich brachte.

Auric nahm Findrac die Entscheidung ab, indem er das Wort ergriff. „Du sprichst aber einen wichtigen Punkt an, Findrac. Wir müssen handeln. Wir können es uns nicht leisten, Zeit zu verlieren." Er schlug mit der Hand auf den Tisch. „Wenn die Rebellen nicht zu uns kommen, müssen wir zu den Rebellen gehen.

Ama-Ria!" Er fasste die gelockte, einer Thyrinstochter gleichen Kriegerin ins Auge. „Du wirst einen persönlichen Kontakt zu Einauges Verbindungsleuten herstellen. Beziehungen hast du ja schon."

„O ja, das kriegen wir hin."

„Gut. Wenn das getan ist, können wir über die einen direkten Austausch mit ihm und seinem engen Kreis über Geistesbotschaften herstellen. Ich nehme an, jeder wichtigere seiner Unteranführer hat entweder einen Senphoren als Geistesboten bei sich oder sie haben sogar einen Kinphaurenorbus an sich gebracht."

„Ich werde sofort aufbrechen. Ich habe fähige Leute, die hier in Hugen meine Arbeit fortsetzen können." Sie sah sich nach beiden Seiten um, schenkte den entsprechenden Anführern ihr gewinnendes Lächeln. „Und Jungs und Mädels ..." Sie fasste sie fest, aber immer noch mit warmem Blick ins Auge. „Arbeitet eng mit den Leuten aus der Turmgarde zusammen. Die kennen sich in Städten und überhaupt in solchen Dingen aus."

Ihre Leute nickten. Die Art, auf welche die manchmal ein wenig grobschlächtig wirkende, wenn auch sehr weibliche Ama-Ria Menschen für sich einnehmen konnte, beeindruckte Amara immer wieder. Mancher sah sie vielleicht kurz an, und neigte dann dazu, sie zu unterschätzen. Aber, dachte Amara, das war ihrer *beinahe Namensschwester* sicher nur recht.

Auric sprach weiter, richtete sich dabei an verschiedene der Anwesenden. Er veranlasste, dass weitere Boten zu anderen Rebellengruppen aufbrachen.

„Währenddessen", sagte er, „versuchen wir weiter, Hugen zu halten und stärker in den Griff zu bekommen.

Oder zumindest diesen Anschein zu wahren", schickte er mit einem harten Lächeln hinterher.

„War es das?" Die scharfe Stimme Findracs durchschnitt die daraufhin entstehende geschäftige Unruhe. „Dann kann ich mich nämlich meinen Aufgaben zuwenden ..."

Halb war er schon weggedreht, da raunte er, ein wenig zu laut, in Richtung des Kreises seiner Getreuen. „Das kommt davon, wenn sich ein Mensch für einen Ninra hält. Und sich in unsere Reihen drängt."

Ihr lag was auf der Zunge und sie kämpfte noch damit, ob sie ihr Temperament zügeln sollte, aber Nadragír kam ihr zuvor.

„Sogar ich habe das gehört", sagte er mit einem feinen Grinsen auf seinem kecken Kleinjungengesicht. „Das mit dem Anscheinwahren gelingt dir also nicht so gut. Dann kann ich nur hoffen, dass du deinen anderen Aufgaben etwas besser gewachsen bist."

Findracs Gesicht verkrampfte sich zu einer Maske. Doch er erwiderte nichts. Unter nur schlecht gedämpftem Gelächter verließen er und seine Getreuen den Versammlungssaal.

Nachdem sich die Tür hinter ihm und seiner Schar geschlossen hatte, erhob Darachel die Stimme. „Das sollte uns nicht darüber hinwegtäuschen, dass wir Einigkeit auch innerhalb unserer Reihen dringend brauchen. Und wir brauchen Findracs Fraktion.

Die nächste Zukunft wird uns zahlreiche Gefahren bringen. Es ist nicht nur die Beherrschung der Stadt selbst. Uns werden Angriffe aus dem Umland drohen." Er zog die Brauen zusammen und legte eine Fingerspitze an seine schmale, markante Nase. „Und ich frage mich erneut, wann Kinphaidranauks gefürchteter und eigentlich längst überfälliger Gegenschlag erfolgt."

Da war er nicht der Einzige. Bei all den Vorgängen, Siegen und Schwierigkeiten der letzten Wochen, hatten Amara auch Stimmen aus ihrer Vergangenheit nicht in Ruhe gelassen. Bilder aus diesen Erinnerungen hatten ihren Geist geplagt, sobald sie ihm einen Moment der Ruhe gönnte.

Sie kannte die Gefahr genau. Sie war ihr begegnet, hatte ihr ins Auge geschaut und hatte sich nicht in der Lage gesehen, etwas dagegen auszurichten.

Wo bleiben sie? Wo bleiben sie nur? Der eine kann ja wohl kaum alles gewesen sein. Und wenn sie in großer Zahl kommen ... was tun wir dann nur?

Sie merkte, dass sie wieder angefangen hatte, an der Innenseite ihrer Unterlippe zu knabbern.

9

AM ARSCH

Na los, Leichtfuß! Schwing deinen Hintern raus aus deinem gemütlichen Himmelbett!"

Der Ruf ließ ihn aus einem ohnehin flachen Schlaf auffahren.

Grolk, der sich in seine Kniekehle gekuschelt hatte, sprang hoch und fauchte auf.

Erion blinzelte, rieb sich den Grieß aus den Augen und starrte die Wache an, die in der Zellentür stand.

Himmelbett? Der wollte ihn wohl verarschen?

Sein Rücken tat von den harten Brettern der Pritsche mehr weh als nach einer in der Wildnis verbrachten Nacht. Der Raum war trostlos mit nur einem winzigen Fenster hoch oben unter der Decke, durch das er kaum mal die Hand hätte strecken können. Wenn er drangekommen wäre. An die nackte Wand hatte jemand lustlos und fleckig Farbe geklatscht. Weiß musste die ursprünglich beim Auftragen mal gewesen sein; jetzt war nicht mehr viel davon zu erkennen.

Sie war durch unzählige eingeritzte Namensinschriften und obszöne Zeichnungen und Sprüche verziert worden.

Verziert fürwahr, denn wie eine Zierde erschienen sie noch verglichen mit all den Flecken, von denen die Verunreinigungen mit verbackenem Dreck noch die unbedenklichsten waren. Über die Natur der anderen wollte er sich lieber nicht allzu viele Gedanken machen.

Eins davon stach darunter sogar hervor, weil es eine wirkliche Zeichnung darstellte, die wahrscheinlich jemand mit der Schließe seiner Gürtelschnalle hineingeritzt hatte.

Sie stellte mit einfachen Strichen in der Art einer Kinderzeichnung eine freie, leicht hügelige Landschaft dar, in deren Mitte ein Turm oder eine Festung stand. Ein Blitz schlug darin ein und spaltete das Gebäude. Darüber befanden sich drei Rechtecke, als wären sie erklärende Schriftzeichen. Sie stellten jedoch nichts dar, sondern waren nur in ihrer Mitte durch einen simplen Strich unterteilt.

Tolle Botschaft, desjenigen, der hier festgesessen hatte, an seine Nachfolger. War ja noch schöner, wenn einen in seinem Gefängnis auch noch der Blitz traf.

Der Grolk hatte die Hälfte der Nacht damit verbracht, Ungeziefer zu jagen. Damit war er in dieser Umgebung ziemlich beschäftigt gewesen. Erion hoffte, er hatte dafür gesorgt, dass keines von den Viechern an ihn rankam.

Erion Leichtfuß hatte der Kerl ihn gerufen, dachte er, während er sich bemühte, seine verkrampften Knochen von der Pritsche zu mühen.

Leichtfuß? Wie seltsam das plötzlich in seinen Ohren klang. Was für ein Hohn! Er hatte den Eindruck, alles Leichte ging gerade unaufhaltsam aus seinem Leben verloren.

Er hatte die Nacht allein in einer Zelle verbracht. Seine Freunde waren fort, zurück zu ihren Einheiten. Vielleicht hatte er sie für immer verloren. Ach ja, und der Tod stand ihm vor Augen. Und das offenbar unabwendbar. Hatte er was vergessen? Ach ja, Zelle und Sinnlosigkeit und …

„Na, wird's bald?" Die barsche Stimme des Wächters

ließ ihn zusammenfahren und trieb ihn endgültig von seiner harten Holzpritsche hoch.

„Komm ja schon!", murmelte er. Grolk sprang in einem Satz ebenfalls von der Liegestätte und auf den Boden.

„Ich bin mir nicht sicher, ob der mitkommen darf", murrte der Wächter mit Blick auf den Grolk. „Ich bin mir nicht sicher, ob der überhaupt hier sein darf."

„Versuch, ihn aufzuhalten", erwiderte Erion. „Viel Spaß dabei!"

Als wollte der das untermalen, hüpfte Grolk kreuz und quer durch die Zelle, als wollte er ein imaginäres – hm, wahrscheinlich gar nicht so imaginäres – Insekt jagen.

Der Wächter raunzte noch ein wenig vor sich hin, ließ ihn dann durch die Tür treten – und Grolk munter an ihm vorbeispringen.

Draußen besah Erion sich den engen Flur, den er entlanggeführt wurde. Wie praktisch, dass das neue Quartier seiner Einheit früher ein Gefängnis gewesen war. Zumindest im Keller und auf der unteren Etage. Nach der Zeichnung an der Zellenwand kam ihm das wie ein weiteres Symbol seines Daseins vor. Oder zumindest handelte es sich um irgendein ehemaliges Gerichtsgebäude, in dem über die Angeklagten das Urteil gesprochen wurde.

Über enge Stiegen und weitere ebensolche Gänge wurde er in einen Teil geführt, in den schon wesentlich mehr Licht drang. Sein Wächter klopfte dort an eine schwere beschlagene Holztür in einem Gang, der beinahe die gleiche lieblos weiße Tünche erfahren hatte wie seine Zellenmauer. Nur die Flecken fehlten natürlich – auf den ersten Blick.

„Herein!", kam von drinnen die Antwort, und Erion glaubte, Viancar zu erkennen. Der Herr Hauptmann nahm sich also persönlich seines Falles an.

Die Wache hielt ihm die Tür auf und bedeutete ihm schroff einzutreten. Grolk hopste Erion zwischen den Beinen durch und war schon vorher durch den Eingang.

Drinnen fauchte er heftig auf. Als erwartete ihn dort ein Raubtier oder Monster.

Erion ahnte schon irgendwie, was das bedeuten musste, doch als er den Raum betrat, war er dennoch überrascht.

„Findrac!"

Der höchstselbst hatte sich herbemüht, um das Schwingen des Richterhammers, den er wahrscheinlich am liebsten zu einem Henkersbeil gemacht hätte, nicht in andere Hände fallen zu lassen.

Findrac saß auf einem Lehnstuhl wie gleichberechtigt neben Viancar. Wobei das über die Rollenverteilung von Meister und Scherge keineswegs hinwegtäuschen konnte.

Findrac sah übernächtigt aus. Wenn er bei einem Ninra jemals Augenringe gesehen hatte, dann hier. Also wahrscheinlich auch nicht bester Laune. Aber was hatte er erwartet? Das war Findrac schließlich nie, wenn er ihm gegenübertrat. Bestimmt hatte er aber eine bessere Nacht verbracht, als ihm selbst beschieden gewesen war. Und war am Tag vorher nicht derart gedemütigt worden wie er selbst.

Der Wächter trat hinter ihnen ein und schloss die Tür. Erion spürte seine bedrohliche Anwesenheit.

„Da haben wir ihn also wieder", eröffnete Findrac das Gespräch. „Meine erste Eingebung mit dem Kehledurchschneiden scheint doch nicht so schlecht gewesen zu sein. Jedenfalls hätte uns das uns viel Zeit und Mühe erspart."

Grolk ließ nicht vom Fauchen ab.

„Wie redest du mit einem Bruder im grauen Mantel der Sechzehnten? Uns eint die Rasse, Herkunft, das gleiche edle Ziel unter einem Himmel und unter der gleichen Vermummung." Da war wieder etwas in dieser Art heraus. Da war er wieder, der alte Leichtfuß, der sich in dieser Situation Leichtigkeit überhaupt nicht leisten konnte. Kunja hätte ihn gewarnt. Aber Kunja war ja nicht da, sondern hatte ihn verlassen. Die Chancen standen sogar gut, dass sie ihn, wäre sie jetzt anwesend, voll kaltem Groll ins Messer hätte laufen lassen.

„Du legst es wirklich drauf an", sagte Findrac mit einem Lächeln, das viel versprach, was man mit kleinen, scharfen Instrumenten ausführen konnte. „Willst du, dass ich es so beende?" Er hatte Mühe, mit seiner Stimme gegen Grolks Fauchen anzukommen. „Willst du mich dazu reizen, dass ich mich vergesse und deinem kläglichen Leben auf gnädige Weise ein Ende bereite …?" Er schaute irritiert zur Seite. „Und bring endlich dieses räudige Vieh zum Schweigen! Bevor ich es persönlich mit der Klingenspitze aufspieße!"

Erion wollte die Aufforderung an seinen Wächter, es doch ruhig zu versuchen, nicht gegenüber Findrac wiederholen. Um das zu kapieren, brauchte er Kunja nicht. Der Wächter stand in seinem Rücken und machte sich durch bedrohliches Brummen bemerkbar.

Möglichst gelassen bückte er sich vor dem Schreibtisch, streichelte dem fauchenden Grolk seinen zerzausten Kopf. „Musst den bösen Mann nicht anfauchen. Der muss schon sich selbst ertragen. Ist schlimm genug", flüsterte er ihm zu, nahm ihn in seine Armbeuge, von wo aus er noch immer nach oben über die Schreibtischkante hinweg seine Zähnen fletschte und schnappte.

„Schön ruhig …"

Vorsichtig erhob er sich mit dem mittlerweile nur noch leise durch die Zähne vor sich hinrasselnden Grolk.

Im Blick über die Schreibtischkante hinweg, erwartete ihn ein Findrac, der den Eindruck erweckte, dass er den an Erion herabhängenden Mantel der Sechzehnten von oben bis unten musterte.

„Nun dann spreche ich dich also als Mit-Ninra und Bruder im grauen Mantel an." Findrac lächelte konziliant. „Erion Leichtfuß, Sohn der Evanaiya aus der Zwölfschaft der Khun m'whe d'has-kriat, dem Konstellarium Nan-c'in D'ha'arnyam der Feste Van K'hirom Na'ar …" Wieder machte er eine Pause zu diesem Lächeln, das seine Lippen eher wie die Klingen von Folterinstrumenten wirken ließ. „Ich klage dich der Befehlsverweigerung an, dem widersetzlichen Verlassen deines Postens, ferner der Aufstachelung deiner Gefährten zur Insubordination."

„Hm, das Wort habt Ihr von mir gelernt, stimmt's? Ich sehe, es gefällt Euch. Gern geschehen." Verdammt, hatte er etwa Spaß am Sog der Leere unter seinen Füßen, während sein Hals in der Schlinge steckte?

Erion sah sich in dem reichlich kahlen Amtszimmer um. Allmählich holten ihn die Verzweiflung und der Ernst der Lage ein. Er war vollkommen allein. Alle hatten sie ihn verlassen, bis auf einen zerrauften, schwärzlichen Grolk, dem unter seinem löchrigen Fell die Rippenbögen herausstanden.

„Und Ihr könnt das alles so allein entscheiden? Ich denke, es gibt doch jemanden, der für mich eintritt. Weil er das ganz anders sieht. Jeder weiß, dass du es auf mich abgesehen hast. Und mit dir deine Spießgesellen." Er warf Viancar einen Blick zu. „Da können wir wohl kaum von einem fairen Prozess sprechen, wenn –"

„O doch. Denn ich habe hier ganz allein die Befugnisse. Ich habe das Recht, über dich zu entscheiden, denn ich bin dein Vorgesetzter, selbst wenn du ebenfalls ein Mitglied der Sechzehnten bist. Und da ich das Recht habe, ist es gerecht. Das muss es wohl sein."

„Sehen das auch die anderen aus der Sechzehnten so? Wo ist Amara? Wo ist Auric? Oder Darachel?"

„Die haben wirklich wichtigere Dinge zu tun, als dass sie sich um ein niederes unbotmäßiges Glied aus ihren Rängen kümmern könnten. Sie haben alle miteinander hier in der Stadt derart alle Hände voll zu tun, dass sie bestimmt froh sind, wenn man ihnen die Last abnimmt, die Herde zu echter Stärke auszudünnen und dabei ein schwaches Element zurechtstutzt."

Erion sah rot. Das Blut pochte in seinem Schädel und am liebsten wäre er über den Schreibtisch gesprungen. Heißer Zorn kochte in ihm hoch und riss jede Grenze nieder.

„Zurechtstutzen?" Grolk in seiner Armbeuge keifte förmlich, doch es fiel Erion nicht schwer, ihn zu übertönen. „Reicht es dir nicht, wie du mich hier vor dir siehst? Musst du auch noch mit irgendeinem … Urteil mein verdammtes Schicksal mit Jauche übergießen?"

„Du vergisst dich", presste Findrac erbittert zwischen den Zähnen hervor.

Erion hätte sich nicht stoppen können, selbst wenn er es gewollt hätte.

„Nein, du vergisst *meine Lage*!", herrschte er Findrac an. Und dann wurde er nur noch lauter, dass selbst Grolk verstummte. „Ich weiß, verdammt noch mal, nicht, wie lange ich zu leben habe! Morgen am Tag könnte es vorbei sein! Und anscheinend gehen mir gerade drastisch alle Chancen darauf aus, das irgendwie noch abzuwenden!

Verstehst du das? Mein … mein verdammt kurzer Lebensfaden brennt herunter! Unaufhaltsam! Denkst du, da will ich die knappe Zeit, die mir noch bleibt, mit irgendwelchem …" Er rang um Worte, spürte, dass sich die Schreibtischkante in seine Handflächen grub. „… bedeutungslosem, rotzunnützem Stumpfsinn vertun?"

Er riss sich vom Schreibtisch los, warf die Hand in wilder Geste in die Luft, dass Grolk verschreckt und kreischend von seinem Sitz heruntersprang und um die Ecke des Schreibtischs herumhuschte und dort von der Seite wieder Findrac und Viancar anfauchte.

„In der scheißkurzen Zeit, die mir bleibt, will ich wenigstens irgendeinen Beitrag leisten, dass wir diese verdammte angebliche Drachentochter, den scheiß Zorn der Kinphauren, niederwerfen können. Das hab ich mir geschworen, als ich von unterm Berg geflohen bin. Und es ist mir, verdammt noch mal, scheißegal, was irgendjemand anderes dazu sagt und wer sich mir dabei in den Weg stellen will."

Ihm gingen die Worte aus und er zitterte am ganzen Körper. Bebend starrte er auf Findrac auf seinem Lehnstuhl herab, der die Hände miteinander verschränkt hielt, dessen Züge verkniffen und angespannt waren, aber allmählich zu einer kalten Ruhe zurückkehrten.

„Nun", hob er an, sein Blick zugleich konziliant und kalt, „unglücklicherweise bin *ich* es, der dir im Weg steht, und ich kann dir versichern, ich bin mit aller nötigen Macht ausgestattet, um dich ..."

Er kam ins Stocken, denn da war ein Stampfen auf dem Flur, kurz darauf ein Poltern an der Tür.

Sie wäre beinahe dem Wachposten in den Rücken geschlagen worden, wenn der nicht rechtzeitig beiseite gesprungen wäre. Zugleich, so sah Erion, war er so geistesgegenwärtig, augenblicklich das Schwert zu ziehen, um sich des Eindringlings zu erwehren.

Die Klinge seines Schwertes zeigte auf einen gewaltigen, grauhäutigen Duerga, dessen schwarze, struppige Fellweste sich über seiner breiten, von Muskeln strotzenden Brust spannte. Duvruk blickte unter zusammengezogenen Brauenwülsten aus gelben Augen abschätzig auf die Klinge herab.

Erion hörte Stuhlscharren hinter sich. Ein Blick dorthin zeigte ihm, dass Findrac aus seinem Lehnstuhl aufgestanden war.

„Was habt ihr hier zu suchen? Was führt euch hierher?"

Duvruk zog eine unerschütterliche Miene. „Die Ehre, die Pflicht und die Treue einem Freund gegenüber."

Hinter ihm trat Malaiar durch den Türrahmen. Eine leichte Wärme zog in Erions Brust auf. Doch keine Kunja kam. Die Zeiten waren vorbei.

„Wer hat euch hereingelassen?"

„Gleiche Antwort." Es zuckte in Duvruks Mundwinkel. „Die Notwendigkeit öffnet manche Türen." Neben seinem Achselzucken zuckte es gleichzeitig noch einmal in seinem Mundwinkel. „Und wo die nicht reicht …"

„Wir sind hier", mischte sich jetzt Malaiar ein, „um ein Unrecht geradezurücken. Erion steht fälschlich unter Anklage. Wir haben aus eigenem Antrieb unseren Posten verlassen. Die Idee zu dem Unternehmen stammt von uns. Es schien notwendig, also haben wir gehandelt.

Wie es unsere Pflicht ist", fügte sie hinzu.

„Und wir sind dankbar", warf Duvruk ein, „dass wir dazu noch Erion unter uns hatten. Er war uns eine unersetzliche Hilfe."

Erion hätte nicht gewusst, wie er Findracs Gesichtsausdruck hätte beschreiben sollen. Hatte er zuvor schon einmal etwas bei einem Ninra gesehen, das entgleisten Zügen so nahekam?

Doch bevor er sich bemüßigt sah, seine Fassung wiederzuerlangen, sprang Viancar für ihn ein. „Ich glaube euch kein Wort", sagte er. „Denkt ihr, ich habe nicht gehört, was ihr untereinander gesprochen habt? Das klang gar nicht nach dem, was ihr jetzt behauptet. Ich habe da etwas von *verraten und missbraucht* gehört."

Oh verdammt, ihre Beweggründe waren ehrenhaft. Doch hätten sie sich nur etwas früher besonnen. Erion biss sich auf die Lippen. Das hätten sie auch bestimmt, wenn nur nicht …

Doch Viancar setzte seinen Angriff bereits fort. „Eine von seinen Kumpanen schien dagegen noch recht vernünftig zu sein." Er reckte den Kopf, als wollte er hinter Duvruk und Malaiar schauen. „Ich seh sie auch hier nicht. Jedenfalls hat sie diese beiden hier gewarnt, dass man sie zur Rechenschaft ziehen wird, wenn sie nicht schnell auf ihren Posten zurückkehren."

Verflucht! Kunja. Musstest du das tun? Warum nur?

Damit hatte er sie wohl endgültig verloren. So was hätte er sich niemals gedacht. Und erst recht nicht, dass sie direkt auf die Gegenseite wechseln würde. Sich einfach nur von ihm abzuwenden, hatte ihr wohl nicht gereicht.

Findrac grinste voller Zufriedenheit, nicht wenig davon Selbstzufriedenheit. „Da haben wir's. Genau, wie ich mir das gedacht habe."

Er wandte sich an Erion vorbei an Duvruk und Malaiar. „Sicher sehr ehrenvoll gemeint. Von einem Duerga und …" Er runzelte die Stirn. „Von einer was?"

„Von zwei Duerga", erwiderte Malaiar. „Die eine vom Stamm der Firimduerga."

„Ach, die Kleinwüchsigen."

„Wenn schon, bevorzuge ich die Bezeichnung Zwerg. Ich bin nicht kleinwüchsig. Ich bin genauso groß, wie eine Firimduerga sein sollte."

Findrac ließ sich davon nicht beeindrucken. „Wie dem auch sei. Gut gemeint ist das Gegenteil von gut gemacht. Und so sieht es auch in diesem Fall mit dem Ergebnis aus." Er grinste einseitig und etwas verkrampft. „Immerhin könnt ihr euch auf die Weste schreiben, etwas zum Ergebnis beigetragen zu haben."

Er schob den Stuhl, von dem er überhastet aufgestanden war, ordentlich zurück, richtete sich auf und schaute ihn mit erhobenem Kinn an. „Erion Leichtfuß, ich verkünde hiermit das Urteil über dich."

Er ließ eine gewichtige Pause, bei der Erion spürte, wie sein Herz eine Etage tiefer rutschte.

„Du wirst mit dem heutigen Tag zu einer Einheit an den Außengrenzen strafversetzt. Über die genaue Abteilung ist noch zu entscheiden, aber ich weiß jetzt schon, dass es eine sein wird, bei der du nicht viel Unheil anrichten kannst …" Er ließ eine hämische Pause. „… o mein Bruder im grauen Mantel."

Wieder schielte er an Erion vorbei. „Und was euch

betrifft ... nochmals danke, dass ihr mir diesen wichtigen Hinweis geliefert habt ...“

Findrac atmete tief durch und jetzt zogen sich beide seiner Mundwinkel wie von Fäden gezogen hoch.

„Euch wird unter Drohung schärfster Strafen verboten, euch jemals wieder gemeinsam zu versammeln, geschweige denn gemeinsam zu agieren.“ Er schnaufte, krauste die Nase. „Ich werde dafür sorgen, dass jeder von euch in getrennte Einheiten versetzt wird. Möglichst weit auseinander.“

Findrac klatschte in die Hände. „So, das war's! Noch Fragen?“

Erion spürte, wie jedes Leben aus seinem Gesicht gewichen war und so ging es auch mit seiner Seele. Irgendwo musste sein Gemüt und damit all seine Gefühle sein, irgendwo verborgen in einer fernen, gut verschlossenen Kammer in einem spinnwebenumgarnten Kästchen mit zu vielen Siegeln, wo er es wahrscheinlich nie mehr aufspüren würde.

Sein Blick wanderte von Findrac fort zu seinen Freunden.

In ihren Gesichtern fand er dieselbe Betroffenheit gespiegelt.

Das war's dann.

Es war bewiesen: Es galt mehr zu verlieren als nur das Leben.

TEIL II

WENIGER ALS DAS LEBEN

1

———

DASS DICH NICHT DIE SCHWEINE BEISSEN ...

K eine Orden?", fragte Erion. „Ich dachte, zumindest *ihr* hättet eine Belohnung bekommen. Schließlich hat euch ja keiner auf dem Kieker. So wie der Drecksack von Findrac mich."

Hauptmann Gangratz sah ihn feixend aus ungewaschenem und unrasiertem Gesicht an, in dem sein buschiger Schnurrbart auch keine große Zierde darstellen konnte. „Was willst du? Das *ist* Belohnung." Er zuckte die Schultern. „Wir haben das Ding mit dem Ding bei der letzten Schlacht vor Hugen durchgezogen, wir werden hierhin versetzt." Seine Mundwinkel zogen sich ins Versteck seines Schnurrbarts hoch. „Wir haben uns die Ruhe verdient. Du hast der Kleinen das Ding gebracht ... Große Sache! Bin stolz auf dich. Starker Auftritt. Deine Belohnung hat nur etwas auf sich warten lassen."

Er schielte Erion an. „Straßenschlachten, Barrikaden, sagst du? Na, herzlichen Glückwunsch! Eigene Leute, die sich gegen dich wenden? Angriffe mit Sturmarmbrüsten und Pfeilhagel? Hört sich ja genau nach dem Allerbesten an, was man sich nur wünschen kann. Kannst froh sein, dass du da raus bist."

Gangratz klopfte ihm auf die Schulter, nachdem er zuvor kurz die andere mit Grolk darauf gemustert hatte. „Junge, du hast es geschafft. Jetzt bist du hier. Die Belohnung hat dich mit Verzögerung doch noch erreicht."

„*Das* soll eine Belohnung sein?" Erion sah sich naserümpfend um. Er konnte es nicht glauben.

Was er sah, war ein schäbiger Bauernhof in einer seichten langgezogenen Kuhle, mit dem Windschutz eines Eschenhains zur Hangseite hin und einem dünnen Rinnsal von Bach, der sich wie ein Fragezeichen durch die Delle in der Landschaft hinzog und jetzt, wahrscheinlich nachdem die Schneeschmelze durch war, irgendwo im Hintergrund in kahlen, schlammigen Grund versickerte. Zumindest reichte er, um sie mit ausreichend Wasser zu versorgen, wo er sich zwischen einem Kranz aus angehäuften Steinen etwas sammelte, um als Tränke für die Schweine zu dienen, die reichlich herumstreunten und dafür sorgten, dass die kahlen Flecken nur noch schlammiger wurden.

„Schweine? Bin ich hier zum Schweinehüten hergeschickt worden?" Er schüttelte den Kopf. Er wusste nicht, ob er lachen oder weinen sollte.

„Na, Schweine sind gar nicht so schlecht", schallte eine knurrige Stimme zu ihm hin. „Sind beinah so klug wie Menschen. Vielleicht klüger als manche Menschen."

Er schaute hinüber und sah Murnig, wie er mit einem Stecken in der Hand, wie der Herrscher über sein Volk, zwischen den Schweinen aufragte. Woran allein die Größe der Tiere schuld war; er trug bestimmt mit der Haltung seines untersetzten Körpers kaum was dazu bei – hoch aufgerichtet konnte man das nicht gerade nennen.

„Murnig kann gut mit Schweinen", sagte Horam Horamsohn, als wäre das eine Erklärung für alle Rätsel dieser Welt, namentlich, warum Erion das Schicksal so übel mitspielte und ihm in einer ohnehin hoffnungslosen, verzweifelten Situation ausgerechnet das hier antat. Oder warum Findrac ihn überhaupt derart hasste.

Er wandte sich zu Horam um. „Ich denke, er kennt sich mit Pferden gut aus?"

Horam zuckte die Achseln. „Was weiß ich? Mit Schweinen kennt er sich eben auch aus."

„Esel mag ich", sagte Murnig. „Und Kühe. Nur Schafe sind blöd. Hast du mal einem Schaf in die Augen geschaut? Nix dahinter. Gar nix. Wissen nicht mal, wie scheiße sie sind."

„Na, sag ich doch", meinte Gangratz und schlug ihm erneut auf die Schulter. „Ist gar nicht so schlecht. Wär nur blöd gewesen, wenn wir unter einer Hammelherde gelandet wären. Aber so …"

Er sah sich um, atmete genüsslich tief ein, als wäre der Geruch nach Schweinedung die köstlichste Bergluft.

„Und ich bin wieder Hauptmann", meinte er so strahlend, wie Hauptmann Gangratz eben strahlen konnte. „Na, solange wir hier auf dem Hof sind und der andere Hauptmann nicht auftaucht."

„Es gibt zwei Hauptmänner?"

Gangratz rieb sich den verschwitzten Nacken und verzog das Gesicht. „Na, ich komm mit der Befehlskette hier in diesem Haufen nicht klar. Jeder, der was zu sagen hat, ist ein Hauptmann. Manchmal nennt sich auch einer … *Schwerthaupt.*" Er rümpfte die Nase. „Als wären wir beim verdammten idirischen Heer oder so. Bei der Miliz, da gab es wenigsten noch eine klare Rangordnung. Aber hier. Rebellen sind wir, Turmgarde und … Freie."

„Ich hab gehört, die Freien benennen sich jetzt um. Heißen jetzt die Flamme Vanarands", warf Horam ein.

Gangratz runzelte die Stirn. „Warum das denn?"

„Wegen der Deppen von den… *Freien Geistern.*"

Gangratz schnaufte. „Wer will schon mit denen verwechselt werden?"

„Die Dralle von denen macht was her. Aber für Namen hat sie nicht das Händchen. Wie will sie denn jetzt ihre Leute ansprechen? Mit Flämmchen? Wie heißen die beiden Brocken, die immer bei ihr sind? Die auch bei dem Ding mit dem Ding bei uns waren?"

„Buron und Hurn?"

„Flämmchen Buron, Flämmchen Hurn! Angetreten!"

Darüber lachte sich alle krumm. Was beim Langen Firk etwas komisch aussah, weil er es irgendwie schon wortwörtlich tat. Sogar Murnig bellte in sich hinein.

Und Erion ertappte sich ebenfalls dabei. Trotz seiner verzweifelten Lage.

Vielleicht war er hier doch für sein Ende zumindest unter Freunden gelandet. Nachdem er seine anderen Freunde verloren hatte und für immer von ihnen getrennt sein sollte.

Die Truppe war klein. Kaum mehr als ein Dutzend. War fast wie eine Familie. In dem Bauernhaus war eine Kochstelle zurückgeblieben, die Horam liebevoll von Dreck und Spinnweben befreit und die Kessel so poliert und aufgemöbelt hatte, dass sie wirklich was hergab.

Horam kochte. Er kochte nicht gut, wirklich nicht. Aber er machte es gerne, und so ließ man ihn.

Wenigstens bekam man so etwas Warmes in den Magen. Und jeder konnte sich an Verpflegung auf ihren Feld- und Streifzügen erinnern, die schlechter gewesen war.

Sie saßen draußen auf der Bank vor dem Haus und löffelten das, was sie aus Ermangelung einer besseren oder weniger abschätzigen Bezeichnung Eintopf nannten – denn es war ja schließlich in einem Topf gekocht –, aus vorgefundenen Holzschüsseln oder einem Napf, wie ihn die meisten Soldaten und Wanderer in der Wildnis am Gürtel oder im Gepäck trugen.

Irgendeiner sang etwas. War das Murnig? Murnig sang?

Horam blickte auf. „Singt der Kerl da tatsächlich ein Lied übers Schweinehüten?"

Erion sah, wie Gangratz lauschte. „Glaub schon."

Horam schüttelte den Kopf. „Bei allen Tieren, zwischen denen er die Auswahl hat …"

„Außer Schafen", bemerkte der Lange Firk.

„Wie heißt's denn?", feixte Horam. „Daheim in der Suhle?"

Alle lachten.

Gut, seine Träume waren wahrscheinlich hochfliegend gewesen. Es gab bestimmt Schlimmeres, als sein Leben unter solchen Freunden zu beenden.

Wenn ihm nur lange genug Zeit blieb, dass er sich selbst davon überzeugen konnte.

Er dachte an seine anderen Freunde und fragte sich, wo die jetzt sein mochten. An Kunja versuchte er möglichst, nicht zu denken.

Er hoffte, auch das schaffte er, bevor ihm der Tod diese Mühe abnahm.

Die Sonne senkte sich über die bescheidene Delle in der Landschaft. Die Tage wurden länger. Dass sie wieder kürzer wurden, würde er wahrscheinlich nicht mehr erleben.

Irgendein Lärm und vage Unruhe um ihn rissen ihn aus dem Schlaf. Er blinzelte in die Düsternis des Rauminneren. So, wie er sich fühlte, konnte er nicht viel Schlaf bekommen haben.

„Was ist das für ein Getöse. Blökt da ein Schaf?"

„Eher 'ne Kuh."

Es stank nach ungewaschenen Männerkörpern.

Nachts war es noch frisch. Da hatten sie sich lieber, wenn es doch schon ein Dach über dem Kopf gab, egal wie erbärmlich, in einen der Räume verkrochen. Die Frauen hatten ihren eigenen Raum bekommen.

„Leute, das ist ein Hornruf!"

„Du meinst … *der* Hornruf?"

Er sah undeutlich, wie jemand von seinem Lager hochschoss. „Ja, der Hornruf zum Sammeln! Los, beeil dich, oder willst du Ärger bekommen?"

„Was soll ich denn schon für Ärger bekommen?"

„Zu nachtschlafender Zeit?"

„Nachtschlafender Zeit? Was hattest du in letzter Zeit nur für einen Lenz? Los, mach dich auf!"

Sie polterten die Stiege hinunter. Von draußen drang schon blasses Licht durchs Fenster.

Erion schnallte sich das Schwert um, während er durch die Tür stolperte. Er blickte auf und sah eine Gestalt gegen den flachen Höhenkamm. Dann noch eine und eine dritte. Sie sahen sich kurz um, winkten zu ihnen herunter und marschierten dann alle stramm in eine bestimmte Richtung. Hinter dem Grat waren bestimmt noch mehr, die mit ihnen zogen.

Erion fummelte an der Schnalle herum, schaute sich dann um.

Die meisten waren genauso wie er von dem Hornstoß überrascht worden und befanden sich in verschiedenen Stadien des Angezogenseins. Einige zurrten fluchend ihre Lederpanzerung fest, andere hatten sich dabei die Scheiden ihre Kurzwaffen zwischen die Zähne geklemmt.

Der olle Murnig stolperte mit halb hochgezogener Hose herum und bemühte sich verzweifelt, des Kleidungsstücks Herr zu werden.

„Warst du wieder zwölfmal in der Nacht pissen?", meinte einer.

„Komm du mal in mein Alter ... verdammte Plage", schnauzte er vor sich hin, stolperte prompt und fiel. Eine Handvoll Schweine hinter ihm sprengte quiekend auseinander. Einige waren nicht schnell genug, und so erwischte er sie mit seinen herumrudernden Armen und hielt sie hintüber in einer Umarmung gepackt, der sie sich dann verzweifelt entwanden.

Er landete platschend in der Suhle.

Platschend schlug er sich auch die triefenden Arme aus und schimpfte wie ein Rohrspatz.

Alle lachten.

„Ich denke, du magst Schweine", meinte Horam.

„Kommen auf die Liste zu den Schafen", brummte Murnig mürrisch und versuchte sich aufzurappeln.

„Ich glaube, demnächst können wir nicht nur diesen Auric, sondern auch dich den Schwarzen nennen", bemerkte Horam, als er Murnig im Marschieren von der Seite her musterte. Die Suhle hatte deutlich auf ihn abgefärbt. Er trug noch immer beträchtliche Matschspuren.

„Ja, wer den Schaden hat ...", raunzte Murnig und setzte in Horams Richtung ein „Arschloch!" hinterher.

Sie lachten, während sie im trüben Licht des Morgens durch eine noch halb unenthüllte Landschaft trabten.

In der Ferne sahen sie ähnliche Gruppen wie sie, die in die gleiche Richtung strebten und die ihnen langsam näher kamen. Sie winkten einander zu.

„Da hinten, das ist die braune Hirna bei denen. Ist ein ganz schön scharfes Stück!"

„Hat auch ein paar ganz schön scharfe Stücke, mit denen sie verdammt gut umgehen kann. Haben alle 'nen Heidenrespekt vor ihr. Ich würd mir da keine Schwachheiten erlauben."

„Wohin sind wir überhaupt unterwegs?", fragte Erion, der immer mehr feststellte, dass er keinen Plan hatte.

„Sammelpunkt", sagte Hauptmann Gangratz. „Der Hauptsammelpunkt auch noch. Muss irgendwas sein, dass sie uns noch halb in der Nacht dahin scheuchen."

„Vielleicht Kinphauren?"

„Hier doch nicht. Wenn die's wirklich drauf anlegen, schleichen die sich an uns vorbei."

„Das Einzige, was uns hier passieren kann, ist, dass uns die Schweine beißen."

Alle lachten wieder.

„He, Jungs!", rief Hauptmann Gangratz, ohne sich mehr als nur die kleinste Spur nach ihnen umzublicken. „Ein bisschen ernster, ja? Ihr seid schließlich meine Truppe. Also könnt ihr nicht wenigstens ein bisschen was hermachen?"

„Die machen was her", sagte Erion. „Und wie! Die haben mit uns zusammen diese wilden Kinphauren besiegt. Jedenfalls ein paar von denen. Die machen ganz mächtig was her, wenn's drauf ankommt. Auch wenn sie gerade wie ein Hühnerhof rumgackern."

Gangratz blieb stehen und ließ Erion zu sich aufschließen. Sah auf ihn herab. Ihm fiel auf, dass Hauptmann Gangratz wirklich ein gewaltiger Brocken war. „Bist ein guter Junge", sagte er. „Auch wenn du so'n komisches Spitzohr bist. Und ein verdammter Schönling." Er beugte sich schräg herab und musterte sein Gesicht. „Und einen Ring durch die Nase trägst wie so'n verfluchter Drecksduerga."

„He, es gibt auch nette Duerga!", rief einer.

„Ha", stieß Murnig hervor. „Hast du je einen ge–" Er stockte. „Na gut … einen."

Allmählich kamen die Einheiten näher zusammen, rückten näher zueinander und gaben sich teilweise den Anstrich, sich zu formieren.

Erion sah, wie Gangratz zu einem hinstiefelte, der ziemlich an der Spitze vom Ganzen in die sich von den Schleiern der Nacht entkleidende Landschaft blickte. „Hauptmann?"

„Hauptmann."

„Was steht an?"

„Wir haben was gesichtet. Feindsichtung höchstwahrscheinlich."

„Und da treten wir ihnen hier mitten auf freiem Feld direkt unter die Augen? Gab's keinen Weg, sich anzuschleichen und sie zu umzingeln?"

Mit erstem Befremden bemerkte Erion, wie der übergeordnete Hauptmann Gangratz ansah, und dann nach einem längeren Schweigen schließlich meinte, „Ich wünschte, es wär so eine Sache."

„Sind also ein paar mehr, wie?"

„Es sind mehr. Melden die Späher."

„Dann sollten wir uns besser mal aufstellen. Eine bestimmte Schlachtordnung im Blick?"

„Das Übliche. Reihen, Kader. Speere und Schilde nach vorn, Schwerter als Nächstes. Bogenschützen dahinter."

„Also Schlachtformation."

„So sieht's aus."

Es war eine weite, wellige Ebene, auf der sie Aufstellung bezogen. Die Sonne ging in ihrem Rücken auf. Das war gut. So konnte der Feind nur schwer ihre Stärke einschätzen. Das Licht der aufgehenden Sonne ließ das Zwielicht tauen und die Schatten zogen sich endgültig aus der Welt zurück.

Erion sah sich um. Ringsumher erstreckte sich eine üppige Blütenwiese, mit den Blumen des Frühlings gesprenkelt. Das Gras wuchs hoch und ließ beinahe an ein Meer denken. Nur dort, wo ihr Aufmarsch stattgefunden hatte, war es jetzt niedergetrampelt.

Von fern war Vogelgezwitscher zu hören.

Mit einem Mal mischte sich eine tiefere, weniger aufgeregte, eine trägere melodische Note hinzu.

Jemand sang irgendwo in den Reihen ein Lied.

Erion spitzte die Ohren. „Das kenn ich doch."

Er drehte sich um, suchte in den Reihen nach demjenigen, der es angestimmt hatte. Zwei, drei andere waren summend mit eingefallen. „He, woher kennst du denn das Lied?"

Ein dunkelhaariger, bärtiger Mann, streckte sich und sah nach, woher die Frage gekommen war. „Das hat der Duerga in Hugen gesungen." Er drehte sich zu den Umstehenden um. „Sogar ein Duerga ist bei uns. Ist wie in dem Lied. Wenn alle zusammenhalten, können wir den Feind besiegen."

„Es heißt der Gesang vom Bergsturz." *Und der Duerga, der es gesungen hat, ist mein Freund,* lag ihm auf der Zunge. Doch er schluckte es herunter, denn es brachte nur düstere Gedanken. *Ich kannte sogar den, der es gedichtet hat. Und sie haben ihm die Zunge herausgeschnitten.* Auch das behielt er lieber für sich. Es war nicht gut, die zukunftsfrohe Botschaft des Liedes für sie mit diesem traurigen Faktum zu beflecken.

Der Mann setzte wieder an und kam zum Kehrvers, und aus einigen Kehlen wurde zumindest mitgesummt.

„Singt das Lied, singt seinen Chor. Schulter an Schulter, Stein an Stein, Brocken an Brocken. Singt es unverzagt!

Denn der Bergsturz naht.

Wenn alle wir Steine sind, die rollen in einem Takt, so werden wir das Grab der Feinde. Wir alle zusammen.

Der Bergsturz, er naht. Hört ihr seinen Donner schon?"

Erion hatte sich gereckt und starrte über die Köpfe hinweg in die Ferne. „Ich glaube, ich sehe was. Ich glaube, da kommen sie."

Es waren wieder seine scharfen Elfenaugen, die ihn vor allen anderen die Gefahr erkennen ließen. Richtig, wenn sein Mundwerk nicht sogar noch schneller war.

„Ich glaub … ich glaub, ich seh jetzt auch was", sagte der Lange Firk.

Ja, Erion konnte jetzt deutlich erkennen, wie über den Rand der Ebene langsam etwas auf sie zukroch. Eine graue Linie, wie von Staub umflirrt, die den Horizont säumte.

Ein Murmeln regte sich in den Reihen.

Es dauerte eine zähe Weile, bis man aus dieser Linie die Reihen eines anrückenden Heeres erkennen konnte.

Die hatten nicht die Sonne im Rücken. Die machten sich keine Mühe, ihre Truppenstärke zu verbergen. Warum auch?

Eine lang gezogene graue Masse wimmelte heran. Die Sonne sprenkelte kleine Aufblitzer von Metall hinein. Das Morgenlicht ließ es erscheinen wie von einer Wolke aus grausam hartem Goldstaub überstäubt, von den Händen unerbittlicher eherner Kriegsfeen ausgestreut, dem gefiederten Gefolge eines grausamen Schlachtengottes.

„Das sind aber viele", hörte man jemanden sagen.

„Wollen die uns plattwalzen?"

„Jetzt macht euch nicht ins Hemd", sagte der Hauptmann von Hauptmann Gangratz. „Wir können das überhaupt noch nicht einschätzen. Wer weiß, was das für ein Heer ist."

„Müssen wir denen entgegentreten?" Diese Stimme kam weniger laut.

Der Hauptmann von Hauptmann Gangratz hatte es dennoch gehört. „Verdammt, wir sind Soldaten. Natürlich müssen wir ihnen entgegentreten. Und außerdem ist das genau unser Auftrag. Uns einer feindlichen Annäherung auf Hugen entgegenzustellen."

Allmählich konnte man im flirrigen Licht jetzt auch deutlicher erkennen, welche Armee ihnen da entgegenkam. Eins war sicher. Ein bloßes Bauernheer war das nicht.

Erion überkam ein mulmiges Gefühl. Eine Hitze, die im Nacken aufstieg und sich im Ausbreiten über den Körper ganz rasch abkühlte. Bis er reinen kalten Schweiß auf seiner Haut spürte.

„Leute, bleibt in Aufstellung! Und haltet die Reihen fest geschlossen."

„Ich vergeb den Schweinen." Eine Stimme aus seiner Reihe. Es musste Murnig sein.

Jetzt kam die Reihe des näher rückenden Heeres vor ihnen zum Stehen.

„Vielleicht sieht es nur nach so vielen aus, weil die sich so weit auseinandergezogen haben."

„Ja, bestimmt. Die können von uns nicht die genaue Kampfstärke ausmachen, und wollen uns jetzt Angst machen. Damit wir auskneifen."

„Kneifen wir denn aus?"

„Natürlich kneifen wir *nicht* aus." Diesmal war es Hauptmann Gangratz, der das knurrte.

„Jede Wette ziehen die sich nur so weit zu einer Reihe auseinander, um uns Bange zu machen. Schaut doch mal genau hin. Da ist nur eine Reihe, da ist nichts dahinter."

Erion war sich da nicht so sicher. Das metallische Glitzern, das sich über den aus einer Unzahl von Körpern zusammengesetzten Saum streute, staffelte sich weiter hinein in die Tiefe.

„Ja, wenn man genau hinschaut … ist vielleicht nichts dahin–"

Der Sprecher verstummte jäh, denn in diesem Moment verzerrte sich die Kontur der noch fernen Heeresreihe. Etwas krönte sie zu einer darüber hinausragenden Spitze. Die sich rasch erhob. An drei Stellen geschah das. Schlanke speerspitzenartige Auswölbungen, die dann schwebend über das feindliche Heer aufstiegen.

Erion blinzelte.

Man glaubte, dass einen die Augen trügen mochten, dass das Licht und letzter morgendlicher Dunst, in dem es sich fing, einem einen Streich spielen mussten.

Doch da erhoben sich wahrhaftig drei menschliche Gestalten aus den Reihen des feindlichen Heeres, schwebten hoch in die Luft empor und verharrten dann darüber. Es sah aus, als würden lange Roben ihren Leib umflattern und es ging etwas Unheimliches von ihren Erscheinungen aus. Davon abgesehen, dass es verflixte fliegende menschenähnliche Wesen waren. Ohne eine Spur von Flügeln.

„Heilige Scheiße!"

Der Ausruf spiegelte deutlich Erions Empfindungen wider.

Die Gestalten in ihren Gewändern verharrten in der Luft.

„Was sind das für Figuren? Worauf warten die?"

„Auf die anderen." Die Stimme klang erstickt, als wollten die Worte sich nicht aus der Kehle heraustrauen.

Die Heeresreihe formte weitere spitze Emporwölbungen aus. Kleiner diesmal, weil wahrscheinlich weiter entfernt. Vier diesmal.

Vier weitere Gestalten, ganz ähnlich den ersten, erhoben sich im Hintergrund in die Luft und blieben dort schwebend hängen.

Drei im Vordergrund, vier im Hintergrund. Beinahe wie das Sternbild einer gespenstischen Krone.

„Heilige Scheiße!"

Mehr fiel ihm dazu auch nicht ein.

2

DAS GRAUEN ZIEHT DIE SCHLINGE ZU

Erst im Nahen konnte man die fliegenden Gestalten genauer erkennen.

Denn sie hielten in schwebendem Flug mit dem Heranrücken der ganz herkömmlich marschierenden Feindesreihen Schritt.

Sie schwebten wie mit flatternden Leichentüchern bekleidet über dem Heer. Immer ganz starr und exakt die gleiche Position zueinander und die gleiche Konstellation einhaltend. Drei vorne, vier im Hintergrund.

„O Scheiße!", rief endlich einer, der als Erster neben ersticktem Gemurmel wieder seine Stimme zu verständlichen Worten fand. „Wir müssen das Hauptheer verständigen. Ich glaube, wir brauchen Hilfe. Haben wir eine Möglichkeit, eine Geistesbotschaft abzuschicken?"

„Uns wurde kein Senphore zugeteilt", sagte der Hauptmann, der Gangratz vorstand. „Wir sind zu unwichtig. Aber ein berittener Bote ist schon ausgesandt."

„Beritten? Wir haben Pferde?"

„Eins für den Boten."

„Wie lange braucht der denn? So ein berittener Bote?"
Der Stimme war das Zittern deutlich anzuhören.

Etwas hatte Erion rücklings aus dem Hinterhalt angefallen und ihn zum Verstummen gebracht, ihn abgewürgt. Was seinen Geist nicht daran hinderte, rastlos weiterzuarbeiten. *Eigentlich sollte das doch deine Chance sein. Die Gelegenheit, auf die du gewartet hast. Die Möglichkeit, dich zu beweisen. Aber du weißt, wer diese fliegenden Gestalten sind, nicht wahr? Du solltest es wissen. Du bist einer von ihnen schon einmal begegnet.*

Und damals hast du mit den anderen nur bestehen können, weil sich etwas ganz Unwahrscheinliches ergeben hat.

„Hauptmann Gangratz? Kennen wir diese ..." – bei dem Wort, das eigentlich komisch klingen sollte, wollte ihm beinahe die Stimme versagen – „... *Vögel* nicht?" Es kam auch entsprechend belegt hervor.

„Du meinst ..." Gangratz verstummte.

„Ganz sicher. Schau dir ihre Schädel an, wenn sie näher kommen, und dann siehst du's."

Schweigen.

„Wo ist die kleine Stumpige, wenn man sie braucht?"

Ganz sein Gedanke. Aber die war weg. Er war für sie gestorben. Verfrüht.

„Na, denen da drüben sind wir anscheinend auch zu unwichtig", kam irgendwo, ein Stück weg von allen, die er kannte, eine Stimme aus den Reihen.

Erion reckte sich und spähte genauer hin. Tatsächlich kam jetzt Bewegung in die feindlichen Massen. Menschenknäuel ballten sich und setzten sich ab.

„Die teilen sich auf. Nur ein Teil kommt uns entgegen. Der Rest bleibt zurück."

„Hoffentlich auch die Kameraden mit den Leichenhemden."

„Würd ich nicht drauf wetten."

Es zeichnete sich immer stärker ab, dass sich aus dem Heerbann an zwei voneinander entfernten Stellen Keile bildeten, die nach vorn herausragten. Erion schaute zum Himmel, der sich mit dem Blau eines Frühjahrstags überziehen wollte. Nur ein paar Wolken trieben darin. Für einen Vogel musste das von oben her aussehen wie zwei voneinander entfernte Dreiecke, zwei Zacken, die dieses Menschenfeld ausgebildet hatte.

Doch keine Vögel zeigten sich am Himmel. Als ginge von diesen Geisterhexern eine giftige Korona aus, die alles geflügelte Leben vertrieb.

Die ausgestülpten Zacken schritten jetzt vor, marschierten auf sie zu. Wie die zwei Klingen einer Schere, die sie in ihren Griff nehmen sollten. Die Hoffnung des einen Streitgenossen, die schwebenden Gestalten möchten zurückbleiben, erfüllte sich nicht. Sie stiegen sogar höher, und jetzt schien es der Vormarsch der beiden Heereszacken zu sein, der für sie das Tempo vorgab. Oder war es umgekehrt?

Befehle wurden hin und her gebrüllt. Erion konnte ihnen keinen Sinn abgewinnen, außer dafür zu sorgen, dass ihnen nicht der Mut schwand. Er hatte das Gefühl, mitten an diesem Frühlingsmorgen kam ein kalter Wind auf, und die Stimmen und Bemerkungen versiegten, plätscherten aus und wurden dann von einer klammen Stille aufgesogen.

Wie eine Welle kam es auf sie zu.

Und wie gegen eine Welle oder den Ansturm einer abscheulichen Bö sah er, wie seine Mitstreiter sich dagegen wappneten, als müssten sie sich gegen etwas Greifbares stemmen.

Mit einem widerwärtigen Flirren kam sie heran. Etwas, das sich in deine Hautporen bohrte wie winzige splittrige Pfeile und sich tiefer grub, sich irgendwo in deinem verborgensten Inneren festsetzen wollte. Eine kalte Angst. Eine klamme, unergründliche Panik, die sich aber so nachdrücklich unter den Wurzeln deiner Haare festsetzte, dass sie dir brennenden Anlass gab, ganz sicher anzunehmen, dass sie einen verdammt guten Grund hatte. Dass sie deine ganze Welt und Existenz infrage stellte und ihr soeben den Boden entzog.

Eine kalte Welle der Furcht wehte von den Birgenvettern aus dem Heer voran. Anders konnte man es nicht sagen. Birgenvettern, so hatten die Ninraé aus dem Kreis der Neun sie nachher genannt, nachdem sie ihnen von den Erlebnissen im Kampf unter der Kinphaurenruine erzählt hatten.

Und er konnte die Wirkung deutlich spüren. Nicht nur in seinem eigenen, zur Größe einer Walnuss schrumpfen wollenden Herzen, sondern auch ringsum in den Reihen seiner Kampfgefährten. Entsetzen griff nach ihren Seelen. Finger formten sich an fahrig erhobenen Händen zu sinnlosen Gesten. Gestammelte Laute ergaben keine vernünftigen Worte.

„Standhaft, Leute! Keinen Schritt zurück!", rief jemand. Es musste ihr oberster Anführer sein.

„Wenn das die gleichen Kerle wie der bei der Kinphaurenruine sind, dann hat der eine von ihnen so was damals noch nicht gezeigt." Das war jetzt Gangratz.

Das Beste, was er tun konnte, fand Erion, war seine Aufmerksamkeit darauf zu richten, was einem seine handgreiflichen Sinne ganz deutlich und unbestreitbar zeigten. Um sich von der Reifkälte abzulenken, die sich in seinen Knochen festsetzen wollte.

Unendlich träge schienen die beiden Heereszacken vorzurücken. Und sich dann einander zu nähern. Er glaubte festzustellen, dass der linke von den beiden disziplinierter seine Formation hielt. Und … das waren gar nicht so viele. Das war keine riesige Heerschar, wie sie von dem Anrücken der weit auseinandergezogenen Reihen den Anschein erhalten hatten. Das waren irgendwelche Abteilungen, irgendwelche Kader.

Dann blieben die Dreiecksaufstellungen stehen. Ein Laut wie ein knapp zusammengepresstes, heiseres Gebrüll hallte von der einen Seite herüber. Wie ein gemeinsamer Ruf, mit dem sie jäh zum Halten kamen. Die andere Seite blieb stumm. Noch immer war nicht viel von ihnen zu erkennen. Nur konnte man an dem vagen Eindruck, den man von ihnen erhielt, erahnen, dass das alles wohl Kinphauren sein mussten, keine Einheiten von ihren menschlichen Schergentruppen. Oder gar Duerga.

„Was machen die? Was haben die vor?"

„Nein …" Es kam zögernd. „Diese Geisterhexer bleiben nicht zurück."

O nein. Im Gegenteil. Während die beiden kleineren keilförmigen Heereskörper auf der Stelle verharrten, zogen drei der schwebenden Gestalten darüber hinweg und näherten sich.

Die restlichen vier verblieben starr im Hintergrund.

In aufrechter Haltung schwebten die drei heran. Ungerührt, unbewegt. Als stünden sie auf einem unsichtbaren Diskus, der sie durch die Luft trug. Nur ihre zerfetzt wirkenden Gewänder bewegten sich dabei und flatterten in der Brise.

Sie wurden jetzt deutlicher sichtbar. Und sie trugen tatsächlich diese runden Knochenkappen mit den seitlichen, wie versteinert wirkenden Auswüchsen, wie er sie auch schon bei dem einzelnen Hexer unterhalb der Kinphaurenruine gesehen hatte.

„Das sind sie", hörte er sich raunen. „Das sind die Birgenvettern."

„Da hast du aber mal verdammt recht, Junge", hörte er Gangratz erwidern.

Beinahe schwebten sie jetzt über ihnen. Jedenfalls machte es den Eindruck. Und musterten sie hochherrschaftlich und gespenstisch von ihrem erhobenen Sitz herab.

„Bogenschützen!" Der Befehl ihres Anführers durchbrach die Stille. „Holt sie aus der Luft!"

Erion zuckte zusammen. Das war ja mal ein vernünftiger Befehl in all der Verwirrung und Beklemmung. Das war endlich mal Geistesgegenwart.

Er fühlte, wie sein Körper sich unwillkürlich straffte.

Auch die Bogenschützen in den hinteren Linien wurden von so viel Entschlossenheit offenbar überrascht. Es dauerte eine Weile, bis von ihnen eine Reaktion kam.

Einer ihrer Anführer hatte den Befehlsrufen nach anscheinend das Kommando übernommen.

„Annocken!"

Pause und vages Gehusche.

„Zielen!"

„Da passiert was …", kam eine Stimme aus anderer Richtung. Der Lange Firk? Doch so wie die Birgenvettern über ihnen hingen, musste nicht allein er es erkennen.

Die drei schwebenden Umrisse wurden von leiser Bewegung ergriffen, als geriete hinter ihnen die Luft ins Brodeln. Ein Schwirren verzerrte die Konturen.

Etwas kam hinter den Birgenvettern hervor. Oder es quoll direkt aus der Luft heraus, gerann dort und nahm Gestalt an. So genau konnte er das nicht sagen.

Aufschreie der Verwunderung, des Schreckens.

Der letzte Befehl an die Bogenschützen kam nicht.

Ein Schwarm absonderlicher Kreaturen kam hinter jedem der drei Birgenvettern hervor. Schon auf den ersten Blick widerwärtig erscheinende Geschöpfe, wie einzige zusammengedrängte braungelbe Körperklumpen, ohne Kopf oder irgendwas. Nur Gliederbündel baumelten stochernd davon herab.

„Bei Urnak!", entfuhr es Erion.

Erschrecktes Raunen, erstickte Laute aus verengten Kehlen.

Sie sammelten sich vor und um die Birgenvettern jeweils wie eine schwirrende, surrende Korona.

„Wo bleiben denn die Bogenschützen?", hörte er ihren Anführer rufen.

Und dann griffen die Kreaturen auch schon an. Quiekend schossen sie vor.

Mit einem Aufkreischen sprang Grolk, den Erion in dem Schrecken vollkommen vergessen hatte, von seiner Schulter ab.

Aus den Augenwinkeln sah Erion, wie viele seiner Gefährten im Reflex schützend die Hände über die Köpfe hoben.

Doch die Viecher stürzten sich nicht auf sie herab, sie zuckten vielmehr vor, bis sie beinahe direkt über ihnen waren und blieben dort stehen.

Von unten sah man unzählige Nester von Beinen rastlos herumzucken, eine wimmelnde Decke. Als wollten sie auf die Haut eines unsichtbaren von ihnen Heimgesuchten eintrommeln.

Und dann kamen sie.

In einem Geprassel und auch in einem Getrommel.

Blitze schossen herab, Feuerkeile. Unzählige. Jäh aufzuckend und den Himmel mit einem grausig funkelnden Baldachin verhüllend, einem Tuch aus angriffslustigen, gehässigen Sternen und Sternschweifen auslöschend.

Erscheinungen, die er nicht benennen konnte. Schnatterndes Schwirren. Blaues Zucken. Gärende Risse, welche die Luft irrlichternd aufklaffen ließen.

Salvenschwärme davon durchsiebten die Luft.

Er schrie. Er musste wohl schreien. Es war ein Kreischen, dass es so weiß hochheulte, dass es jeden Laut aus der Welt saugte und ihn in wimmelnder, panischer, lautloser Leere zurückließ.

Mit einem Schlag kehrte der Lärm zurück, als die Schreie und das Gebrüll der anderen über ihn hereinbrachen. Jäh, als würde eine von Zauberhand für einen Moment zum Anhalten gebrachte Riesenwelle tosend über ihm zusammenschlagen.

Grelles Feuer fuhr ringsherum in den Boden, zwischen ihre Reihen. Schatten, Gestalten, Schemen sprangen auseinander. Grelles Geloder fraß sich an wild ausschlagenden Gliedern hoch.

Etwas fiel blau, doch glühend heiß auf ihn herab, und Erion schlug panisch um sich, um es zu vertreiben oder zu löschen – was genau er wollte, wusste er eigentlich gar nicht.

Über all dem grässlichen Lärmen setzte sich dennoch ein merkwürdiger sonorer Laut durch, anschwellend und beirrend alles überlagernd, wie eine schwere Decke, die über allem lag. Ein Scharren und Summen, ein Brummen wie von einem Hornissenschwarm, durchsetzt von messerscharfen, quiekenden Glanzlichtern.

Und das flößte ihm nur umso mehr Grauen ein, denn es ließ im Geflacker seiner geschlossenen, doch immer wieder aufzuckenden Lider die Bilder der mit den Fühlerbündeln zappelnden, kreischenden Klumpen am Himmel aufflammen.

Er kämpfte sich wild umherspringend mit geducktem Rücken durch die Hölle, ständig die Dolche der Vorahnung eines tödlichen Flammentreffers zwischen seine Schulterblätter gebohrt, sprang ziellos hierhin, dorthin, wie es ihm das spaltende Fauchen, das plötzlich grelle Zuschlagen, die Bewegung seiner Kameraden oder einfach nur die nackte Panik eingab.

Und dann, als seine Glieder und sein Schädel endlos sirrten und sich ein Pfeifen wie ein taubmachender Eisstachel von Ohr zu Ohr bohrte, dünnte der Beschuss aus. Er nahm es zunächst gar nicht wahr, so grell war das Dach inneren Kreischens, das ihn erfüllt hatte.

Weshalb er erst allmählich aus hektischer Bewegung

herauskam, die Arme herabnahm. Sich umzusehen, wahrzunehmen traute.

Die vergleichsweise Stille war beängstigend, beklemmend.

Sie wurde durchschnitten von den Schreien von Getroffenen, Verletzten, vielleicht Sterbenden.

Er sah nach oben.

Der Schwarm aus braungelben stochernden Fleischklumpen war zur Ruhe gekommen. Gemächlich zog er sich zurück. Wie von einem einzigen Netz gehalten und jetzt vom Fischer wieder eingezogen, schwebten sie wieder dahin zurück, wo sie hergekommen waren. Wo immer das sein mochte. Vielleicht nicht aus dieser Welt.

Jetzt erst schaute Erion sich richtig um.

Der Schaden war nicht so verheerend, wie das vorherige Chaos hatte fürchten lassen.

Nicht ihr komplettes Feld war brach und gefällt wie nach der Ernte einer Schar von Schnittern. Es war nur gelichtet. Als hätte wild der Sturm eingeschlagen und alles zerzaust.

Wie die regellos und verstreut sprießenden schwarzen Fellbüschel auf dem Leib seines Grolk. Wo war der überhaupt?

Hoffentlich hatte ihn keiner der kleinen Blitzkeile niedergestreckt.

War er selbst unverletzt geblieben? Die Frage stieg siedend heiß in ihm auf. Wenn, dann war das wie durch ein Wunder geschehen. Jedenfalls spürte er keine Verletzungen. Doch das konnte ohne Weiteres noch von dem irren Ansturm der Panik kommen, der den Schmerz überlagerte.

Rings um ihn, untermalt von grässlichen wimmernden Klagen und Schreien, richteten sich die Verbliebenen langsam auf. Als trauten sie dem Frieden nicht wirklich.

Wahrscheinlich zu Recht.

„Alles klar, Leute?", hörte er Gangratz fragen.

„Dumme Frage! Halt's Maul, halt's Maul!"

Das war der Moment, in dem niemand irgendjemandem solche Respektlosigkeiten übelgenommen hätte. Niemand konnte es einem verdenken, wenn er die Nerven verlor.

„Das war's doch noch nicht."

„O Murnig! Immer die hoffnungsvolle Frohnatur."

Doch Murnig hatte recht.

Das konnte es nicht gewesen sein. Sie waren lediglich erst einmal weichgekocht worden.

Erion streckte sich und spähte in die Ferne.

Die Birgenvettern zogen sich zurück, als würden sie von unsichtbaren rollenden Wagen über den Himmel getragen. Das Einzige, was jetzt noch auf die quiekenden Viecher hindeutete, waren verwehende Fetzen, die sich wie zäher schwarzer Rauch hinzogen.

Die beiden Dreiecksformationen – je eine zur linken, je eine zur rechten Seite – standen unverrückt. Doch war jetzt Regung in sie gekommen.

Körper bewegten sich in der Menschenballung, Glieder streckten sich, Waffen wurden gehoben.

„Jetzt kommt's."

Dann der Angriffsschrei.

Von der einen Gruppe kamen, als sie vorstürmten, hart gebellte, abgehackte Lautfolgen, ein rhythmisch skandierter angriffslustiger Singsang. Mit langen Sätzen rannten die auf sie zu.

Von der anderen Seite kam ein schrill aufsteigendes Geheul, ein immer wieder kurz hochschwellender Schlachttriller, nervenaufreibend und markerschütternd.

Staub stieg auf. Nicht grau, sondern in leicht farbigen Wehen. Vielleicht war es der Blütenstaub der üppigen Blumenwiese, als die beiden Abteilungen wie aus vielen Körpern zusammengeschmiedete Speerspitzen auf sie zustürmten.

„Soldaten! Krieger! Rückt zusammen!"

Da war wahrhaftig einiges zusammenzurücken. Was für ein durchwühltes, gelichtetes Feld!

„Leute!" Murnigs barsche Stimme. „Was der Hauptmann sagt. Rafft euch zusammen! Wie verdammte echte Kämpfer. Die dem Feind die Hölle heiß machen."

Die Hölle hatte der Feind bereits über sie hinwegziehen lassen.

„Wir hätten abziehen sollen! Wir hätten abziehen sollen!"

Da kamen die vernünftigen Stimmen. Aber wann wäre er selbst je vernünftig gewesen? Andernfalls wäre er jetzt nicht hier auf dieser Blumenwiese und hinge mit diesen ganzen armen, elenden Kerlen tief in der Scheiße.

„Abziehen nützt jetzt auch nichts mehr." Die noch vernünftigere Stimme. Die man dafür allerdings nicht mögen musste.

„Zusammenrücken! Verdammt, zusammenrücken! Schließt die Reihen!"

Das gab ein wildes Gestampfe und Gerenne. Die Verbrannten, noch Schmauchenden oder sonst wie Verletzten heulten währenddessen hilflos am Boden weiter. Als scheiß grausige Untermalung. Und sie konnten froh sein, wenn sie von den Kameraden nicht zusammengetrampelt wurden.

Erion kam irgendwo in eine zweite oder dritte Reihe. Wenn man das überhaupt nach Reihen zählen oder so benennen konnte. Er konnte daher so gut wie irgend möglich sehen, was da auf sie zukam.

Die links trugen irgendeine goldgelbe Tracht und darunter etwas Anthrazitgraues, wahrscheinlich Kettenwerk. Alle einheitlich. Wie eine verdammte stramme, militärische Abteilung.

Die rechts … nein, das konnte nicht sein. Aber sie schienen wie mit Asche überzogen oder damit beschmiert.

Links skandiertes heiseres Bellen, rechts schrill hochschlagende Triller.

Das Gebrüll und Getriller brandeten unaufhaltsam auf sie zu.

Erions Schwert lag in beiden Händen. Er wartete. Während ihm die Zähne klapperten. Hoffentlich nur Panik, bloß kein Anfall!

Jetzt erst sah er, wie die linke Formation – mit der er es allem Anschein nach zu tun bekommen würde – die Waffen zog. Hände gingen beidseitig über die Schulter und zogen blitzend Doppelklingen blank.

Er sah die zum Schrei aufgerissenen Münder.

Dann waren sie auch schon heran.

Sie brachen wie ein Sturmwind in die erste Reihe, schlugen ein, mähten alles nieder.

Alles geriet ins Wanken. Erion wurde nach hinten geworfen.

Hochreckende Glieder, Schreie, Blutspritzer, die den von Tumult zerrauften Himmel durchteilten. Einer der hochgereckten Arme flog immer weiter, hatte keine Verbindung mehr mit einem Körper. Und zog ebenfalls eine Blutspur hinter sich her.

Erion torkelte, taumelte im Gewühl, war allein noch darum bemüht, auf den Beinen zu bleiben. Es war, als würde ein zäher Sumpf an ihm ziehen, der jede Bewegung erstarren lassen wollte.

Als ein träger Plumpling stolperte er umher.

Du bis Erion Leichtfuß. Du kannst tanzen. Selbst im Angesicht des schlimmsten Kampfgetümmels.

Doch seine Füße schienen ihm zu Blei geworden. Zu tief saßen die reifkalten Pfeile der Birgenvettern noch in seinem Fleisch.

Als er sich zu irgendeinem Bewusstsein hochwühlte, stierte er umher und sah, dass ihre Reihen erneut aufgerissen waren, heillos versprengt. Ein irres, wimmelndes

Gemetzel, durch das methodisch und unaufhaltsam vorsprengende goldgelbe Krieger brachen und ihre beiden Klingen blutig-gierig zur Anwendung brachten.

Zu mehr von sattem, Übelkeit erregendem Grauen getränkter Betrachtung blieb ihm keine Zeit.

Denn einer dieser goldgelben Krieger stürzte mit kalt eindeutiger Absicht auf ihn zu.

Beide Klingen geschwungen wie Scheren, dass er nicht im Geringsten ahnen konnte, mit welcher der zuerst zuschlagen würde.

Lass es los! Lass das Blei aus deinen Gliedern! Lass es herausrinnen!

Vor einem goldgelb gewandeten Hintergrund sausten die Klingen heran. Sie kamen wahrhaftig wie Scheren. Er wand sich zwischen ihnen durch und spürte ihren kalten Stahlhauch auf der Haut. Er tauchte an seinem Gegner durch, spürte einen brennenden Striemen des Schmerzes an seiner Seite.

Was war nur mit ihm los?

Schwer und zäh wie Ton, spröde wie Töpfergut aus einem schlechten Brand.

Werd zu dir selbst, verdammt, oder du bist tot!

Herumwirbelnd kam er dem Kinphaurenkrieger erneut gegenüber. Er musste schnell und entschlossen sein, sonst machte ihn schon der nächste, auf seinen jetzigen Gegner folgende, der sicher schon in seinem Rücken nahte, kurzerhand nieder. Die machten keine Mätzchen!

Los, Leichtfuß! Tanz um dein Leben! Du kannst das!

Die Klingen kamen erneut auf tödlichen, unberechenbaren Bahnen heran. Er hob den Fuß in die Luft, als wollte er eine Treppe erklimmen und sprang.

In dem bleichen Gesicht folgte ihm nur der Blick, als er so unvermittelt aufwärts setzte, über die Bahn der Klingen hinweg, seine Fußspitze berührte sacht etwas. Er ließ es gehen, folgte dem leichten Fluss.

Ließ das Ninraéschwert seinen Bogen vollenden, sah sich nicht um. Erst als er aufsetzte, wandte er sich zurück, sah den kalkgesichtigen Krieger einbrechen. Ein senkrechter roter Schnitt von der schief hängenden Schulter abwärts durch seine goldgelbe Kluft. Erion setzte nach, ohne zu zögern, spießte den Kinphauren so schnell auf seine Klinge auf, wie er sie auch wieder herauszerrte.

Wirbelte aus reinem Instinkt um seine Achse und sprang. Er sah, wie er über einen geduckt zustoßenden Kinphaurenkrieger hinwegflog. Nahm aber auch das furchtbare Getümmel um sich wahr.

Die Goldgewandeten stürmten nur so durch ihre Reihen. Wie Schuss durch Kette, hätte Kunja gesagt, wenn sie aus der Weberei erzählt hätte. Ein blutiges Gewebe, in dem die Fäden jetzt blitzschnell nacheinander rissen, als würden sie unter einem irrwitzigen Zug von beiden Seiten aufplatzen.

Er fand sich in leerem Raum, hatte Gelegenheit, das ganze Grauen in sich aufzunehmen. Er nahm in einem Wimpernschlag das Gemetzel wahr, das die Goldgelbgewandeten unter ihnen anrichteten, ohne dass die Kämpfer ihrer Seite eine sinnvolle Gegenwehr aufgebracht hätten. Er sah seine Kampfgefährten bluten und fallen.

Aber durch die weiten Lücken gelichteter Reihen sah er auch, dass der Schrecken, den der zweite Keil in ihre Reihen trug, fast noch vernichtender war.

Der erste Blick hatte ihn nicht getrogen.

Es war ein Heer von Frauen, von aschebeschmierten Kriegerinnen, die wild heulend über sie herfielen. Gnadenlose, kampfesirre, blutlüsterne Furien! Wo Asche nicht ihre Körper bedeckte und nur Streifen knochenbleicher Haut durchblitzen ließ, da waren sie von eisernen, schartig schwarz angelaufenen Panzerteilen umhüllt.

Sie fielen wie ein Steinschlag in ihr Feld ein und droschen alles nieder.

Er konnte nicht anders, als wild um seine Achse kreisend seinen stieren Blick umherzucken zu lassen. Die Leichtigkeit, die zu seiner Schädeldecke hochkroch, wollte ihm keinen Raum für etwas anderes geben.

Um ihn herrschte ein Feld des Grauens. Alles, was vorher wogendes Gras und üppige Blütenpracht gewesen war, war nun zertrampelt und verschlammt von Blut. Alle nah bei ihm waren tot. Im weiteren Umkreis wurde noch gekämpft.

Zerrissen nahm er wahr, wie goldgewandete Gestalten heranstürmten. Sie kamen ihm vor wie die flachen, die Glieder in den Gelenken beweglich zusammengehefteten Figuren eines Schattentheaters, wie er es aus seiner Kindheit in Ishuk-Bragha kannte. Bloße Umrisse ohne Tiefe, bewegt von Stäben. Kaum wahr, seiner Wirklichkeit fliehend.

Merkwürdig, wie so frühe Erinnerungen in einem hochsteigen, wenn im Jetzt alles um einen schwindet. Ihm wurde kalt. Er sank in die Knie.

Graue Wehen krochen staubig und zerfetzt von den Seiten her in sein Blickfeld. Als wären ihre Spinnennetze lebendige Kreaturen, krochen sie mit eisigen Fühlern sein Rückgrat empor.

Kaum spürte er, wie das Schwertheft dem Griff seiner Hand entglitt.

Kälte floh in einem sich zuspitzenden bleichen Schacht durch die Spitze seines Schädels, und sein Geist raste mit ihr höher.

Wie von oben sah er sich, wie im Auge eines Sturms, in einem Kreis schreckensklirrender Ruhe. Eine im Schlamm in die Knie gesunkene Gestalt, die den Kopf nach hinten baumeln ließ. Und ihn aus seinen eigenen Augen flehentlich anstarrte.

Ein derart lähmender, beißender Frosthauch ergriff ihn, dass er dachte, er müsste ganz in dessen tauben weißen Harsch erstarren und fühllos unter seiner Kruste versinken.

War dies das Ende? Das musste es sein.

Der letzte, alles abschließende Anfall, der ihn aus der Welt katapultierte und ihn endgültig und unabwendbar in die Leere riss. Da war kein Schicksalszeichen – da kam gar nichts mehr.

Er wurde aus der Gnade des Loslassen, der Auflösung herausgezerrt, als es ihn wie ein Krampf durchzuckte, ihn schüttelte und zappeln ließ wie eine willenlose Puppe.

Der Kopf und der Blick wurden ihm vom Himmel weggerissen und nach vorn gezwungen. Er musste dorthin starren, als würde das Fleisch, das seinen Schädel umkleidete, von stählernen Klammern gehalten, die sich tief hineingruben und seinen Blick gewaltsam voraus zwängten.

Da sah er es. Er sah es in einer Vision, wie sich der Himmel öffnete.

Sieben Birgenvettern schwebten an diesem kadaverschwärenden rötlichen Himmel auf ihn zu, drei vorn, vier im Hintergrund, ein geisterhaftes Sternbild des Grauens. Aus ihren Knochenkappen wuchs etwas heraus, was sich wie Kronen an ihnen festgesaugt hatte. Wie ein Parasitengewimmel verlor es sich hinein in einen verschlingenden Hintergrund. Darin wogte es stochernd. Und erst allmählich schälten sich in diesem Hintergrund für ihn die Umrisse von Gestalten heraus. An die er zuerst gar nicht glauben wollte.

Gedunsene, machtvoll schreckliche Wesen staksten da auf knochendürren, endlos langen Spinnenbeinen durch eine Himmelshöhle, eine wie vom Glühen gärender Innereien erleuchtete weite Grotte. Wie eine aufgespannte Kadavermembran ließ der tiefere Hintergrund nur eine Ahnung zu, ob das dort schwärzliches Geäder oder das Gestochere weiterer Gliedmaßen war. Was anderswo – an gewöhnlicheren Orten einer sinnhafteren Welt – wie das Grollen ferner Unwetter zu einem herdringen musste, wehte hier wie ein untergründiges leises Schrillen, Quieken und Schnattern an das Ohr. Der Chor nahender Gewissheiten.

Etwas wie ein bisher unsichtbar über allem lastender Druck sank jäh mit aller Macht auf ihn herab.

Ein Gewicht, in dem all diese Anmutung zappelnder, stochernder Regung fest und hart hineingepresst war. Wie der Bergsturz drückte es ihn zu Boden. Raubte ihm den Atem. Zuckende Gliedmaßen gruben sich spitz durch sein Fleisch und wühlten in ihm herum. Widerliches, blähendes, gallertartiges Fleisch zwängte ihn wie in einer Blase ein. Trotz aller Entrücktheit aus seinem Körper, glaubte er dennoch zu spüren, wie sein Magen sich hob und aufbegehrte, alles von sich geben wollte. Doch eine unauslotbare kalte Macht zog augenblicklich alles in ihm zu einer staubigen, knochenharten Trockenheit zusammen.

Er spürte seine Glieder zucken, seine Muskeln sich krampfen, als wäre er ganz dem Tanz eines vollkommen haltlos außer Kontrolle geratenen Ozeans chaotischer Ursuppe unterworfen.

Es stürzte auf ihn herab und warf ihn nieder. Erneut. In einer verschärften, vervielfachten Wiederkehr, einer Schleife des schon zuvor erlebten furchtbaren Augenblicks. Zu einem einzigen Hammerschlag zusammengepresst, wälzte es sich über ihn hinweg.

Zwang ihn nieder.

Unentrinnbar.

Das letzte Grauen holte ihn ein, während es ihn unkontrollierbar schüttelte. So sehr und immer schneller werdend, sich rasend beschleunigend, bis es sich in starrer Lähmung verlor. Der geronnene, im Krampf verknöcherte Augenblick.

Ein versteinerter Herzschlag.

Das war das Ende.

3

IM ROTEN SCHLAMM

„He, wie hat's denn den verdreht?"

„Schau dir die Hände an, wie Krallen abgeknickt. Und die Beine und Arme. Was hat denn den erwischt? Der Rücken durchgedrückt wie'n gespannter Bogen. Mann, den muss die Leichenstarre aber verdammt schnell erwischt haben!"

„Mich wundert gar nichts mehr. Mensch, schau dich nur um! Was zur Hölle ist hier nur passiert? Lass uns schnell weg hier. Denen, die noch röcheln und nicht mehr zu retten sind, den Gnadenstoß verpassen und dann Land gewinnen. Für die anderen sollen die Feldscher kommen. Ich zieh hier keinen raus. Ich schlepp die nicht. Das ist ja, als wäre der ganze Boden vergiftet. Und das steigt wie kalter Nebel auf und zieht einem in die Knochen. Puh, da wird einem ganz anders. Komm, Gnadenstoß und weg hier! Fangen wir mit dem da an. Tot oder Gnadenstoß?"

Ein leises Summen. Schwirren. Sausen.

„Hm, ist'n schwacher Herzschlag."

„Also Gnadenstoß."

„Hm, weiß nicht …"

„Was jetzt? Zimper hier nicht rum! Regel ist, wer sich nicht regt und keinen Mucks mehr macht, kriegt den Gnadenstoß. Also regt er sich? Sagt er was? Außerdem … der ist doch voller Blut.“

„Ein Teil ist Dreck und Schlamm, aber …“ Stille. Eine Pause. Schwirren und Summen. „Hast recht. Regt sich nicht, muckst sich nicht, ist voller Blut.“

Das Summen wurde zur Glut kaum aufkeimender Gedanken.

Irgendein vages Trommeln auf seinem Körper, das an ein grausiges, kaum verblasstes Bild erinnerte.

Ich lebe, wollte Erion sagen, doch das Einzige, was er zwischen dreckverkrusteten Zähnen hervorbringen konnte, war ein kleines, knirschendes Grunzen, das wie *Sch-sch-schleeeeer* klang. Und selbst das kam so schwach, dass er es selbst kaum hören konnte.

„Jetzt verjag doch endlich einer dieses Vieh!“

… *verjag doch einer dieses Vieh* … Das Trommeln auf seinem Körper. Wie kleine Tatzen.

„O Mann, was zur Hölle ist das bloß für ein hässliches Getier?“

„Grolk.“ Es tat weh, das durch den knirschenden Gries zu zwängen.

„Still, ich glaub, der sagt was.“

„Kann nicht sein. Der ist so tot wie’n Hundeknochen.“

„Nee, he, der lebt wirklich noch!“

„Quatsch, der sagt gar nichts mehr. Komm, lass uns …“

„Grolk“, brachte er mühsam hervor. „… der Grolk.“

„Was? Still! Der sagt wirklich was.“

„Grolk der Grolk.“ Die Worte kamen schwer, träge. Er musste sie wie Steine herauswürgen. „So heißt er. Das Vieh. Meiner.“

Er spürte, wie jäh der Krampf in seinem Rücken nachließ und er auf dem Boden aufklatschte.

„Dunnerlittchen!“

„Himmel!"

„Hat der mir 'nen Schreck versetzt!"

„Schlimmer als das Vieh."

Jetzt hatten sie es begriffen. Plötzlicher und vielleicht schneller als er. Er brauchte noch etwas Zeit dazu.

Aber er verstand allmählich, dass er lebte. Dass er … all das – er wollte sich noch keine weiteren Gedanken darüber machen – überlebt hatte.

Sie halfen ihm hoch, stützten ihn dann, damit er auf wackligen Beinen stehen konnte. Mühsam versuchte er, seine verkrusteten Augen zu öffnen.

Als ihm das gelang und ihm das bleich und grell einblutende Licht nicht mehr wie rasende Dolche in den Schädel stach und sich seine Sicht allmählich klärte, da wünschte er sich, er hätte es nicht getan.

Er stand in einem blutig durchwühlten Feld. Vereinzelt klebten zwischen Körpern und Körperteilen Pflanzenreste im roten Dreck.

All seine Freunde lagen zerhackt herum.

Ja, er hatte sie inzwischen seine Freunde genannt.

Er versank in einer stillen starren Ruhe und ließ die Geister zu sich heranwehen.

Es war ein weiter Weg gewesen, an dessen Anfang ihm ein bärbeißiger Hauptmann Gangratz beinhart und voll strenger Feindseligkeit entgegengetreten war und ihn in seine Schranken verwiesen hatte, ihn zurückgetrieben hatte in die Reihen einfacher Soldaten, in die er verdonnert worden war.

Und es war jetzt egal, ob Murnig sich nun besonnen hatte, ob er Schweine nun mochte oder doch nicht. Es machte keinen Unterschied mehr. Für ihn nicht und für die Welt nicht. Umsonst hatte er ihnen seine Vergebung erteilt. Er konnte nur noch als Schweinefutter dienen.

Der Lange Firk würde nie mehr Ausschau halten. Er war jetzt ganz klein. Ihm waren beide Beine abgehackt worden.

Er sah vor seinem inneren Auge, wie Gangratz sich bei ihrer ersten Konfrontation vor ihm aufgebaut hatte. *Hast du mich nicht verstanden? Zurück ins Glied! Oder willst du, dass wir dich wegen Meuterei aufknüpfen? ... Soldat!*

Doch auch wie Gangratz Findrac entgegengetreten war. Unerschrocken. *Vielleicht hätten wir uns gründlicher über-legen sollen, ob wir euch da unten den Arsch retten sollen.* Dann auch, um ihn zu verteidigen. *Er da, das zierliche Jungchen mit Elfenblut, er hat mir das Leben gerettet.*

Auch wenn er sich immer am liebsten aus allem Kampf herausgehalten hätte, für ihn war Gangratz ein Held.

Mit schwacher, matter Geste deutete auf dessen Überreste.

„Können wir seine Leiche mitnehmen? Und ihm ein würdiges Begräbnis bereiten?"

„Am Stück ist da nicht mehr viel mitzunehmen", gab ihm einer aus der Reihe, die ihn gefunden hatten, zur Antwort. „Die werden alle verbrannt. Eine große Brandbe-stattung ist das Beste, was wir für die tun können."

Einer sah Erion entgeistert an. „Junge, was ist hier nur geschehen?"

Erion starrte zurück. „Hat es euch keiner erzählt?"

„Wer denn? Es gibt keinen, der was erzählen könnte. Sie sind alle tot."

„Was?"

Er ließ den stieren Blick über das schaurige Feld hinweggleiten und konnte es nicht fassen, was ihm doch seine Sinne klar und deutlich zeigen wollten.

Leer starrte er weiter über das Schlachtfeld hin, und in seinem Geist stieg wie ein Nebel aus bleichem Grund ein Bild auf.

Er sah die von falbem Glühen durchgeisterte Firma-menthöhle, vor der sich die sieben Birgenvettern aufreihten, während dahinter gedunsene Körper auf langen, dürren

Beinen über einen Himmel staksten, in dessen Tiefe es nur so stocherte und wimmelte.

Eine Stimme riss ihn wieder in die Wirklichkeit zurück. „Warum zieht man so etwas Schreckliches auf, wenn man keinen übrig lässt, der dem Feind davon berichten kann? Der den Schrecken weiter in seine Reihen trägt?"

„Weil man es kann. Und weil das Ergebnis für sich spricht. Weil es die eigene Gestalt nicht enthüllt und den Feind nur rätseln lässt." Er wusste nicht, woher das über seine Lippen geflogen kam. Es war da in dieser Wolke aus vernebelndem Schrecken als eine einzigartige, klare Erkenntnis.

Er wandte sich um, schaute sich die Gestalten an, die über dieses rot verheerte Feld gestreift waren und ihn gefunden hatten. „Niemand sonst ist da?"

Kopfschütteln.

„Niemand hat überlebt?"

„Wir haben keinen gefunden."

Seine Hände verkrampften sich zu Fäusten. Er glaubte, seine Sehnen knarren zu hören. „Dann muss *ich* es ihnen erzählen."

Erneut fiel ihn ein kalter Schrecken an. Ließ ihn entgeistert zurück. Entsetzt. „Ich muss es ihnen berichten. Ich muss sie warnen, was da auf sie zukommt."

4

IM HERZEN DES WIDERSTANDS

Wieder in Hugen.

Die Stadt und ihr Getriebe rings um ihn erschienen ihm jetzt geisterhaft.

Nein, er selbst war der Geist, der durch Straßen schritt, die von der hektischen Aktivität einer Stadt im Kriegszustand heimgesucht wurden.

Zurück aus der Verbannung.

Doch er ahnte schon, dass genau das nicht wirklich der Fall war – nicht auf Dauer.

Nachdem sie ihn durch die äußeren Verteidigungskreise geschleust hatten, brachten sie ihn zunächst einmal zu einem Gebäude, das von den Rebellenkräften zum Wachhaus umfunktioniert worden war. Weil die Leute aus Erions Eskorte nicht wussten, was sie mit ihm tun sollten. Und sich hier Rat einholen wollten, was weiter mit ihm geschah. Zu wem sie ihn bringen sollten.

Während sie drinnen mit irgendwelchen hier stationierten Leuten diskutierten, griff sich Erion einen von der Turmgarde, der gerade vorbeilief. Die waren doch immer am besten vernetzt und hatten überall ihre Leute sitzen. Auch im Untergrund. Na, dieser wahrscheinlich nicht.

„He, hast du irgendwo meine Freunde gesehen oder was von ihnen gehört?"

„Gibt eine Menge Freunde von Leuten hier. Woran soll ich die erkennen?"

„Na, die erkennst du bestimmt. Einer ist ein Berg von einem Duerga. Soweit ich weiß, der einzige in unseren Reihen. Die beiden …" – er stockte – „… die andere ist eine Firimduerga. Du würdest sie wahrscheinlich eine Zwergin nennen."

„Ich weiß, was eine Firimduerga ist."

„Na, gut …" Eine Dwerc musste er ihm aber wahrscheinlich doch erklären. Wenn er das wirklich wollte …

„Ja, von dem Duerga hab ich gehört. Der, der immer singt. Unser Lied. Das Lied vom Bergsturz."

„*Unser* Lied?"

„Der ist irgendwo draußen im Feld stationiert. Wo immer es gerade brennt."

Da, wo's gebrannt hatte, da kam er doch gerade her. Direkt aus dem Feuer. „Wie? Brennt's denn noch anderswo?"

„Ja, die greifen jetzt draußen an. Irgendwo. Unerwartet."

„Oh."

„Und von dem Wurzelmädchen hört man auch. Soll eine scharfe, geschmeidige Klinge führen. Ist auch da draußen. Aber anderswo."

„Wurzelmädchen?" Meinte der Malaiar? Wirkten so die Firimduerga auf Menschen?

„Sie hat eine Freundin …"

„Ja, ich weiß. So eine hübsche Stämmige. Man hat sie zusammen mit ihr gesehen. Kurz bevor das Wurzelmädchen aus Hugen abkommandiert wurde. Die Kleine ist aber noch in der Stadt."

Er konnte sein Glück kaum fassen. Was für ein Zufall!

Da fragte er und der Erste wusste schon Bescheid. „Und warum weißt du das?"

Der Mann in der Tracht der Turmgarde lachte auf. „Ich muss alles wissen. Ich muss wissen, wo man alle finden kann. Ich bin einer der Boten, die alle verständigen, wenn's was zu übermitteln gibt. Ich hab da ein Netz von …"

„He, wenn du alles weißt und den Überblick hast, wo alle sind, dann kannst du uns ja sagen, wo wir den Kerl hier hinbringen sollen." Einer von denen, die ihn gefunden und hierhergebracht hatten, streckte den Kopf zur Tür raus.

„Hinbringen? Wozu?"

„Er hat was zu berichten, darum."

Und er erzählte dem Herold von den Turmgardisten, wo sie Erion vorgefunden hatten, wie es rund um ihn ausgesehen hatte, und ein wenig von den Bruchstücken, die er ihnen gegenüber herausgestottert hatte.

Die Miene des Boten war erstarrt. „Ich nehm ihn mit mir. Ich weiß schon, wo ich ihn hinbringen muss."

„Wirklich? Na, da haben wir ja Glück gehabt."

Erion glaubte, dem Kerl aus seiner Eskorte anzumerken, dass ihm ein Stein vom Herzen fiel. Als wäre er froh, diesen hässlichen, sich klammheimlich ausbreitenden Flecken loszuwerden, der sich in ihm eingenistet hatte und alle anstecken wollte. Der eine von ihnen, der rausgekommen war und gesprochen hatte, sah aus, als wollte er sich die Hände gegeneinander wischen, um etwas Widerliches, Triefendes davon abzustreifen.

Erion drehte sich noch einmal um. Jetzt traten auch die anderen zu ihrem Kameraden raus „Danke! Danke nochmals", warf er ihnen zu.

Ein beklommenes „Ja …" kam aus einer Kehle, mehr nicht.

Grolk trabte auf seinem Weg an der Seite des Turmgardisten neben ihm her.

„Was ist das?", fragte der Bote mit Blick herab auf das Tier. Das Erion wohl das Leben gerettet hatte.

„Werd ich nicht mehr los. Hat wahrscheinlich schon immer auf mich gewartet. Werd ich wohl auch mein Lebtag nicht mehr los."

„Ah, wo du nach deinen Freunden gefragt hast … Die eine, die knackige Kleine, die in der Stadt geblieben ist …"

„Knackig?" So hatte er noch niemanden von Kunja reden hören. Der meinte doch Kunja, oder? „Dicke, braune Ringelhaare, bräunliche Haut und so?"

„Ja, die. Die Feuerhexe." Er brummte vor sich hin. „Sieht so aus, als hätte sie was mit diesem Nadragír angefangen." Er schaute sich zu Erion um. „Den kennst du doch? Oder? Trägst doch den grauen Mantel der Sechzehnten. Der Kecke, Neugierige, der unter ihnen ist. Hängt sich immer in alles rein, ist immer interessiert."

„Ja, den kenn ich." Er erinnerte sich an die ersten Tage ihrer Wanderschaft, als Nadragír sie zu Fuß begleitet hatte, weil es keine Pferde für sie gab und sie nicht reiten konnten. Hell und neugierig, so hatte er ihn auch in Erinnerung. Auch aus den späteren, oberflächlichen Begegnungen.

Und der sollte …?

„Bist du sicher, dass du das richtig verstanden hast? Nadragír soll etwas mit Kunja angefangen haben? Du meinst kein Gespräch oder so?"

Der Turmgardist lachte auf. „Ich weiß ja nicht, wie du das nennst. Aber ich sag nicht Gespräch dazu." Lachte noch einmal.

„Wirklich …"

Er starrte vor sich hin. Der Weg vor ihm verlor seine Kontur.

Es ging nicht in seinen Kopf hinein. Er konnte sich das kaum vorstellen.

Kunja, seine Kunja – die nicht mehr *seine* Kunja war – hatte ein Verhältnis mit Nadragír angefangen? Einem Elfen?

Einem Ninra? Und Nadragír mit ihr? Eine Liebschaft? Schon der Gedanke an so etwas wie eine … Liebschaft kam ihm bei Kunja seltsam vor.

Sie war immer seine Kindheitsfreundin gewesen, seit sie kaum gehen konnten, seit sie beide noch über ihre eigenen Füße gestolpert waren.

Na, wahrscheinlich hatte sich daran bei ihm wenig geändert. Leicht mochten sie zwar sein, aber trotzdem brachte er es fertig, immer noch selbst darüber zu stolpern.

Jenseits dieser klebrigen Schicht des Aussatzes, den die Begegnung mit den Birgenvettern bei ihm hinterlassen hatte, breitete sich eine malmdunkle Wolke um ihn aus.

Sie hatte ihn verlassen! Sie hatte endgültig mit ihm gebrochen, den Staub von den Füßen abgeschüttelt und ihn hinter sich gelassen. So wie man etwas Verbrauchtes, Überlebtes und Überkommenes hinter sich lässt.

Es tat ihm weh. Da war ein Riss in seiner Brust. Wie Adern im Gestein, die scharfen kalten Hohlräume zwischen hartem, schartigem Fels, die Malaiar aufzuspüren vermochte. Sie fand Einschlüsse darin, rohe Edelsteine, Drusen, violett schimmernden Amethyst. Er fand darin nur eisige Leere und ein Zehren, das ihm etwas wie vertrocknendes Werg zwischen den Rippengrüften herauszerren wollte.

Er vermisste sie. Wirklich und zutiefst.

Und er war selbst schuld daran, dass er sie als seine Freundin verloren hatte.

Er hatte sie benutzt: So nannte man das wohl, wenn man jemanden in Pläne nicht einweihte, in denen diejenige einen Teil darstellte und für die man sie brauchte.

Wie oft hatte er sie vor den Kopf gestoßen? Auch ohne, dass er es bemerkt hatte? Weil er seinen eigenen, unbeugsamen Willen verfolgt hatte. Der ihn am Ende wohin brachte?

Jetzt war er in einen Abgrund des Grauens gestürzt, um

aus diesem Schlund haarscharf noch einmal hervorgezogen und zurück nach Hugen geschickt zu werden. Zurück aus der Verbannung.

Doch wozu?

Es konnte nur ein Aufschub sein. Denn sein Fluch, sein Plagegeist saß ihm schließlich noch immer im Nacken. Den wurde er so nicht los.

Egal, was er zu berichten hatte und wie wichtig es war, egal, mit wem er darüber auch sprach, Findrac würde schon dafür sorgen, dass er danach wieder zu einem stumpfsinnigen Strafdienst verdammt wurde. Ohne Freunde. Seine ältesten hatte er verloren. Seine neugewonnenen waren gerade zu blutigen Stücken zerhackt worden.

Das war's, wie er enden würde.

Allein, ein Leben ohne Sinn. Und dann schon bald der Tod.

„He, pass auf, wohin du gehst! Du stolperst ja dahin wie eine Leiche auf Urlaub."

Erion schreckte auf, sah sich um. Zum größten Teil strahlten die Straßen für ihn noch immer einen geisterhaften Eindruck aus. Daran änderte nur wenig, dass sie sich tatsächlich umso stärker belebten, je näher sie dem Zentrum kamen, und zwar auf eine hektische, aufgestachelte Weise. Der Geruch von Qualm, Verbranntem, Gefahr, Schweiß, Urin, Erbrochenem und Anspannung hing in der Luft. Trupps von Leuten, kaum zuzuordnen in ihrer Hast oder Verstohlenheit, rannten vorbei, verschwanden in engen Gassenschlünden oder Toreingängen. Sein Führer hatte die Hand am Griff seiner Waffe und sah sich ständig wachsam um. Offenbar anders als er selbst.

„Gib acht! Und vielleicht rufst du auch dein Tier zurück. Wir sollten hier vorsichtig sein."

Erion bemerkte jetzt, dass Grolk mit aufgeregten Spurts vorpreschte, ein kleines, abgemagertes, zerzaustes schwarzes Bündel, das im Zickzack über die Straßen huschte, als wollte es in jeden vorausliegenden Winkel hineinspähen.

„Kann ich nicht", antwortete er, indem er Grolk mit seinem Blick zu folgen versuchte.

„Dann pass wenigstens selbst auf, wo du hinstolperst! Das ist eine umkämpfte Stadt. Hier ist es brandgefährlich!"

O ja, das hatte er erlebt. Er hatte auf den Barrikaden mitgekämpft. Das war in einem anderen Leben gewesen. „Wo bringst du mich hin?"

„Zur Zitadelle. Wohin sonst? Da sind alle, die gerade nicht irgendwo mitten im Einsatz stecken. Zumindest ist da immer irgendjemand. Aber in der Nähe davon ist es gefährlich. Da kann es jederzeit zu einem Angriff kommen. Die ..."

„Bannerklingen, versteckte Nester, Attentäter, Front der Menschen."

„Genau so. Ich sehe, du weißt Bescheid. Deshalb sollten wir uns besser am Rand halten. In den Schatten, dicht an den Häuserwänden."

Anders als zum Beispiel die, die ihnen gerade spotzdreist entgegenkamen.

Sein Führer wollte mit ihm gerade einen Platz überqueren, eine Kreuzung zweier breiter Straßen, hinter deren Häuserreihen die Kronen höherer Gebäude hervorschauten. Und aus der gegenüberliegenden Straßenöffnung kam ihnen ein Trupp entgegenmarschiert. Ganz offen. Mit einer Gestalt im grauen Mantel an der Spitze. Die Kapuze um die Schultern zurückgeschlagen.

Erion zuckte zusammen, fühlte seine Schultern herabsacken und seine Glieder erschlaffen.

Als hätte er die Fähigkeit, diesem Kerl allein mit seinen Gedanken und seinen allzu berechtigten Befürchtungen eine greifbare Form zu verleihen. Findrac kam ihnen an der Spitze einer bewaffneten Eskorte entgegen.

Erstarrte kurz. Kam dann umso entschlossener auf ihn

zu. „Hatte ich nicht ausdrückliche Order gegeben, wohin du versetzt werden solltest? Habe ich dich nicht klar und eindeutig aus dieser Stadt verbannt?"

Grolk kam von irgendwoher angeschossen und fauchte Findrac an. Der wandte sich an Erions Führer. „Soldat, bring diesen Kerl wieder dahin zurück, wo du ihn gefunden hast! Und sorg dafür, dass er dann umgehend wieder dahin verfrachtet wird, wo er rausgekrochen ist."

Die harte, unbeeindruckte Antwort seines Führers überraschte Erion. „Wenn ich das tue, würde ich gegen unsere direkten Interessen verstoßen."

Erion musterte ihn von der Seite. Der Mann stieg gerade in seiner Achtung.

„Was?" Findrac starrte entgeistert. „Warum? Was soll das?"

„Er hat wichtige Nachrichten zu übermitteln", sagte sein Führer.

Grolk hatte Findrac die ganze Zeit mal stärker, mal noch heftiger angefaucht. Findrac versuchte es mit einem Tritt, dem Grolk jedoch wieselflink auswich.

Findrac funkelte den Boten der Turmgarde harsch an. „Dann sag sie mir! Wenn das Vieh einen Moment Ruhe gibt. Sie weiterleiten kann ich auch. Oder du, auch ohne ihn. Du bist doch Botenjunge, oder?"

„Ich fürchte, das können wir beide nicht", erwiderte der Turmgardist mit ruhiger Stimme. „Dazu braucht es den Bericht eines Augenzeugen."

Findrac fasste Erion jetzt direkt in seinen Blick. „Wovon bist du denn wieder Augenzeuge geworden? Etwas, was du selbst angezettelt hast?"

Erion musste sich Mühe geben, die klamme, sich tief eingenistete Furcht in seinen Knochen abzuschütteln und Findrac unerschrocken die Stirn zu bieten. „Das werde ich an geeigneter, unparteiischer Stelle berichten." Immerhin war auch damit zu rechnen, dass Findrac aus lauter Hass diese wichtigen Tatsachen einfach abwiegelte, weil ihm ihr Überbringer nicht gefiel.

„Unparteiisch. Na gut. Dann so." Findrac starrte ihn mit ausdrucksloser Miene an. Und an Erions Begleiter gewandt, „Ich nehme ihn dir ab. Ich begleite ihn von hier an weiter."

„Macht keine Mühe", erwiderte der und grüßte in Richtung der Eskorte, die ebenfalls aus Angehörigen der Turmgarde bestand. „Wollte sowieso –"

„Du wärst der Erste, dem er keine Last wäre", schnitt ihm Findrac in die Rede. „Er hat die Eigenschaft, sie aus allem rauszuwinden. Und wir wollen doch nicht, dass er dir durch die Finger schlüpft." Findrac sah Erion mit verkniffenen Augen von oben herab an.

„Machte mir jetzt nicht, den Eindruck, als –", begann der Turmgardist.

„Täusch dich mal nicht. Er hat die Fähigkeit, dir die Sicht zu vernebeln. Liegt in der Familie." Findrac nahm dabei nicht den Blick von Erion.

Der Bote brummte. „Ich gehe mit. Ich muss ohnehin zur Zitadelle."

„Meinetwegen", beschied ihn Findrac. An seine Eskorte gewandt, „Wir kehren um!"

Mit ein paar weiteren Anweisungen führte Findrac eine veränderte Marschordnung herbei. Setzte der doch tatsächlich ein paar seiner Eskorte hinter ihn und den Boten, während er selbst an der Spitze voranschritt! Als wäre er ein Gefangener, der abgeführt werden sollte.

So marschierten sie in den breiten Straßentrakt hinein, der sanft bergauf Richtung Zitadelle führte. Die hellen Türme einer Kirche oder eines anderen himmelsstrebenden sakralen Gebäudes ragten linker Hand im Hintergrund in einem Spalt zwischen Häuserzeilen auf. Licht fing sich auf dem Stein, ließ ihn beinahe weiß aufglänzen, als wollte er Hoffnung spenden. Doch war er von einer zerfledderten Fahne schwarzen Rauches umweht.

„Wie heißt du?", fragte Erion den Boten von der Turmgarde.

„Esgart. Aus Bagswick."

„Schöne Stadt?"

Esgart aus Bagswick zuckte die Achseln. „Ne Stadt. Jetzt 'ne Stadt mit Kinphauren drin."

„Trifft jeden anders. Ich heiße Erion. Ich komm aus 'ner Stadt mit lauter Duerga drin."

Der Bote schenkte ihm einen schrägen Seitenblick, fragte jedoch nicht nach.

Dann wurde ihre Aufmerksamkeit auch schon abgelenkt, weil sich ihr Weg auf einen sich verbreiternden Platz hinaus öffnete. Esgarts Hand sank zurück zum Knauf seiner Waffe und seine Augen wanderten umher. Es war betriebsam hier, die Aktivitäten durchkreuzten einander, waren schwer zu durchschauen. Das mussten lauter Rebellengrüppchen sein, die da durcheinanderliefen. Nur ein paar Turmgardisten fielen darunter durch ihre uniformähnliche Tracht auf. Irgendein Hauptmann versuchte, seinen Haufen auf Vordermann zu bringen, und wurde beinahe von einer vorbeieilenden Kolonne über den Haufen gerannt. Dazwischen standen Wachen wild verstreut, die bereits durch ihre Untätigkeit mitten in diesem Gewühl kenntlich wurden.

Aus den Häusern ringsherum stach ein mehrstöckiges repräsentatives Gebäude hervor, schon allein, weil es ein Stück in den Platz hineinragte. Sein Erdgeschoss wurde von Kolonnaden gerahmt, in denen jetzt tiefe Schatten nisteten. Von der doppelten Treppe zu einer Eingangsempore war nur noch ein Flügel intakt, der andere in der Mitte geborsten und zu einem kleinen Erdrutsch aus Schutt verkommen. Vorher hatte das wohl so etwas wie ein Rathaus oder etwas Ähnliches dargestellt. Jetzt hatten sich dort besonders viel Krempel, Kisten und Fässer angesammelt. Rebellenstandarten waren aus den Frontfenstern gehisst worden. Dazu die alte Fahne Vanarands, die jemand wohl von irgendeinem

Speicher hervorgekramt hatte, denn sie sah ziemlich zerrissen und vergammelt aus.

Überall auf dem Platz lagen Kisten und Ähnliches regellos verstreut, als wäre hier ein eben noch aufgebauter Markt fluchtartig verlassen worden. Oder geräumt. Wahrscheinlich eine Mischung aus beidem. Verschiedenartige Wagen und Karren standen verlassen kreuz und quer. Bei einem einachsigen hatte sich die Fracht halb von der Ladefläche ergossen, und die Deichsel zeigte schräg und verloren in den Himmel. Irgendwo quengelte ein Esel vor sich hin. Hunde rauften sich an einem zusammengebrochenen Stand um irgendeinen Schatz auf einem vergammelten Haufen.

Durch die sich öffnende Straßenflucht konnte man bereits die Zitadelle sehen, und Findrac an der Spitze lenkte, ungeachtet des Tohuwabohus, zielgewiss in schnurgerader Richtung darauf zu.

Der Esel schrie jetzt plötzlich wie ein Signalhorn mit Atemnot.

„Noch so ein Viehzeug!", schnauzte Findrac. „Wer lässt denn –"

Was immer er sagen wollte, wurde von einem lauten Schrei aus der Tiefe des Platzes unterbrochen.

„Angriff! Alarm!", brüllte jemand aus voller Kehle.

Der Ruf wurde aufgegriffen und gleich von einer lautstarken Woge aus zahlreichen Kehlen übertönt.

Erion lenkte seinen Blick in die Richtung. Aus einer Straßeneinmündung kam eine Meute herausgestürmt. Mit ganz eindeutig kriegerischen Absichten. Mörderischen. Da blitzten Klingen in den Händen, und da stob Geschrei hoch. Voran eine Gestalt in Schwarzrot, ihr Gesicht selbst auf die Entfernung ein weiß herausstechender Tupfer.

Ein Kinphaure! Bannerklinge wohl. Doch die dahinter wohl kaum. Menschliche Hilfstruppen.

In heftig zerhacktem Tumult blitzten Spritzer von Blut zwischen denen von Stahl. Menschen warf es im wilden

Durcheinander zur Seite. Körper taumelten regellos durcheinander wie geknickte Halme unter einem jähen Stoß aufklaffenden schwarzen Himmels.

Das sah bei den Opfern vor allem nach Zivilisten aus, die sich scheu erneut gesammelt hatten, nur vereinzelte Rebellen darunter. Der Angriffstrupp brach rücksichtslos durch.

Nur ein knapper Befehlsruf und Findracs Eskorte nahm unter Stiefelgetrappel routiniert Formation ein. Esgart packte Erion beim Arm.

Über die Köpfe des Schutzwalls aus Turmgardisten hinweg erspähte er, dass sich dort drüben im Einfallswinkel des Angriffs eine Abwehr formierte – wie es aussah aus einem Trupp herbeiströmender Freier Vanarands.

Ein Fauchen und Knistern sprang ihn von der Seite an.

Er zuckte weg, starrte hinüber, sah Findrac, der die Arme so spreizte, dass es seinen grauen Mantel aufspannte. Seine Hände vollführten komplexe Gesten. Ein flirrender Schleier fiel vor ihm herab aus der Luft und war wieder verschwunden, und unter dem Tanz seiner Finger dehnte und öffnete sich ein Schild aus Feuerlinien. Seine Stiefel zogen zur großen Pose eines Ausfallschritts Furchen in die Dreckkruste des Pflasters. Etwas tastete zuckend aus einem Riss in der Luft hervor.

Gleißend, ein Kometenschauer zerteilte Erions Sicht in schräger Bahn.

Weißgrelle Hakenschweife sausten abwärts und schlugen zwischen den Reihen ihrer Eskorte ein. Gestalten in dunkler Lederkluft warf es wie Kegel durcheinander. Es roch beißend scharf verschmort und schweflig. Die Turmgardisten sprengten auseinander. Wo Findrac seinen Bannschirm aufzog, sprühten Funken und keilten sich Entladungen unter grellheißen Zuckungen. Erion erkannte hinter in Deckung rennenden Dunkeluniformierten nur einen verdeckten Bewegungswirbel. Die Turmgardisten waren schließlich nicht lebensmüde.

„Jetzt komm!" Esgart riss an ihm, dass er ihm beinahe den Arm auskugelte. „Wer gafft, ist –"

Ein Zischen, dass es ihm beinahe das Trommelfell zerriss. Blendend weiß platzte Licht vor seinen Augen. Durch huschende Schleier stolperte er, halb wurde er mitgerissen. Worte, die von Esgart kommen mussten, trommelten wie ein dumpfer Wirbel auf ihn ein.

„Grolk ist –", schrie er mit einer Stimme, die sich wie aus dem nächsten Raum anhörte.

Der Druck in seinen Ohren platzte weg. Er hörte wieder klar. „… Vieh kann schon auf sich aufpassen. Besser als du."

Es trommelte hart wie Steinschlag auf den Boden unter seinen Füßen ein. Erneut zogen Blitzkeile vorbei. Von Findrac war keine Spur zu sehen.

Zwischen taumelnden Schemen rannte er hindurch. Punkte tanzten ihm vor den Augen.

Ein Schlag traf ihn. Jäh stoppte er ab.

Und ein weißglühender Blitz platzte in seinem Schultergelenk, als der Ruck von Esgarts Griff erneut durch seinen Arm schoss, als der ihn weiterreißen wollte.

„Sie sind da!", konnte er nur sagen.

„Weiter, weiter, weiter!", schrie Esgart.

Er aber konnte nur wie angewurzelt dastehen und sich Esgarts Zerren wie einem Tauziehen widersetzen. Der Schmerz der Schulter blutete stumpf in den Hintergrund aus.

Eine reifkalte Luftfront rollte heran und streifte sein Herz mit knisterndem Firnhauch. Er starrte Richtung Hintergrund des Platzes, dorthin, von wo aus das Mordkommando angegriffen hatte.

„Du weißt was Wichtiges, und ich bring dich hier raus!", schrie ihn Esgart an.

„*War* wichtig. Ist es aber nicht mehr", sagte er.

„Was?"

„Weiß bald jeder hier, was ich weiß. Falls jemand überlebt."

Und damit kam es auf seine Worte kaum noch an. So wenig wie darauf, ob Murnig den Schweinen als Rasse seine persönliche Vergebung erteilt hatte.

Weitere gleißende Flammenklingen schlugen tiefer auf dem Platz ein.

Doch Erion spürte nur einen Gischthauch eiskalten Schreckens und im Hintergrund seines Schädels etwas Wirres, Stocherndes. Ihn grauste. Der Abgrund war hier. In Hugen.

5

___

DER EINSCHLAG

Die Lichtkeile kreuzten sich.

Und es waren nicht nur diese Keile. Irgendwo flatterte es schneidend blau wie der panische Herzschlag eines niederen Gottes.

Also war Findrac noch am Leben oder es gab auf ihrer Seite mindestens einen anderen Magier.

Esgart hatte es geschafft, ihn in Deckung zu ziehen, nachdem der erste Schock darüber verklungen war, dass sich der Schrecken, dem er gerade erst knapp entkommen war, nun mitten in der Stadt befand.

Sie hockten hinter drei Fässern dicht zur Einmündungsecke der Straße hin, über die sie den Platz betreten hatten.

Er lugte zusammen mit Esgart dem Boten über den Rand hinaus, aber wirklich sehen konnte er noch immer nichts. Jedenfalls nicht das, was zu erblicken er am meisten fürchtete. Die vor seinen Augen tanzenden Lichter waren verblasst. Mit ihnen anscheinend auch zunächst einmal die Heftigkeit magischer Einschläge.

Wenn das diese Körperklumpen mit den Spinnenbeinnestern in einer ersten Welle angerichtet hatten, dann hatte er ihren Anblick verpasst. Oder sie zeigten sich diesmal nicht offen. Dann war das wahrscheinlich ein erster Schockangriff. So wie auch bei ihrem ersten Angriff auf offenem Feld, den er bereits erlebt hatte.

Von irgendwoher kamen jedoch weitere Attacken. Von irgendwoher mussten die ja kommen. Und hinter diesem ganzen ächzenden, jaulenden, brüllenden Wirrwarr wurde gekämpft. Dieses Mordkommando, oder wer auch immer da noch aufgetaucht war, lieferte sich chaotische Gefechte mit ihren eigenen Kräften.

Da hinten, wo die Häuser wieder zusammenliefen, krochen Schatten über die Fassaden und verliehen ihnen einen Schwefelhauch, dem mit jeder Welle rauchige Schaumlinien folgten. Wieder stieg unwillkürlich die Erinnerung an die Schattenspiele seiner Kindheit in ihm auf. Doch wo war die Grablaterne, die diese Lichter und Schatten wandern ließ?

„Du weißt, was das ist?", fragte Esgart. Es war nur halb eine Frage.

„Ja."

„Die Geisterhexer?"

Die Antwort fiel ihm aus jäh herabklappendem Kiefer zusammen mit seinem letzten Schneid vor die Füße.

Denn die Schatten schritten ihrem Meister nur voran.

Hinter Häusern, welche ihm wie die aufgeklappten Flügel des Platzes erschienen, schob sich in trägem Gleiten die Gestalt hervor.

Eine Knochenkappe saß auf dem langen, verhüllenden Keil eines Gewandes, das einen dürren Leib darunter vermuten ließ. Es flatterte sacht in einer geisterhaften Brise. Verknöcherte Krallenstummel an den knöchernen Schläfen der Schädelumhüllung machten das Wiedererkennen nur noch leichter.

In niedrigem Abstand vom Pflaster schwebte der Birgenvetter in den Hintergrund des Platzes ein und kam dann, nachdem er dessen Mitte erreicht hatte, unbeeindruckt vom dort tobenden Chaos, gemächlich und unerbittlich näher. Ihm folgten aus den Flügeln der Gebäudefassaden hervor zwei weitere nach, beinahe wie die Akolythen zu einer kultischen Opferung.

Vielleicht nahmen die auf dem Platz Kämpfenden und Umherhastenden die drei Gestalten in all der Hektik nicht gebührend wahr – die waren offenbar noch mit Dingen wie dem Anschieben und Herrollen von Wagen beschäftigt, die den Schutz einer Barrikade bieten sollten, oder anderen hektischen Aktivitäten –, doch Erions Blick klebte wie mit eisernen Bolzen festgeheftet an diesen drei Gestalten.

Die Vordere von ihnen knickte den Kopf schräg ab, richtete ihn dann mit einem Ruck wieder gerade.

Ein hartes Knacken von Knochen, das überlaut den Tumult aus Lärm zerhackte.

Jetzt schaute jeder in diese Richtung.

Der fahle Schein breitete sich wie eine Aureole über den Köpfen der drei Gestalten aus, und die Luft darin zersplitterte. Grelles Blitzgeäder schoss in Bündeln hervor. Aus ihm entflocht sich eine Formation banngeladener Geschosse, die in einer Hagelfront in einen Rebellentrupp einschlugen, der gerade aus der Deckung eines Gasseneingangs in den Schutz zweier zusammengeschobener Karren spurten wollte. Als das Gleißen abklang, stand dort noch kaum einer von ihnen, nur teeriger Rauch ringelte sich vom Boden hoch.

Über die Fässer hinweg konnte er in dem gelichteten Feld des Platzes einen Blick darauf erhaschen, wie ein feindlicher Kader, augenscheinlich aus Dannerklingen bestehend, über eine improvisierte Verschanzung aus umgeworfenen Marktständen, Kisten und einem Karren hinwegsprang und gezielt über die Abteilung Turmgarde dahinter herfiel.

Am gegenüberliegenden Rand des Platzes sah er hinter

verschachtelten Umrissen und wirrem Gehusche das Flackern von Bannfeuer. Vielleicht kämpfte dort gerade Findrac um sein Leben.

Er hörte nicht, was Esgart ihm da ins Gesicht schrie. Sein Blick, der wieder zu den Birgenvettern hinwanderte, erhaschte einen vagen Eindruck von Fühlerbündeln, die von den Stummelflügeln der Knochenkappen aus irgendwohin hochwucherten, wo der Himmel rötlich, falb wie aufgespannte Innereien gärte.

Befehlsrufe, Hornsignale gellten schon lange über den Platz. Jede Einheit hatte wohl Signalisten bei sich. Jetzt sah er auch endlich aus den Nebenstraßen weitere Einheiten in wildem Marschtempo als Verstärkung herbeieilen.

Für Verstärkung wurde es auch höchste Zeit. Doch ob das helfen würde?

Jetzt war er es, der Esgart bei der Schulter packte. „Wir müssen …"

Esgart starrte ihn bleich und schwarzbärtig aus Augen an, die absurderweise zugleich geweitet und verkniffen erschienen.

„Was wir müssen, ist dich hier *wegbringen*! Du hast wichtige Nachrichten. Die du nur persönlich übermitteln kannst. Hast du selbst gesagt."

Waren die jetzt noch so brennend und dringlich? „Das hast *du* gesagt …"

„Komm mir nicht spitzfindig, Elf!" Esgart schaute sich fieberhaft um. „Wir müssen den Platz umgehen. Anders zur Zitadelle."

Er zerrte an seinem Arm, mal wieder, diesmal in Richtung der Straße, aus der sie ursprünglich gekommen waren.

Sie sprangen hinter der Hausecke hervor, um die Straße hinabzuspurten. Gerade noch konnte Esgart ihn in Sicherheit stoßen. In die Schatten eines Überbaus.

Ihnen entgegengerannt kam eine schwarzrot gerüstete Gestalt an der Spitze eines Trios goldgewandeter Gestalten.

Die blanken Waffen schon in den Händen. Im Fall der Goldgewandeten jeweils zwei kürzere Klingen.

Esgart drückte ihn mit ausgestrecktem Arm vor seiner Brust tiefer in die Schatten, und überraschend fand er in seinem Rücken keinen Widerstand, sodass er einen weiteren Schritt rückwärts machte. Die Truppe rannte stiefelklappernd am Ausschnitt ihrer Nische vorbei. Ob die sie nicht gesehen hatten oder einfach an ihnen als kleinen Fischen nicht interessiert waren, konnte Erion nicht sagen.

Esgart war ein bloßer Umriss vor der Helligkeit der Öffnung zur Straße hin. Er drängte ihn tiefer ins Dunkel hinter ihm. „Komm hier rein! Wer weiß, da kommen noch mehr die Straße lang."

Offenbar hatten sie sich zufällig in den Eingang zu einem Korridor geflüchtet, der zwischen Häusermauern im Zickzack um ein paar Ecken herum weiterführte.

Heraus kam sie inmitten von Gerümpel mit einem Ausblick zwischen Säulen hindurch auf das Chaos des Platzes.

„Hm, wieder da. Zurück am Ausgangspunkt", brummte Esgart vor sich hin.

Erion stellte fest, dass der Zickzackspalt zwischen den Gebäuden sie genau an den Anfang der Kolonnade unter dem vorgebauten Gebäude gebracht hatte. Von irgendwo hinter Fässern und Taurollen hörte er ein Wimmern. Eine Katze – so klang es – oder hatte sich hier noch jemand anderer in Sicherheit gebracht? Grolk klang anders. Wo war der eigentlich?

Jedenfalls konnten sie aus der Deckung des Gerümpels, durch den Rahmen der Pfeiler hervorlugend, gut erkennen, wie der Trupp, in den sie beinahe hineingerannt waren – Bannerklinge, drei Goldgewandete –, in das ohnehin herrschende Getümmel einschlug. Ein neuer Herd der Verwirrung und des Blutvergießens, der dort um sich griff.

Die Wagen und Karren waren jetzt zu schiefen,

krummen Reihen zusammengeschoben worden. Den Verlauf von Fronten zeichneten sie längst nicht mehr. Inzwischen hatte sich jede Ordnung verloren. Der Platz hatte sich in ein einziges chaotisches Schlachtfeld verwandelt.

Das durfte nicht sein! Nicht mitten in Hugen. Wo sie doch so hart darum gekämpft hatten.

„Wir müssen –"

„Ich hab dir schon gesagt" – wieder unterbrach ihn Esgart schroff – „was wir vor allem *nicht* müssen. Du trägst Wichtiges und wir dürfen dich nicht riskieren."

„Nichts ist mehr wichtig! Sie sind *da*!", schrie Erion ihn an.

„Wer kann wissen, was du Wichtiges weißt. Kannst du selbst gar nicht beurteilen."

„Also weg?" Das konnte nicht sein! Obwohl sich sein Herz wie ein schlaffer, ausgelaufener Sack anfühlte, den man in einer Frostnacht draußen liegengelassen hatte, wollte ihm das einfach nicht in den Kopf. Es vertrug sich nicht mit dem, was er irgendwann mal hatte sein wollen. „Du meinst wieder durch die Gasse zurück? Fliehen?" Er überlegte. Esgart wusste gar nichts über ihn. Erion starrte in Richtung des Platzes und des irren Gewühls. „Ich kann *über* das Getümmel. Ich kann über die Köpfe hinwegtanzen." *Ruf es wach! Wecke es wieder, das Gefühl!* „Man nennt mich nämlich Erion Leichtfuß."

„Leicht…?" Hier im Düstern des Überhangs funkelten Esgarts Augen trüb im dunklen Umriss seines Gesichts. „Du kannst was …?" Dann sah Erion ihn heftig den Kopf schütteln. „Du wirst *gar* nichts", sagte er dann entschieden. „Egal, was du …" Erneutes Kopfschütteln. „Was auch immer."

Esgart drängte sich an ihm vorbei, lehnte sich weit über einen Kistenrand, verdrehte sich sogar den Hals, um an der Kante des Überhangs entlang nach oben zu schauen, zog sich dann wieder zurück. „Am besten bleiben wir beide hier, ziehen den Kopf ein und warten ab, bis das vorüberzieht. Das erscheint mir am sichersten.“

„Also zuschauen?“

Esgart starrte ihm ins Gesicht. „Muss man manchmal. Lernt man.“

Na gut. Also, was gab es da zu sehen außer wildem, unüberschaubarem …

Erion schrie auf.

Fuhr zurück und stieß dabei gegen Esgart.

Ein Fenster grellen Lichts, das über sie hinwegfuhr, wurde hart von einem Rahmen rabenschwärzester Dunkelheit aus Säulen und Decke umfasst.

Erion war geblendet. Die Lichter vor seinen Augen karriolten und schwirrten taumelnd umeinander.

„Was war …?“ Ein Riesenblitz, das war es gewesen. Eine gewaltige Entladung, die eine Welle von Aufschreien durch den wüsten Tumult dort draußen laufen ließ.

Keine Ruhe – in den Aufruhr hinein eine scharfe, harte Salve von Luft und Menschen durchsiebenden Blitzsicheln.

Schrille, abgehackte Schreie. Wütende Rufe. Hilflose Kommandos.

Ein Schein blieb wie der Nachklang eines vernichtenden Verdikts auf der Seite des Platzes zurück, die zur Zitadelle wies.

Er richtete den Blick dorthin, und eine Erscheinung zuckte auf Erion herab wie ein kalter, klarer Guss aus einem zerrissenen, zerflatternden Himmel voller Leiber und Flügelschwirren.

Eine Gestalt im grauen Mantel zeichnete sich durch die Helligkeit ab zerhackt durch das Gerenne war sie kaum länger als einen Herzschlag lang erkennbar. Sie kam auf den Platz zu.

Ein kurzer, geisterhaft erhaschter Augenblickssplitter, mit der merkwürdigen Anmutung, als würde diese Menschenform gar nicht laufen, sondern wäre einfach von einem Moment in den anderen hineingeglitten. Von jenem Zustand zu diesem, der auch sofort wieder entfloh. Dann brachen die Gezeiten des Chaos auch sogleich wieder über dieser Erscheinung in kaum erhaschtem Wellentunnel zusammen.

„Was war …?"

„Junge?" Eine Hand auf seiner Schulter.

Sie konnte ihn nicht dazu bringen, den Blick abzuwenden. Eine Hartnäckigkeit, die nur eine durchwirbelte Spanne später belohnt wurde.

Wie in einer wunderbaren Vision sah er, wie sich aus den Untiefen des Tumults heraus eine Gestalt im grauen Mantel über den Körpern, Köpfen, Lichtern, Blitzern in die Luft erhob.

Sie stieg höher und dabei schien es, als würde der graue Mantel um ihre Schultern kurz von einem Luftstoß erfasst. Er sank dann erneut tiefer und fiel einfach durch die Gestalt, die ihn doch soeben noch getragen hatte, hindurch, als sei sie gar nicht da. Löste sich dann in geisterhafter Wehe auf.

Und jetzt erkannte er auch die Gestalt, die sich dort erhob.

Es war Fianaike.

Wie in tiefem Frieden und unangetastet von dem ganzen Heulen und Toben und Ringen schwebte sie dort und breitete die Arme aus. Ihr feines hellblondes Haar mit dem sacht feurigen Glutschimmer hob sich wie in einer linden Brise.

Um sie war ein Flirren, als sei sie von einer silbern lichten Hülle umgeben. Fließend wimmelte es darin, als würde sich in einem Bergbach eine Unzahl blitzender Fischleiber tummeln.

„Fianaike …"

„Kennst du die?" Staunen in Esgarts Stimme.

„Vielleicht …" Staunend beobachtete er, wie die Erscheinung, welche die äußerlichen Merkmale Fianaikes aufwies, diesen wimmelnden Silberschirm mit Gesten ihrer

Hände ausformte, wie sie ihn zu etwas wie einem sich weit ausspannenden durchscheinenden Schild gestaltete, der sich allmählich über die ganze Breite des Platzes auswuchs.

Trotz all des Schreckens, des Gebrülls und Kreischens, das alles erfüllte, wehte etwas wie ein Vorhang aus Rufen des Staunens über die von Häuserzügen begrenzte Weite hinweg. Es sprach zu etwas in Erions Brust, als er ihn wie mit zitternden Flügeln streifte, und er konnte es nicht anders benennen als *Hoffnung*.

Und mit einem hoffnungsvollen Staunen sah er, wie auf diesen Schirm die Attacken der Birgenvettern einprasselten, sie davon aber abprallten und ihn nicht durchdrangen. Er bog sich zwar unter ihrem Ungestüm und wellte sich, doch er gab nicht nach und ließ nichts durch.

Dann war da ein Ruf, der sich durch den Wirrwarr beharrlich den Weg zu seinen Ohren hin bahnte.

„Sechzehnte!", tönte er. „Die Sechzehnte lebt und besteht!"

Da kamen sie herbeigerannt, die Straße von der Zitadelle her und auf den Platz – durch das Getümmel und über die brodelnden Umrisse von Köpfen und Geströme hinweg nur abgehackt erkennbar, aber dennoch so klar zu identifizieren wie das heraldische Zeichen auf einem flatternden Banner.

Sie betraten den Platz und es entspann sich etwas Neues.

Ein sichelförmiger Riss öffnete sich in der Luft. Eine Feuerlanze schoss daraus hervor. Fast im gleichen Moment schossen weitere Speere von Feuer über die Köpfe hinweg und durchteilten Fianaikes Schirm in dieser Richtung wie Wasser. Danach sah Erion aus seinem Blickwinkel nur noch das Aufblitzen ihrer Entladungen.

Bannfelder keimten und wucherten in der Luft, wuchsen wie sich rasch ausbreitende Eiskristalle. Und genauso bildeten sie Gitterformen, die einander durchwebten und fluktuierend miteinander wechselten. Sie wandelten sich, rotierten, erblühten und zogen sich zusammen.

Er war reines blindes, urteilsloses Schauen, konnte sich nicht von dem Anblick losreißen und aller Lärm wich zurück wie ein Vorhang, den man von einer Statue abzog, um sie zu enthüllen.

Eine besondere Art der Stille zog kurz bei alledem dennoch seine Aufmerksamkeit auf sich. Sie schien ihm wie eine Kuppel, wie ein Dom, unter dem alles andere magische Toben und Walten schwieg.

Amara! Das musste Amara sein.

Er hatte das bei der großen, letzten Schlacht vor Hugen gesehen. Wie sie um sich und alle in ihrem Umkreis diese Schutzhülle schuf, in der sie von jeder Magie unangetastet blieb und in die allein Stahl eindringen konnte. Doch dies war nur am Rand, nicht im Zentrum der Schlacht. Und viel konnte er davon nicht erkennen. So, wie sich auch ansonsten die aufblitzenden Einzelheiten für ihn nicht zu einem Gesamtbild zusammensetzen wollten.

Ein durchdringender Donner, der ihm beinahe den Schädel spaltete.

Er riss ihn aus Stille und Starre.

Etwas traf ihn hart am Kopf, dass die Welt kurz aufbockte und sein Geist aussetzte.

Flog er durch die Luft? Er war nach hinten geworfen worden.

Aus einem Wirrwarr von Säcken, Seilen, Rollen und Brettern rappelte er sich wieder hoch. Die hatten offenbar seinen Fall gedämpft. Zusammen mit Esgart, der schlaff rücklings ausgestreckt dalag. Der blutete am Kopf. Schüttelte sich jedoch schon im nächsten Moment, und sein Blick, der zur Decke hochging, wurde starr und weit.

„Weg hier!", brüllte er.

Einen Herzschlag später polterte die Decke auch schon herab und begrub alles in Dunkelheit. Und unter Wehen von

Staub, durch die sie wie durch eine Tunnelröhre hustend stürzten.

„Zum Platz! Hier bricht alles ein. Das Gebälk brennt weg!"

Ein Zurückweichen zur Wand ging nicht mehr. Nur die andere Richtung – hinein in Helligkeit und in den Tumult des freien Raums.

Benommen taumelte Erion auf schwankenden Beinen auf dem Pflaster des Platzes, wusste einen Moment nicht, wo er war.

Was war geschehen?

Pfeiler der Kolonnade waren getroffen worden. Die verkeilten Deckentrümmer hatten nur Momente später nachgegeben. Hier im Licht sah er jetzt, wie über den Trümmern der Vernichtung Flammen hochstoben, wild und enthemmt, angefacht vom Luftzug, befreit aus verkeiltem Trümmergehäuse. Lodernd schlug es aus den bloßgelegten Streben der Kolonnaden hoch. Aus Löchern in der Fassade sah man den Knochenbau des Gebäudes lichterloh brennen.

Pfeifend rasten feurige Irrwische an den oberen Wänden entlang. Eine Fahne wurde von den Magiegeschossen erwischt und abgerissen und flatterte brennend über den Platz hinweg.

„Weg hier, weg!", schrie Esgart immer nur.

„Komm!" Am Rand entlang, das war der einzige Weg! Das Getanze konnte er sich sparen, außer er wollte von Bannen durchlöchert werden. Wollte er bei Siganches Bannschirm über die Köpfe hinweg fliehen, bestand außerdem die Gefahr, vom eigenen Feuer erwischt zu werden.

Ein einziger umherwühlender Mahlstrom breitete sich über den Platz hin aus, kaum etwas zu erkennen. Einfach nur weg! Einfach nur am Rand entlang halten! Bloß aus allem Gedränge raus!

Ein Blitz zuckte herab, aus heiterem Himmel, schlug eng und begrenzt in den hinteren Teil des Platzes ein. War das Amara gewesen? Mit ihrem Signaturentrick? Sah ganz danach aus.

Eine Lücke öffnete sich jäh, als er sich umschaute, und über ein Trümmerfeld zerbrochener Wagen und hingestreckter Körper erblickte er eine grau gewandete Formation, die ihm den Rücken bot und von ihm fortstrebte.

In einem auseinandergezogenen Keil ging ein gerütteltes halbes Dutzend von Graumänteln der Sechzehnten gegen die drei Birgenvettern vor, die im Hintergrund des Platzes weiter über allem hingen, wie vergilbte, aus Leichenfett gezogene Kerzen. Siganches Lichtgestalt schwebte der Aufstellung voran und ließ ihr ihren flirrenden Schutzschleier vorauswandern, während hinter ihr sich die spektralen Banngewebe ihrer Gefährten ausflochten und gruppierten.

Eine brüllende Rotte von Leuten stürmten an Erion vorbei, entriss ihm den Blick auf die Formation. Sie schleppten einen blutenden, stöhnenden Körper aus dem dicksten Gewühl des Hexenkessels raus. Das musste jemand Wichtiges sein.

Bei dem Gedanken suchte er weiterhastend mit seinem Blick den Raum nach irgendwelchen Anzeichen einer auffälligen Stille im Getümmel ab, glaubte auch, so etwas wie eine Blase inmitten all des wilden Wühlens zu erhaschen, bevor es ihn dann weiterriss. Ein Aufblitzen von goldgelbem Stoff vermeinte er, auch erkannt zu haben.

Einmal die Chance für einen Blitz gehabt, jetzt war sie mitten im Gewühl.

Hm, das war viel weiter in Richtung der anderen Seite des Platzes gewesen. Wenn das tatsächlich Amara war, dann konnte es gut sein, dass sie sich dort die Bannerklinge mit den Goldgewandeten vorgenommen hatte. Oder umgekehrt.

Die Veränderung trat jäh ein.

Das Donnern und Rumoren brach so plötzlich in sich zusammen, dass es die dünnere Geräuschkulisse ganz überraschend an die Oberfläche spülte. Pfeifen, Heulen, kristallscharfes Sirren, Schreie, Rufe, Gebrüll.

Etwas ging vor. Ein Wandel zeichnete sich innerhalb der Vorgänge ab.

„Was ist das?"

Erion reckte sich hoch. „Ich glaube, sie ziehen ab."

Die drei falb glühenden, dürren Gestalten in ihren Geisterroben sah er über alles hinweg wie von Fäden gezogen irgendwo seitwärts hinstreben, dann wurde ihr Anblick wieder seiner Sicht entzogen. Er erspürte aber den Wirbel, der wie der Sog einer neuen Strömung durch den Aufruhr ging.

Wahrscheinlich zogen mit den Birgenvettern auch all ihre Kräfte, die sie mit sich gebracht hatten, wieder ab, und das Chaos der Gefechte strömte in leeren Raum. Die Wirbel von Rufen erhoben sich. In ihnen klangen andere Töne an. Wie Schneisen zogen sie durch das Gewirr des Platzes.

„Ich glaube …" Er wagte einen tiefen Atemzug, verharrte noch halb in der Bewegung, schief auf einem Bein.

Esgart starrte zu ihm zurück, dann fahrig umher.

Jetzt entließ Erion die angehaltene Luft. Atmete einmal ganz und vollständig durch, aus und ein. „Ich glaube, wir haben es geschafft."

„Meinst du? Bist du sicher?"

„Ich glaube, die Birgenvettern ziehen sich zurück."

„Trotzdem müssen wir weg. Ist hier nicht sicher. Ganz und gar nicht."

Ob es hier sicher war – oder irgendwo anders –, wusste Erion nicht. Jedenfalls sah es hier überall furchtbar aus.

Der hochgeflammte wilde Aufruhr legte sich, und das Unwetter brach nun an allen Ecken und Enden in sich zusammen. Was übrig blieb, war ein Trümmerfeld der Verwüstung.

Als wäre eine Naturgewalt über den Platz hinweggegangen. Ein riesige, jäh sich herabwälzende Schlammlawine etwa, die ein Dutzend Brandnester mit sich getragen und ihre Saat überall ausgestreut hatte. Menschen standen wie Trümmer darin. Übrig gelassen, halb oder auch ganz zerbrochen. So zertrümmert und mitgenommen wie Wagen, Karren, rasch zusammengeschusterte Barrikaden und Stände. Oder die Fassade des jetzt nicht mehr so repräsentablen Gebäudes. Wenn es doch noch für etwas stehen sollte, etwa als Symbol, dann konnte es jetzt nur noch etwas vollständig anderes verkörpern. Aus seiner aufgerissenen Haut loderte es hervor, in den Löchern glühte es zornig, und die ehemals prächtigen Kolonnaden säumten als Trümmerhaufen seine Front.

Jetzt brandete das Schreien hoch. Die Befehlsrufe bildeten darin lediglich ein einziges Register. Das Brüllen und Jammern der Verwundeten und Sterbenden untergrub alles mit einem ganz anderen Ton.

Durch das Tohuwabohu des hinweggezogenen Sturms entdeckte er eine Gestalt im grauen Mantel der Sechzehnten, die sich mit entschlossener Schroffheit einen Weg zwischen verstreuten, ungeordneten Knäueln und Gewirren bahnte.

Erion erkannte sie.

Es war der aus dem Kreis der Neun mit dem schlanken Gesicht, dem hellbraunen, lang welligen Haar und den drahtigen Bewegungen eines Tänzers. Er meinte, sich an Cedrach als dessen Namen zu erinnern.

Mit entschiedenem Schritt wandte er sich hierhin, dorthin und erteilte beherzt und resolut seine Befehle.

Plötzlich sah Erion, wie er stehen blieb, sich umsah. Seinem umherschweifenden Blick folgend, kam er dort aus, wo dieser endete – er sah zwei weitere Graumäntel der Sechzehnten in seine Richtung kommen. Keine von den Neun, jedenfalls keine, die sich Erion eingeprägt hatte oder die er auf den ersten Blick wiedererkannte.

„Wo ist Findrac?", hörte er Cedrach ihnen zurufen.

Er sah sie sich anschauen und die Achseln zucken. Wahrscheinlich also welche von dessen Anhängern. „Er war nicht bei uns."

„Ich hab ihn hier gesehen. Also, wo ist er hin?"

„Dann war er schon vorher hier? Ich weiß, er wollte …"

Die Worte wurden weggerissen, von anderem Lärm überlagert.

War Findrac etwa tot? Er wusste nicht, ob sein Herz springen, ob er wild darauf hoffen sollte. Falsch wäre es … Von den Birgenvettern ausgemerzt? Einer aus den wichtigen Rängen des Widerstands gefallen?

Er sah, wie aufgrund der Rufe und Befehle Eimerketten gebildet wurden. Schwappend wurden die Kübel von einer Hand zur anderen weitergereicht. Auch von anderen Gebäuden als diesem mutmaßlichen Magistratsbauwerk stieg Rauch auf. Zwar bemühte man sich, das einstmals wohl wichtige Gebäude zu retten, doch da stand man offenbar auf verlorenem Posten. Ob da noch was herzurichten war? Einige der Fahnen waren glimmend und schmauchend zu Boden getaumelt und glommen noch immer. Weitere Glutnester wucherten im Schutt unter der einstigen Kolonnade.

Etwas sprengte zwischen den Beinen einer Löscheinheit durch, aus der daraufhin lautes Fluchen erklang, und sprang in weiten, gleichmäßigen Sätzen quer über den Platz auf ihn zu. Ein schwärzlich zerrauftes Knäuel.

„Grolk, Grolk, Grolk!" Erion sank in die Hocke. Grolk sprang auf Erions ausgestreckte Hand und hetzte, ohne abzubremsen, seinen Arm hoch. Schmatzend und knabbernd wie ein Parasit leckte er ihm das Ohr ab, sodass er rasch den Kopf zwischen die Schultern einzog. Wie ein Flüchtender vor einer steigenden Flut erklomm Grolk den höheren Grund und blieb dann selbstzufrieden raunzend und keckernd oben auf Erions Scheitel sitzen.

Oder wie eine Ratte auf einem sinkenden Schiff. Denn sicher ging das Schiff unter, wenn auch offenbar noch nicht zu dieser Stunde.

Erion verdrängte die düstere Anwandlung, wandte sich zu Esgart um, neigte wegen der Krallen naserümpfend den Kopf und bot ihm so seinen zurückgekehrten Mitreisenden dar. „Grolk der Grolk.“

Esgart schien erst zwischen Reaktionen zu schwanken, dann jedoch schüttelte er nur sich wegdrehend den Kopf. „Wollten wir dich nicht auf schnellstem Weg zur Zitadelle bringen?“

Erion pflückte sich Grolk vom Schädel, schielte an dem in seinem Griff Baumelnden vorbei über den Platz. „Ich frag mich, ob es nicht besser wäre, sich direkt an jemanden hier zu wenden. Sind ja einige da.“

„Die haben aber zu tun. Die haben anderes um die Ohren, und das soll'n sie auch machen.“

„Aber Cedrach …?“ Der kam ihm doch einigermaßen geistesgegenwärtig vor.

„Cedrach? Wer ist Ce…“

„Erion?“

Der Ruf hallte zu ihm herüber und ließ ihn herumfahren.

„Erion wirklich?“

Eine reichlich verrußte und abgerissene Gestalt kam auf ihn zu, ihr direkt auf dem Fuß folgte eine weitere, schmächtig wirkende, die schräg ein seltsam dünnes Fechtwerkzeug baumeln ließ.

Er musste zweimal hinschauen. Erkannte sie zuerst nur an der zwischen Ruß, Dreck und Blut gebräunten Haut zu grauem Mantel. Und den blitzend dunkelbraunen Augen.

„Amara?“

„Bei den Nachtkrähen! Erion, was machst du denn hier? Hab aufgeschnappt, du bist irgendwo bei deiner Einheit draußen.“

„Meine Einheit gibt's nicht mehr.“

„Was?" Das Weiß ihrer Augen stach deutlich aus dem dunkel gefleckten Grund ihres Gesichts heraus.

„Niedergemacht von den Birgenvettern und ihrem Heer." Seine eigene Stimme klang Erion ungewollt flach in den Ohren. „Einem kleinen Teil von ihrem Heer. Ähnlich wie der hier. Nur massiver. Und gnadenloser."

„Ihr kennt ihn?", wandte sich Esgart jetzt an Amara. „Der hier hat Neuig– ... nun ja, neu sind sie jetzt wohl nicht mehr ... Es sind jetzt wohl eher Einblicke. Er war Zeuge von etwas. Der einzige."

Erion sah Amara Blicke mit dem Grausling wechseln.

Dann legte sie ihm die Hand auf die Schulter. „Komm, ich bringe dich zur Zitadelle."

6

——————

DER RISS

Ich vermute ja, Auric wird später noch dazukommen", sagte Amara, als sie ihm mit dem Grausling an der Seite durch die Straße Richtung Zitadelle voranzog.

Esgart hatte sich unauffällig an sie gehängt. Leute kamen ihnen entgegengelaufen, an ihnen vorbei, beachteten sie nicht. Die Nachwehen des Chaos auf dem Platz zogen sie stärker an.

„Wieso Auric? Woher soll der denn nachkommen?"

Amara sah ihn über die Schulter an. Die falsche. Über die eigentlich unbequem zu schauen war – Erion schielte unwillkürlich zu Grolk auf seiner eigenen. „Es hat zeitgleich einen Angriff an den Grenzen der Stadt gegeben. Offenbar alles genau koordiniert. Ich vermute mal, der Strippenzieher ist der gleiche wie der gegnerische Feldherr unserer letzten Schlacht vor Hugen. Der sich selbst so fein zurückgehalten und unsichtbar im Hintergrund gehalten hat."

Hm, irgendwie hatte er angenommen, der Kerl von den Bannerklingen, der ihnen die Falle mit dem Orbus gestellt hatte, wäre der Feldherr gewesen. Aber wenn er darüber nachdachte, ergab das keinen Sinn.

„Wir haben jetzt auch einen Namen", fuhr Amara fort. „Der Kerl, den du mit deinen Freunden gefangen genommen hast, hat beim … Verhör seinen Namen ausgespuckt."

„Verhör?" Etwas daran, wie Amara das aussprach, klang merkwürdig. „Du meinst den Kerl von den Bannerklingen, der uns die Falle mit dem Orbus gestellt hat?"

„Ja, der. Durch den wissen wir jetzt, dass wir es mit dem Vogel zu tun haben, den die Kinphauren Brannaik-Var nennen. Von dem haben wir schon gehört. Der Name bedeutet *Vollstrecker*, und genau so was ist er auch. Der hat vorher schon mit eiserner Faust unten im Süden für Kinphaidranauk dafür gesorgt, dass alle springen, wie sie wollen. Dass ihre ganzen Klans und Sippen an einem Strang ziehen, statt sich gegenseitig an die Gurgel zu gehen. Das hat dieses Volk nämlich vorher immer dran gehindert, so einen Vorstoß wie jetzt auch erfolgreich durchzuziehen.

Dass sie ihn jetzt hierherschickt, ist blöd. Denn das kann nur heißen, dass sie sich inzwischen unten im Süden im Krieg gegen das Idirische Reich auf der sicheren Seite fühlt. Oder dass wir sie mit unserem Zeug hier oben jetzt doch so beunruhigt haben, dass sie uns ihren Kettenhund auf den Hals schickt. Wenn sie uns jetzt noch ihren Orden aus Frauenkriegern entgegenschicken, die Virak-Shon …"

Orden aus Frauenkriegern? So hießen die also.

Er sah ihren Schultern an, dass sie sich anspannte, die Fäuste ballte. „Auf jeden Fall sind wir jetzt dran. Und heute haben wir's zum ersten Mal abgekriegt."

„Nicht zum ersten Mal …" Die üble Erinnerung, die in ihm aufstieg, ließ ihn unwillkürlich in seinem Tempo nachlassen. Er riss sich jedoch zusammen, um endlich zu ihr aufzuschließen und nicht nur wie ein Anhängsel hinterherzuhampeln. „Sieht so aus, als wäre er nicht der Einzige, den sie auf uns losgelassen hat."

Er kam jetzt mit ihr auf eine Höhe. Sie sah ihn an. „Du

meinst, gleich zwei Hämmer …? Die Birgenvettern und Brannaik-Var."

Sein Blick schweifte ins Leere. „So sieht's aus."

Und einen Moment später, war er es, der vorausschritt.

Verwirrt wandte er den Kopf.

Amara war zurückgefallen. Musterte ihn mit gefurchter Stirn.

„Was ist?"

Die Runzeln vertieften sich. „Du hast dich verändert." Jetzt blieb sie ganz stehen.

Auch Erion stoppte ab. Er sah, wie der Grausling sich jetzt ebenfalls wachsam nach ihr umschaute. Esgart trat ungeduldig auf der Stelle, schien zu überlegen, ob er vorbeischeren sollte.

„Wie meinst du das?"

Amara ließ ihn nicht aus dem Blick. „Du kommst mir nicht mehr wie der Kerl vor, der uns damals unter dem Tor des Südens entgegengetreten ist." Es waberte auf ihrer Schulter und ein Hauch rot glühender Schwingen schimmerte dort auf.

Ein Schreck durchfuhr Erion. „Nein!" Er sprang zurück. Grolk auf seiner Schulter fauchte heftig auf und war weg.

Er streckte Amara, die ihn verständnislos ansah, die ausgestreckten Hände entgegen. „Nicht! Nicht deinen Familiar herbeirufen!"

Es dauerte einen Augenblick, bis sich das Begreifen auf ihren Zügen breitmachte. „O verdammt!" Sie hielt sich die geballte Faust vor den Mund. „Ich hab nicht dran gedacht." Sie zögerte. „Siganche hat's mir erzählt. Ist es wirklich so …"

Er hatte nicht die geringste Lust auf das Thema. „Ja, ist so. Halt dein Viech einfach zurück und lass uns nicht drüber reden." Es sah aus, als würde Amara bei seinen Worten innerlich zusammenzucken, die Hand rasch zur Schulter heben, um ein unsichtbares Tier daran zu hindern, ihm geradewegs ins Gesicht zu springen. „Du wolltest sowieso etwas anderes sagen."

Amara brauchte einen Moment, sich wieder zu sammeln. Warum auch immer. Hauptsache kein Mitleid! Das gab ihm Gelegenheit, nach Grolk zu schauen, der sich jetzt langsam zurücktrollte.

Als er Amara wieder ansah, schaute die ihn mit seltsam konzentrierter und doch auch irgendwie entrückter Miene an, als würde sie durch ihn hindurchsehen. Solange nur nicht dieses Vieh da war und ihm einen Anfall bescherte. Oder um direkt dafür zu sorgen, dass heute nach allem, was er überstanden hatte, trotzdem der Tag war, an dem das Schiff endgültig sank.

„Ich sehe es nicht nur deinem Gesicht an", fuhr Amara schließlich fort. „Weißt du ..." Ihr Blick zuckte zu den Augenwinkeln. Wahrscheinlich bemerkte sie Esgart am Rande und machte sich seine Anwesenheit bewusst. „Du weißt schon. Das was ich sehe", sagte sie mit eindringlichem Blick. „Das, worüber wir gesprochen haben."

Ja klar, ihr Trick, von dem sie ihm erzählt hatte. Und das, worauf er beruhte. Das, was offenbar allein sie so mühelos erkennen konnte. Signaturen hatte sie es genannt.

„Da hat sich was verändert bei dir", setzte Amara jetzt mit nachdenklich schräg gelegtem Kopf hinterher. „Da war vorher schon was ... Aber jetzt." Sie kniff die Augen zusammen. „Ich seh's nicht richtig. Alles ist wirr. Als wär da der Blitz eingeschlagen."

Das ließ bei ihm eine jähe Nüchternheit einkehren und ein seltsam krankes, untergründig furchteinflößendes Gefühl kroch sein Rückgrat entlang. „Ja. Kann man wohl sagen. Ist wohl so. Trifft das, was passiert ist." Er ließ den Kopf hängen, und all die Düsternis, all die grausigen Bilder stiegen wieder in ihm auf. „Ich denke, was mir zugestoßen ist ... was meiner ganzen Truppe zugestoßen ist ... das hat mir einen Sprung verpasst. Als hätte ich einen Riss abbekommen."

Er war nicht mehr derselbe gewesen ... während dieser ganzen Sache auf dem Platz. Es hatte sich anders angefühlt. Er sah wieder zu ihr hoch.

Sie schaute ihn immer noch ernst an. „Ist es das, was du zu berichten hast ... deine wichtigen Einblicke? Wovon du der einzige Zeuge warst?"

„Willst du's jetzt wissen?" Immerhin hatte sie gerade die Birgenvettern mit eigenen Augen gesehen.

Sie fasste ihn beim Arm. „Vielleicht nicht mitten auf der Straße."

Er sah sich um. Es kamen noch immer zahlreiche Leute vorbei. „Außerdem", fuhr sie fort, „musst du es dann allen später noch mal erzählen."

„Einmal reicht." Wahrhaftig. Einmal den ganzen Schrecken loswerden. Wenn das ging. Wenn das nur möglich wäre. Was für eine Hoffnung! „Ich soll also vor der gesamten Versammlung reden?"

„So ungefähr."

„Wir sehen uns im Kriegsrat!" Eine Stimme flog an ihnen vorbei.

Er sah sich um, erkannte Findrac, der mit einer stark gelichteten Eskorte an ihnen vorbei Richtung Zitadelle eilte.

Er lebte also. Er war nicht in diesem ganzen Aufruhr gestorben. Was für eine Hoffnung?

Sein Blick ging zu Boden, traf auf Grolk, der ihn aus schmutzig-gelben Augen ansah. „Na toll, ein großer Auftritt als Schreckensbote, und dann, zack, werde ich schnurstracks wieder in meine Zelle verfrachtet."

Er dachte an diese trübe Aussicht, und das Bild der engen erdrückenden Wände mit der schludrig aufgetragenen, abgeplatzten Farbe und all ihren widerwärtigen Flecken, über deren Ursprung man sich besser nicht allzu viele Gedanken machte, zog vor seinem inneren Auge auf.

Mittendrin mit einer Gürtelschnalle zu einem Bild hinge-krakelte Linien. „Mit dem Ausblick auf meine Zukunft direkt vor Augen." Vielleicht war's ja auch die Vergangenheit. Die sich immer wieder zutrug, ständig wiederholte, bis es ihn zum letzten Mal niederstreckte und endgültig zerlegte.

„Was für ein Ausblick auf die Zukunft?", fragte Amara.

„Na, da in meiner Zelle, wo ich saß, da hatte einer eine Zeichnung an die Wand gemalt. Eine Landschaft mit einem Turm drin, den der Blitz trifft. Drei komische leere Rechtecke darüber. Heißt für mich, wenn du schon gefangen und in der Scheiße sitzt, dann schlägt auch noch der Blitz ein." War wie die Todesdrohung, die über ihm hing, ein perfektes Symbol seines eigenen Lebens. „Super. Wirklich aufrichtend."

Jetzt fasste Amara ihn bei beiden Armen. Verwirrt sah er auf.

„Kennst du das Bild nicht?"

„Nein. Warum?"

„Das ist *Der Keil des Himmels zerbricht die standhafte Feste*." Sie sah ihn an, als müsste er ganz genau wissen, wovon sie redete.

Dann schüttelte sie den Kopf, wohl aufgrund seines verdatterten Blicks. „Das ist eine Zeichenkombination aus dem Hoch-Kenan. Ein ziemlich seltener Wurf."

„Kenan?"

Amara starrte ihn einen Moment verwirrt an, bevor sie weiterredete. „Manchmal vergesse ich, dass du buchstäblich von unter einem Berg kommst. Kenan ist ein verbreitetes Glücksspiel mit Steinen, das in jedem Wirtshaus gespielt wird. In seiner hohen Version wird es aber auch als Orakel benutzt."

„Und?"

„Was du da beschreibst, ist das Bild zu einer Kombination aus drei Steinen. Das erklärt die drei Rechtecke. Es ist ein Wurf, der nicht so häufig fällt, aber wenn er erscheint, gilt er als Schicksalszeichen."

„Ein *Schicksalszeichen?*" Eine Erinnerung glomm in ihm auf. Eine vage Hoffnung. Vielleicht war ja doch etwas dran.

„Ja, und das Bild in deiner Zelle hat auch eine Verbindung zu Auric." Sie verzog das Gesicht. „Er hat mir erzählt, wie er auch zuerst gedacht hat, dass es seinen Untergang prophezeit und dass er es deshalb so gut wie möglich verdrängt und als Unsinn abgetan hat. Erst sehr spät, ganz am Schluss hat er seine positive Seite verstanden und begriffen, dass es vollkommen auf ihn zutraf."

„Und was soll die sein, diese positive Seite?" Er verstand es nicht.

„Dass es mehr als nur den Tod gibt, der einen niederstrecken kann. Dass man im Schutz des Turmes, in dem man sich so sicher glaubt, vielleicht weniger besitzt als das Leben."

Dieses Mädchen sprach für ihn nur in Rätseln. Seine alte Meisterin, die Runenschmiedin Dunjak-Dhar, die das Wort Schicksalszeichen zum ersten Mal auf ihn angewendet hatte, die hatte sich auch dunkel ausgedrückt. Weil sie nicht mehr wusste. Aber Amara tat so, als würde sie unheimlich viel verstehen, und trotzdem drückte sie sich aus, als würde es ihr geradezu Spaß machen, alles in ein Netz des Geheimnisses zu verweben. Hatte sie eine Ahnung, wie grausam das ihm gegenüber war?

„Mehr als der Tod, weniger als das Leben? Und was soll das sein?"

„Wir sollten weiter?", drängte sie jetzt der Grausling sanft.

„Das will ich meinen", stieß Esgart, den er ganz vergessen hatte, in dasselbe Horn. „Die Geisterkerle sind vielleicht weg, aber ich halte es hier noch immer nicht für sicher."

Amara schien sich unter den Worten zu besinnen. „Ach, was red ich hier eigentlich lang und breit? Dudjim und dein Kumpel haben recht. Lass uns machen, dass wir hier Land gewinnen. Los, komm!"

Damit fuhr sie auf dem Absatz herum und steuerte wieder auf die Zitadelle zu. Der Grausling schloss an ihre Seite auf, und ein letztes Mal wandte sie sich ihm über die Schulter zu. „Da kannst du dich zuerst mal frisch machen. Und ich mich auch."

Er sah von hinten, wie sie sich im Gehen mit dem Handrücken übers Gesicht strich, ihn dann betrachtete, danach kurz unter ihren Achseln schnupperte. „Es war anders vorgesehen, aber jetzt wird es wohl etwas dauern, bis alle zusammenkommen."

Ihm aber ging dieser Gedanke nicht aus dem Sinn. Blödsinnig. Wie zwanghaft. Mehr als der Tod, weniger als das Leben. Was sollte das sein?

TEIL III

———

EIN TRAUM VIELLEICHT

1

AUF DER SCHWELLE

Etwa anderthalb Glocken später betrat Erion an der Seite von Amara den Versammlungsraum der Zitadelle.

Amara hatte ihn persönlich mit dem Grausling in den Räumen abgeholt, die man ihm zur Verfügung gestellt hatte, um sich frisch zu machen. Nicht nur nach der Schlacht auf dem Platz, sondern auch zum ersten Mal nach vielen, vielen Tagen im Feld.

Körperlich fühlte er sich jetzt zwar besser und reiner, doch untergründig hatte er noch immer das Gefühl, als klebte etwas Verdorbenes am Grund seiner Seele. So wie ein schmutziger, schwärzlicher Rückstand am Flaschenboden, der sich beharrlich dort festgesetzt hatte und den man einfach nicht ausspülen konnte.

Die doppelflügelige Tür zum Versammlungsraum stand weit offen. Hinter der Schwelle blieb Amara zunächst einmal stehen, und er schaute sich um.

Der Raum war offenbar ursprünglich für Zuschauer geschaffen, mit einem umlaufenden erhöhten, breiten Rand für Publikum, der zur Tür hin von Pfeilern und Nischen gesäumt wurde.

Rund um die zu einem Achteck zusammengestellten Bänke und Tische wurde heftig aufeinander eingeredet. Neben Angehörigen des Kreises der Neun und der Sechzehnten entdeckte er zahlreiche Kommandanten verschiedener Gruppen, und noch immer strebten Neuankömmlinge an ihm vorbei und die Stufen herab in den abgesenkten Bereich in der Hallenmitte.

„Ist hier immer so viel los?", wandte er sich an Amara, die schon die Menge nach den entsprechenden Personen abfuhr.

„Immer?", erwiderte sie. „Ich war erst einmal hier. Wir sitzen schließlich noch nicht lange in Hugen." Sie schenkte ihm einen kurzen Seitenblick. „Hier sieht's aber schon ordentlicher aus. Letztes Mal war es hier kaum anders als draußen auf dem Magistratsplatz nach dem Angriff."

Magistratsplatz? Da hatte er also recht gehabt, was das Gebäude betraf, das jetzt halb ausgebrannt war.

„Du nimmst den überall mit hin, wie?" Amara deutete auf Grolk auf seiner Schulter.

„Bleibt mir nicht viel übrig", antwortete er, schielte zu Grolk rüber. „Sind viele hier", sagte er dann, während er die Grüppchen und Pulks musterte. „Trotz der Angriffe und allem."

„Jaaa …", sagte sie ein wenig abwesend. „Ich denke, dieses Treffen ist wichtig. Ist wohl allen klar geworden. Spätestens jetzt, seit …" Sie stutzte, schien jemanden bemerkt zu haben. „Ah, da ist er ja. Der ist aber schnell hergekommen. Welches Pferd der nur wieder geschunden hat?"

Erion folgte ihrem Blick und fand Auric, der zurückgezogen im Hintergrund in ein Gespräch mit Darachel, Bruc und Sekainen vertieft dastand.

Amara wollte hineilen, besann sich dann aber offenbar

Erions, fasste ihn sacht beim Arm. „Hm, am besten wartest du erst mal am Rand. Grausling, bleibst du bei ihm?"

Der Grausling nickte, sie zog davon, er sah ihr kurz hinterher.

Als er am Rand seines Blickwinkels die Schemen von zwei ungleichen Gestalten bemerkte, die durch die Pforte kamen und an ihm vorbeistrebten.

Zuerst wollte er sich wieder abwenden, doch dann stutzte er, sah erneut hin.

Kunja zog vorbei, warf ihm einen knallhart knapp bemessenen Seitenblick zu. Kam dann etwa einen Schritt ihm voraus zum Stehen. An der Seite ihres Begleiters. Erion ließ den Blick an ihm hochstreifen. Natürlich … Nadragír.

Nadragír sah ihn nicht an, er schaute in den Saal hinab. Dafür aber Kunja. Jetzt bedachte sie ihn mit einem weiteren Blick über die Schulter. Aber auch gerade mal so, dass sie ihn aus dem Augenwinkel sehen konnte. Aber was für ein Blick das war! Selbst in den Augenwinkeln, aus denen sie ihn streifte, glomm es. Da knisterten die Funken.

Auch ohne, dass sie ihre wahnsinnstolle Gabe einsetzte und das Feuer herbeirief. Brauchte sie nicht. Das hatte sie auch so drauf. Hatte es schon immer draufgehabt, musste er sich jetzt im Nachhinein eingestehen. Auch wenn es vorher im Verborgenen, unter einer dicken Erdkruste geglommen hatte.

Erion hatte Mühe, unter diesem Blick nicht wegzuknicken. Wie unter einem Dolchstich direkt in die Magengrube.

Diese Klinge hatte er selbst noch nie zu spüren bekommen. Vielleicht die ihres Spotts. Ihrer Vorbehalte. Aber dieses glühende Eisen?

Warum? Was machte sie so erbost? Was dachte die sich?

Sie war enttäuscht. Verletzt? Sauer?

Jäh kochte es in Erion hoch. Dass der geschwärzte, verfaulte Bodensatz in ihm Feuer fing und es hochlohte. *Was denkt die sich? Verdammt! Schreibt mich ab, wenn ich am Boden bin, und tritt dann noch auf mir rum! Was, beim Verheerer, denkt die sich eigentlich dabei?*

Sie sah ihn aber schon nicht länger an. Da konnte er es sich auch sparen, seine zu Fäusten verkrümmten Hände wieder zu lockern. Oder zu versuchen, möglichst unbeteiligt zu schauen.

Sie hatte sich jetzt Nadragír zugewandt und tuschelte irgendetwas mit ihm. Was hatten die miteinander zu tuscheln? Ach … war klar! Er konnte es sich schon denken.

Jetzt beugte Nadragír sich runter und sie reckte sich auf die Zehenspitzen. Ihre Lippen berührten sich, und sie schlang ihm die Hand um den Nacken, zog ihn tiefer zu sich herunter zum Kuss, und er kam ihr entgegen. Und wie!

Kommen die mal zum Ende? Na also! Jetzt grinst er auch noch und sie tuscheln noch ein bisschen mehr.

Im Weggehen sieht er sie an und wendet sich erst um, als er kurz davorsteht, die Stufen runterzustolpern. Sie hält in ihrem kleinen, schelmischen Winken inne, steht da noch einen Moment so.

Dann dreht sie sich um.

Reiß dich zusammen! Lass dir nichts anmerken.

Sie streift ihn mit ihrem Blick. *Was soll denn der Blick?*

Ich hab mich rechtzeitig losgerissen. Sie hat nichts gesehen, sah auf keinen Fall so aus, als hätte ich gegafft, oder?

Wär ja noch schöner!

Schwungvoll drehte sie sich auf dem Absatz um und streifte kurz an ihm vorbei, als sie den Raum wieder verließ. Grolk schnurrte. Erion schüttelte heftig den Kopf in Grolks Richtung. Aber nach ihr sah er sich nicht um. Ums Leben nicht!

Schaute sie sich denn nach ihm um?

Sturkopf Kunja? Hah!

Dieser Blick! *Wie kann eine, die so klein ist, jemanden so von oben herab anschauen?*

Statt sich die Blöße zu geben, sich nach Kunja umzudrehen, verfolgte er mit seinem Blick Nadragírs Weg in den Raum hinein.

Was sah Nadragír nur in ihr? Ausgerechnet jemand wie er? Der ständig unter edlen, wohlgestalteten, reinblütigen Ninraé wandelte. Mit ihren Frauen so schön, dass einem die Luft wegblieb.

Ihm fiel wieder ein, was Esgart über sie gesagt hatte. Und was ihn so überrascht hatte, weil er es nicht mit seiner Kunja in Zusammenhang brachte.

Die feurige, knackige Kleine. Knackig?

Er kannte Kunja seit Kindertagen. Sie war eine Dwerc, Dwerc waren kleiner, gedrungener. Nicht so breit und massiv wie Firimduerga, sicher. Hm, knackig …? Ja, die Zeit seit Kindertagen war vergangen. Seine Kunja war eine junge Frau geworden. Warum hatte er das nie gesehen?

Jetzt wünschte er sich beinahe, er hätte sich doch umgedreht.

Was hätte es geschadet? Nein, Kunja hatte nicht zurückgeschaut. Zum Verrecken nicht!

Warum sollte sie auch? Sie hatte ihn schließlich aufgegeben. *Verdammt, Kunja! Vielleicht erlebst du ja noch dein blaues Wunder! Ich krieg 'ne Menge hin, schon vergessen? Schreib du mich mal nur nicht zu früh ab!*

Er schrak auf, weil er merkte, dass der Grausling ihn anstarrte. Nahm sich zusammen, blickte zurück und zuckte die Achseln.

Als er dann wieder in den Saal schaute, wurde ihm der Grund für den Seitenblick des Grauslings klar. Man hatte sich inzwischen gesammelt und die Besprechung sollte jetzt gleich beginnen. Er sah Amara noch ein paar Worte mit Auric wechseln, und er glaubte, dabei einen Blick zu ihm herüber zu erhaschen.

Sei du dir mal nicht so sicher, Kunja!

Dann traten auch sie zu ihren benachbarten Plätzen. Darachel saß bereits auf Aurics anderer Seite.

Die Unruhe der Anwesenden untereinander war selbst, da sich alle jetzt hinsetzten, noch deutlich zu spüren, und erst als Auric sich erhob, trat endgültig Stille ein.

Zunächst begrüßte er die Anwesenden, fuhr dann fort, „Ich denke, jeder, der es irgendwie fertigbringen konnte, ist heute hierhergekommen. Obwohl es sicherlich für viele nicht einfach war. Weder der Weg noch die Entscheidung, wo er dringender benötigt würde. Umso mehr würdige ich den Entschluss von jedem, der jetzt hier ist."

Die leisen Geräusche von Beifallsbekundungen regten sich im Kreis.

„Wir haben heute mehrere Angriffe erlebt, an mehreren Fronten. Wir haben es mit einer neuen Situation zu tun. Wir werden angegriffen." Auric schaute ringsum. „Das wird hier zu besprechen sein."

Er machte eine Pause, und jetzt sah Erion sicher, dass Aurics Blick auf ihn gerichtet war.

„Doch bevor wir das tun, sollten wir einen Bericht anhören. Von jemandem, der Zeuge vom Aufmarsch des Feindes geworden ist und der uns vielleicht darüber Aufschluss geben kann, womit wir es hier in der Gesamtheit zu tun haben."

Auric deutete zu ihm herüber. „Tritt näher, Erion Khun m'whe d'has-kriat!"

Er hatte schon vorher seine Haltung gestrafft und seinen grauen Mantel der Sechzehnten um die Schultern gerade gezogen. Sein Moment! Jetzt atmete er durch, hob das Kinn und schritt die Stufen hinab, in die Mitte des Runds aus Bänken, wohin Auric ihn wies.

Ja, jetzt war es so weit. Seine Gelegenheit, sich vor ihnen zu zeigen. Seine Gelegenheit, einen Beitrag zu leisten, einen wirklich wertvollen, und dadurch zu zeigen, was man von ihm erwarten durfte. Was in ihm steckte. Dass man ihn keinesfalls übergehen durfte.

Ha, Kunja sollte sich noch wundern!

Sein Blick, der flüchtig die Reihen abfuhr, fand Findracs Züge und traf auf dessen finster übelmeinendes Starren.

Ja, und du wirst mich endlich aus deinen Klauen lassen müssen.

Was würdest du wohl sagen, wenn ich nicht wieder in der Zelle lande, in die du mich geworfen hast, sondern wenn du mich jeden Tag neben dir sehen musst? Weil es wichtig für unsere gemeinsame Sache ist und du dich dem nicht widersetzen kannst.

Er beobachtete, wie der Grausling hinter den Bankreihen entlangging und dann auf Amaras Höhe unauffällig im Hintergrund verschwand, gleichsam mit der Rückwand eins zu werden schien, durch deren hohe, schmale Fenster das Licht hereinfiel.

„Erion“, sprach Auric ihn jetzt an, „berichte uns, was du gesehen hast!“

Also gut! Erneut straffte er sich, sammelte sich innerlich.

Sein Blick war auf die Reihen der Versammelten allgemein gerichtet. Er fuhr sie ab, ohne jemanden im Besonderen ins Auge zu fassen, und begann dann seinen Vortrag.

„Sie sind mit dem Morgengrauen aufgezogen, und wir haben uns gesammelt. Die Verteidigungstruppen sind von ihren Posten aus zusammengeströmt und haben Formation angenommen. Es war ein großes Heer, das dort aufzog, das war sofort erkennbar, aber wir ...“

„Wie groß?“ Der Zwischenruf schnitt ihm schroff das Wort ab.

Erion schrak zusammen, als wäre er mitten im Sprung gegen eine Mauer geprallt.

„Wie bitte?“

2

IM KREUZFEUER

Erion sah sich um, wer ihn da so jäh unterbrochen hatte.

„Du sagst groß." Der Einwurf kam von jemandem aus der Sechzehnten, den er nicht näher kannte. Aber bestimmt einer von Findracs Anhängern. „Wie groß ist das? Gibt es zahlenmäßige Einschätzungen? Wie hat sich das Heer zusammengesetzt?"

Bei Urnak, was waren das denn für Fragen? „Das … das kann ich nicht sagen. Sie waren in einer lang gezogenen Reihe uns gegenüber aufgestellt." So viel hatten alle gesehen. Denn sie selbst hatten die Sonne im Rücken. Aber er … „Doch ich habe mit dem Blick eines Ninra erkennen können, dass sich ihre Formation weit in die Tiefe staffelte."

„In die Tiefe?" Nicht derselbe, ein anderer. „Wie tief? Wovon reden wir hier? Von ein paar hundert? Tausend? Mehreren tausend?"

Er schluckte. *Lass dich nicht verwirren, Erion! Du hast deine Beobachtungen gemacht und das, was du dabei bemerkt und wahrgenommen hast, ist bedeutsam.* „Es war ein gut organisiertes Riesenheer. Das Bedeutsame daran war, dass sie sich nicht mal bemüßigt fühlten, es insgesamt gegen uns in Bewegung zu setzen. Nur einen kleinen Teil haben sie uns entgegengeschickt." Ha, hier konnte er endlich glänzen! Hier konnte er etwas beitragen. „Was die Zusammensetzung und Aufstellung betrifft …" Er redete einfach weiter, die Worte kamen schneller und wie von selbst.

Er schilderte ihnen die beiden Keilformationen vor dem Heer, woraus sie bestanden, wodurch sie sich auszeichneten, ihre Unterschiede, ihre voneinander verschiedenen Kriegsrufe, wie sie angriffen, die Art ihres Zusammenspiels dabei. Er konnte sie genau beschreiben, denn er hatte sie nicht nur vor fern, er hatte sie auch von ganz Nahem gesehen. Sehr nah.

Er konnte sogar mit den Namen aufwarten. Mit den Kriegern vom wilden Stamm hatte er es schon vorher zu tun bekommen, und er hatte erfahren, wer sie waren, die andere Bezeichnung, die des Ordens von Frauenkriegern, hatte Amara vorhin genannt. „Bei den beiden Abteilungen handelte es sich um Trupps der Vikhnar-Var und der Virnag Shorn –"

„Virak-Shon!" Wieder ein harter Zwischenruf, der ihn zusammenzucken ließ. Doch sah er auch, wie Auric begütigend die Hand hob.

Dann wandte der sich ihm zu, mit bestätigender, beruhigender Miene. „Und diese beiden Abteilungen, Vikhnar-Var und Virak-Shon, griffen also zuerst an."

O Urnak! Nein, nein, verdammt, er brachte alles durcheinander. *Reiß dich zusammen, Erion!*

„Nicht zuerst. Zuerst griffen die Birgenvettern an … die Sirith-Drauk." Ja, den Namen kannte er, den hatte er sich sicher richtig eingeprägt. Jetzt musste er es nur noch in die richtige Ordnung bringen! „Oder vielmehr, die Kreaturen, die von jedem der Birgenvettern ausgeschwärmt sind."

„Von jedem? Wie viele waren es denn? Mehr als auf dem Magistratsplatz?"

Nicht beirren lassen!

Genau. Die merkwürdige Konstellation, welche die Birgenvettern eingenommen hatten! Vielleicht hatte es damit ja eine besondere Bewandtnis.

„Sieben. Drei und vier." Und er beschrieb ihnen ihr Auftauchen, dann den Eindruck einer gespenstischen Krone, den ihre schwebende Aufstellung auf ihn ausübte.

„Und sie hatten … *Kreaturen* bei sich. Die sie vorgeschickt haben? Was für welche? Wie sahen die aus?"

Erion kam kaum hinterher, zu verfolgen, woher die Bemerkungen kamen. Bei Urnak, das ging ja hin und her zwischen den dreien! Als würden sie ihn mit Armbrustbolzen ins Kreuzfeuer nehmen.

„Jetzt, lasst ihn doch reden, bei Inaims gütigem Herzen!" Eine tiefe, grollende Stimme, die das Murmeln durchschnitt, das sich jetzt erhob. „Eins nach dem anderen." Es war erneut Auric, der hier sprach. „So wie es für ihn wichtig ist. Fragen stellen können wir später."

Er bemerkte den Seitenblick, den Auric und Amara miteinander wechselten. Amara nickte ihm bestätigend zu.

Gut. Danke. Dann konnte er jetzt endlich seinen Bericht ablegen.

Noch einmal durchatmen. Puh!

Und dann legte er vor der Versammlung Zeugnis ab. Er erzählte ihnen der Reihe nach, wie sich alles abgespielt hatte, wie die Schwärme von klumpenartigen Geschöpfen mit nestelnden Gliederbündeln einen massiven Beschuss magischer Attacken auf sie herabprasseln gelassen hatten, der Ansturms der beiden Angriffskeile aus Idarn-Khai und Virak-Shon, der dann folgte, dessen verheerende Wirkung. Und dann …

Ja, genau. Seine Vision.

Das, was er gesehen hatte, weil einer seiner Anfälle ihn

ganz dicht an eine Schwelle herantrug, sodass sich ihm ein Ausblick auf etwas Jenseitiges öffnete, darauf, was sich wirklich hinter der Bühne weltlicher Erscheinungen abspielte.

„Ich fiel auf die Knie. Und mir tat sich ein Himmel auf. Doch es war nicht unser Himmel, den wir jeden Tag über uns sehen. Es war der Himmel eines fremden Reiches, eines gespenstischen und grausigen Reiches. Wahrscheinlich ist dieses Reich die Region, der die Wesen hinter den Birgenvettern entstammen. Wahrscheinlich ist es ihre Heimat."

Genau das war es doch, was sich ihm enthüllt hatte. Er fühlte das Grausen und das Ausmaß dieses Moments, und es ließ ihn erschauern. „Denn es steht etwas hinter den Birgenvettern, etwas Größeres, Unheimlicheres, von dem eine Fremdheit und eine Kälte ausgeht, wie ich sie noch nie erlebt habe. Sie waren …"

„Die Atterbirgen." Es klang nüchtern. „Du hast die Atterbirgen gesehen."

Irritiert hielt er inne, musste erst einmal blinzeln, um den Sprecher zu finden. Fand ihn aber, weil es einer der drei Schlimmsten von vorhin war.

„Was?"

„Die Atterbirgen", wiederholte der Zwischenredner. „Das sind die Patenwesen der Sirith-Drauk. Sie sind die Wesenheiten, durch die sie ihre Macht beziehen."

Wieder griff Auric zu seinen Gunsten ein. „Lasst ihn doch ausreden!" Er wandte sich an Erion. „Was hast du uns noch zu sagen? Was war es, was du dann noch gesehen hast? Gibt es noch etwas, das du ausgelassen hast und uns mitteilen möchtest?"

Nein, es gab nichts mehr zu sagen. Alles, was es zu sagen gab, hatte er berichtet. „Das ist es, was war. Dann verlor ich das Bewusstsein."

Ein kurzer Moment der Ruhe, dann brach ein Durcheinander verschiedener Stimmen aus. Einwürfe, Vermutungen, Behauptungen und Gegenfragen.

Sie gingen hin und her, und Erion wurde ganz wirr im Kopf, wenn er versuchte, ihrem Verlauf zu folgen. Er stand da und das wilde Gegenspiel, das Geschwirr der Argumente spülte über ihn hinweg.

„Diese Wesen, die von den Birgenvettern ausgeschwärmt sind, die habe ich schon vorher gesehen." Er pflückte Amaras Stimme aus diesem Gewebe heraus. „Klumpenartige Körper ohne Kopf, Bündel spinnengleicher Glieder. Mein Familiar hat sie Birglinge genannt."

Also war das alles nichts Neues für sie? Keine Eröffnungen oder Enthüllungen? Nur mehr vom Alten?

„Sie sind mit den Birgenvettern verbunden, aber es passiert hier zum ersten Mal, dass sie so klar hervortreten und vorgeschickt werden." Auch Amara sprach recht nüchtern über all das. Wie über etwas lange Bekanntes, das man lediglich einmal mehr in seine Berechnungen einbezog.

„Dass die Birgenvettern immer wieder auf das Angriffsmuster einer Schockwelle zurückgreifen, hat sich mittlerweile herauskristallisiert." Nadragír bemerkte das. „Dass sie dazu diese Wesen … Birglinge vorausschicken, ist neu und auch nur bei dieser einzigen Gelegenheit beobachtet worden."

„Sind sie sonst verdeckt im Spiel? Nehmen wir sie nur nicht wahr?"

„Es gibt die unterschiedlichsten Arten der Wahrnehmung und sie spiegeln sich auf verschiedenen Ebenen der Wirklichkeit."

„Es existiert eine Art, die geistige Welt zu sehen, in der Banne … auf bestimmte Art … *geerntet* werden müssen. In dieser Anschauung der Geisterreiche tun das die Birglinge für sie. Aber mehr kann ich dazu nicht sagen."

„Ist jemand bereits in diese Regionen vorgedrungen, in denen die Paten der Birgenvettern hausen?"

„Keiner von uns."

„Können wir die Silaé fragen?"

Silaé? Wer war denn das schon wieder?

„Das scheint mir heikel."

„*Ich* kenne ihr Reich." Das kam wieder von Amara. „Wirklich drin war ich noch nicht. Dafür bin ich auch dankbar. Aber ich habe mehrere Einblicke in ihre Domäne erhalten können. Sie tut sich wie zu einer Spitze auf, einem umgedrehten Gipfel, der am tiefsten Punkt der Grube der Birgenvettern in unsere Welt hineinreicht."

Die Grube der Birgenvettern? Was war das nun wieder für ein Ort? Hörte sich furchtbar an. Was für Höllen gab es nur in dieser Welt? Und in wie viele davon hatten sich welche von den hier Versammelten schon vorgewagt? Und da wollte er ihnen ein paar blinkende Steine, die er halb bewusstlos aufgelesen hatte, als wertvolle Gemmen darbieten?

Es schien, als würden sie diese Wesen ganz genau kennen. Besser als er. Mit seinem kurz erhaschten Blick auf gelb schwärendes Gedärm. Da merkte man mal wieder, dass er von unter dem Berg kam.

Er schreckte aus seinem Sinnen auf. Jäh.

Man sah ihn an. Jemand hatte etwas gesagt und daraufhin war die Unterhaltung verstummt.

„Was?"

Er schaute Auric an, weil er hoffte, von ihm würde er am ehesten vernünftigen Aufschluss erhalten.

„Ich sagte, bevor wir hier tiefer in die Materie einsteigen und dich vielleicht nur langweilen oder verwirren, möchte ich dich erlösen und aus dieser Befragung entlassen."

Auric war es also gewesen, der vorhin den Disput zum Verstummen gebracht hatte.

Aurics Miene war freundlich. Aber es war eindeutig: Alle warteten sie auf ihn.

„Erlösen? Ja, klar."

Sein Blick streifte zu Amara hinüber. Die zog anstelle eines Schulterzuckens den Mundwinkel hoch. Nicht zu einem Lächeln.

„Wir danken dir für deinen Bericht", fuhr Auric fort. „Es war sicher hart, alle deine Kameraden sterben zu sehen. Wir alle bringen unsere Opfer. Du hast unser Mitgefühl."

Ja, das zeigte sich auf Amaras Zügen, auf ihrer gerunzelten Stirn, in ihrem Blick.

Na, danke! Mitleid war das Letzte, was er wollte. Er wollte Hilfe, eine Hand, die sich ihm entgegenstreckte.

Aber die fand er nicht hier in diesem Kreis. Er sah es schon, als sein Blick die Reihen entlangstreifte.

Gut. Also, was blieb ihm schon?

Er warf sich in die Brust, so gut es ging, brachte ein zackiges Nicken zustande. Ein Salut, von dem er fürchtete, dass sich eine Spur Bitterkeit hineinmischte. Dann drehte er sich auf dem Absatz um.

Grolk wartete am Fuß der Stufen auf ihn. Er hatte gar nicht bemerkt, dass er zurückgeblieben war.

Das Tor war verschlossen. Er mühte sich an ihm ab. In seinem Rücken setzten bereits die Stimmen wieder ein.

Ein Türflügel kam ihm entgegen, dass er zurückspringen musste, dahinter einer von der Turmgarde, der wohl auf dem Gang seine Versuche von drinnen bemerkt hatte und ihn durch den Spalt hinausließ.

Nach der Helligkeit der Halle trat er in das Dunkel des Flurs ein.

Der Turmgardist, der ihm geöffnet hatte, war einer von zweien. Sie hatten vor der Tür Posten bezogen und sorgten dafür, dass niemand Unbefugtes zur Versammlung hereinkam.

Stumm nahmen die beiden wieder Aufstellung an.

Erion blieb auf der Stelle stehen, fühlte sich hohl und leer und ratlos.

Das war ganz anders gelaufen, als er sich das vorgestellt hatte. Und jetzt? Was blieb ihm jetzt noch zu tun?

3

KRIEGSRAT

Amara sah Erion nach, bis sich die Tür hinter ihm schloss.

Sie wurde sich ihrer Umgebung erst wieder bewusst, als das neu aufgeflammte Gemurmel rings um sie verstummte.

„Amara?" Auric sah sie mit fragendem Blick an.

Wahrscheinlich bemerkte nur sie das leise Kopfschütteln, mit dem er, wahrscheinlich weil er ihren Blick bemerkt hatte, auf Erion hindeuten wollte.

„Amara, du warst auf dem Magistratsplatz. Nachdem wir nun *ihn* zu den Birgenvettern gehört haben …" – wieder dieses vage Zeichen – „will ich deine Einschätzung hören."

Sie sah ihm in die Augen. Musste das sein? Er zuckte nur kurz mit einer Braue. Sollte sie wirklich zu der gesammelten Mannschaft sprechen? Sie war nicht so gut mit Worten. Sie hatte nichts von dem Diplomaten, der in Auric steckte.

Und Diplomatie war hier gefordert. Sowie Feingefühl.

Hah, Feingefühl! Ausgerechnet sie!

Trotzdem musste sie es jetzt aufbringen.

Denn es war an diesem Punkt dringend notwendig, dass alle die Gefahren erkannten. Daran hing das Überleben des Widerstands in dieser Situation.

Aber dennoch durfte es sie nicht zum Wanken bringen. Sie mussten eisern an der einmal gefassten Strategie festhalten und zu ihrem Entschluss stehen. An Aurics Plan durfte es keinen Zweifel geben. Sonst konnte alles kippen und all ihre Bemühungen waren umsonst.

Es war ein Balanceakt.

Sie atmete durch. „Meine Einschätzung?" Wie brachte sie es ihnen am besten bei? „Ja", begann sie, „die Angriffe waren perfekt aufeinander abgestimmt. Das ist sonnenklar. Das haben alle so bestätigt. Und es ist Brannaik-Var, der das aus dem Hintergrund arrangiert. Es steht ein Heer vor Hugen, bereit, uns anzugreifen. Wir haben keine Ahnung, wie es sich genau zusammensetzt. Durch Erions Bericht wissen wir aber zumindest, dass nicht nur Schocktruppen vom wilden Stamm der Vikhnar-Var dazugehören, sondern auch mindestens ein Kader des Kriegerordens der Virak-Shon. Das ist das erste Mal, dass diese Elitekämpferinnen hier im Norden in eingesetzt werden. Erion ist der Erste von uns, der sie gesehen hat. Bisher gab es nur Gerüchte von der idirischen Südfront. Jetzt redet Erion von mordirren Furien, die alles abschlachten, was ihnen in den Weg kommt."

Sie sah sich um. Die Gesichter waren bereits ernst, manche fast versteinert. Wie viel konnte sie ihnen noch zumuten?

„Ihr wisst, was das heißt? Kinphaidranauk hat uns als ernste Bedrohung und als Priorität eingestuft." Sie murmelten schon, dabei kam die bittere Wahrheit erst noch: „Wir stehen unter Attacke. Wir stehen sogar unter Belagerung."

Jetzt erhoben sich Stimmen. Sie kamen von allen Seiten.

„Wieso Belagerung?"

„Richtig, wieso Belagerung? Es waren nur einzelne Angriffe. Das ganze Heer hat sich uns bisher nicht gezeigt."

„Genau. Ihr Heer hat sich uns nicht gezeigt, es lagert auch niemand vor der Stadt."

Das war ihr Stichwort. „Das müssen sie auch nicht. Auric wollte meine Einschätzung zu den Birgenvettern hören." Wieder herrschte Stille. Auric sah sie mit aufgestütztem Kinn aus den Augenwinkeln an. Er ahnte, was jetzt kam. Und es gefiel ihm nicht. *Aber du hast schließlich gewollt, dass ich rede.*

„Wisst ihr, wie die Birgenvettern hierher in die Stadt gelangt sind?" Sie ließ die Frage einen Herzschlag lang wirken. „Wir sind uns doch einig, dass die keiner in Verkleidung durch die Kontrollen an den Stadtgrenzen geschleust hat?"

Auric hielt weiter düster brütend das Kinn auf die verschränkten Hände gestützt. Auch er wusste genau Bescheid, nur hatte er entschieden, es bisher für sich zu behalten.

Aber sie konnte, sie durfte nicht schweigen. Zu schweigen hieß, sie alle ins Messer laufen zu lassen.

„Sie kommen über Gewundene Wege hierher. Mitten in die Stadt. Jederzeit. Wann immer sie wollen." Sie fuhr mit ihrem Blick die Reihen ab, schätzte das Maß der Bestürzung ab.

„Aber wir reden hier ausschließlich über die Birgenvettern. Das muss uns klar sein." Jetzt also schritt Auric schließlich ein. „Wer auf dem Magistratsplatz war, hat gesehen, welche Unterstützung sie hatten: Bannerklingen und kleine Gruppen aus Protektoratsgarde und Nordwehr. Also – außer drei, nur *drei* Idarn-Khai – alles kleine Truppen, die sich in der Stadt versteckt haben müssen."

„Was heißt das?", kam eine Zwischenfrage aus den Reihen der Turmgarde.

Auric bedachte Amara mit einem scharfen, eindringlichen Seitenblick. „Sie hat von Gewundenen Wegen geredet.

Wege *dieser Art* unterliegen bestimmten Gesetzen." Sie stutzte, doch er wandte sich bereits wieder dem Rest der Versammlung zu. „Es kann darüber keine ganze Armee in die Stadt gebracht werden. So funktioniert das zum Glück nicht."

„Wie dann?"

„Die Zahl von Personen, die man unbeschadet auf Wege dieser Art mitnehmen kann, ist begrenzt. Es waren nur drei Idarn-Khai." Jetzt sah er sie erneut eindringlich an. Hoffte, dass sie diese Finte, die er da abzog, nicht auffliegen ließ. „Wir beide haben erlebt, wie Gelion das trotzdem versucht hat. Die Söldnertruppe der Perdeschs war danach sehr verwirrt und auf lange Zeit kaum kampftauglich, nicht wahr?"

Ja, das hatten sie vermutet und geschlossen. Aber … einen Beweis gab es nicht. Sie nickte trotzdem.

„In einer Stadt wie Hugen kann man keine Armee verstecken, bis sie wieder kampftauglich ist", sagte Auric.

„Das ist eine Tatsache", warf sie ein und zog damit, wie sie erhofft hatte, Aurics Blick auf sich.

Sie sah in seine Augen und wusste, ihm war klar, dass sie sein Manöver durchschaut hatte. Er hatte einen Schwindel in der Wahrheit versteckt. Und gehofft, dass sie darauf einging.

„Was heißt das für uns?" Es war der Gleiche aus der Turmgarde wie schon vorher.

Puh, sie bohrten nicht weiter nach. „Das bedeutet, dass Magiebegabte nach den Eingängen zu solchen Gewundenen Wegen suchen müssen. Wie man sie aufspürt, kann ich euch zeigen." Die Ninraé würden das bestimmt leichter begreifen als sie damals. „Ich würde im Hauptquartier der Bannerklingen anfangen. Vielleicht sind sie über Tunnel von dort verschwunden, wahrscheinlich aber auch über Gewundene Wege. Aber jedes andere Gebäude, das die Kinphauren errichtet haben, egal ob alt oder neu, Relikt oder Ruine, kann einen Eingang zu Gewundenen Wegen haben."

„Das alles abzusuchen, wäre ein gewaltiger Aufwand", warf einer aus den Reihen der Sechzehnten ein, jedoch keiner von Findracs Anhängern. „Das würde die Magiebegabten zeitlich binden, die sonst dringend anderswo gebraucht werden. Das würde uns nur noch angreifbarer machen."

Genau das hatte sie sich auch schon gedacht. Und genau das konnte der wahre Zweck hinter dem Angriff der Birgenvettern auf dem Magistratsplatz sein. Ihnen eine Gefahr zu präsentieren und sie beschäftigt und abgelenkt zu halten.

Sie schüttelte den Kopf. „Es geht nicht anders." Man hatte ihnen ein Dilemma präsentiert. Oh, dieser gerissene Brannaik-Var! „Ihre Attacke, deren Schaden und Verluste für uns, haben uns gezeigt, dass die Suche nach Einfallslöchern der Birgenvettern Vorrang haben muss."

Wieder entstand Gemurmel. Bei dem nur die aus Himmelsriff stammenden Ninraé unbeteiligt blieben. Sie standen fest hinter Aurics Plänen.

„Können wir uns nicht mit einem Angriff der Birgenvettern auseinandersetzen, wenn er kommt? So eine Suche schwächt uns doch nur."

Ja, genau das konnte der Feind bezwecken. Aber es zu unterlassen, bedeutete eine noch größere Gefahr in Kauf zu nehmen. Einen Moment dachte sie darüber nach, ihnen zu sagen, wie groß diese Gefahr wirklich war. Sollte sie enthüllen, was Auric so geschickt verschwiegen hatte?

Sie sah ihn an. Und begegnete einem Blick, der sich bereits auf sie gerichtet hatte. Langsam bewegte er den Kopf hin und her, während er ihr dabei direkt in die Augen schaute. *Nein, nicht.*

Gut, ich vertraue dir.

Tatsächlich war das Letzte, was sie gebrauchen konnten, dass die Gegner im eigenen Lager Zündstoff bekamen. Die

Gefahren erkennen und entschlossene Maßnahmen ergreifen, das sollten sie. Doch sie mussten unbedingt an Aurics ursprünglichem Plan festhalten.

„Es stimmt", kam ein Zwischenruf. „Das würde uns nur noch weiter schwächen. Aber haben wir uns nicht längst in eine Situation der Schwäche begeben?"

Jetzt? Ausgerechnet? Ihr Blick ging zum Sprecher und fand unfehlbar Findrac.

„Durch den ersten Angriff der Birgenvettern auf das Aufgebot dieses Halbelfen dort draußen und jetzt durch den zweiten Angriff Brannaik-Vars an den Außengrenzen", fuhr Findrac fort, „ist ohnehin deutlich geworden, dass zu viel von unseren eigenen Kräften an die Kämpfe um diese Menschenstadt gebunden werden."

Oh ja, da kamen sie schon, die Gegner mit ihren Angriffen. Nur gut, dass sie den Mund gehalten hatte.

Und Findrac war noch nicht zu Ende. „Es stellt sich die Frage, ob dieser ... *Zug auf Hugen* und dessen Einnahme ursprünglich überhaupt ein guter Plan war." Oh, wie der sein spitzes Kinn heben konnte! „Ich war es, der von Anfang an Zweifel daran angemeldet hat."

Verdammt! Du Arschloch! Sie musste an sich halten, um eine besonnene Miene zu wahren. Sie mussten alle am gefassten Plan festhalten. Sonst war alles umsonst! *Diplomatie, Amara! Feingefühl!*

Jetzt beugte sich der Kerl auch noch an seinem Platz vor und glotzte sie direkt an. „Wie ist denn deine Einschätzung zu den Birgenvettern, Amara Valerion? Wie müssen wir die Gefahr, die von ihnen ausgeht, bewerten? Du hast schließlich vor dem heutigen Angriff auf dem Magistratsplatz bereits deine Erfahrungen mit ihnen gemacht."

Na toll! Du kleine Giftspritze! Du denkst, du kriegst mich dran? Und liegst damit gar nicht so daneben. Auf keinen Fall durfte sie Findracs Seite noch mehr Wasser auf die Mühlen liefern. Doch wenn sie die Wahrheit zurückhielt, brachte das jeden in ernste Gefahr.

Verdammter Findrac! Da hast du mich am Haken.

„Wir haben es mit den schrecklichsten Gegnern bisher zu tun." Und sie versuchte, dabei eine sachlich kühle Miene zu bewahren. „Ich selbst habe mich noch nie offen mit einem der Birgenvettern gemessen. Der stärkste Magier, den ich je kannte – und ein verdammtes Arschloch dazu ..." Irgendwo lachte jemand auf. „... hat sie nur mithilfe eines aus dem Drachenmond ausgebrochenen Dämons besiegen können. Und jetzt haben wir es gleich mit sieben von ihnen zu tun."

„Wir sollten sie ernst nehmen." Der Einwurf kam von einer Frauenstimme. Amara sah, dass es Fianaike war. „Auf dem Magistratsplatz sind die drei Sirith-Drauk keineswegs geflohen, weil sie sich ernstlich bedroht sahen. Sie haben lediglich einen taktischen Rückzug angetreten. Hätten die Birgenvettern es wirklich darauf angelegt, hätte ich sie weder abwehren noch wir alle sie besiegen können."

Jetzt flammte er auf, der Tumult, augenblicklich. Bei Burugs pickligem Steiß! *Fianaike, ich bin mir sicher, das hast du nicht gewollt.* Und normalerweise hätte sie bei ihr auch genug Umsicht vermutet.

„Was ist, wenn sie es tatsächlich drauf anlegen? Was ist, wenn sie direkt die Zitadelle angreifen? Wenn die Birgenvettern direkt aus der Stadt heraus zum Vernichtungsschlag auf uns blasen?"

Das war eine männliche, beinahe hysterische Stimme aus Findracs Lager.

Wenn derjenige die Stimmung zur hellen Panik hatte anschüren wollen, so erreichte er sein Ziel. Die Rufe und das Gebrüll, das Stimmenwirrwarr stieg hoch zur Hallendecke und beinahe glaubte sie, die schmucklosen Glasfenster vibrieren zu hören.

Einen Moment ließ Auric dem Aufruhr Raum, ließ ihm

die Zügel. Dann donnerte er mit seiner Befehlsstimme dazwischen.

„Ruhe! Ruhe! Still, alle miteinander!"

Es dauerte einen Moment, bis die Rufe zum Verstummen kamen und sich angespanntes Schweigen ausbreitete.

„Stellt euch eine Frage!", sprach er dann in die eingekehrte Stille hinein. „Wenn die Birgenvettern so mächtig sind, warum haben sie das dann nicht jetzt schon getan, direkt vom Magistratsplatz aus? Es ist von dort schließlich nur ein Steinwurf zur Zitadelle. Warum haben sie nicht die Zitadelle eingenommen und uns vertrieben? Sofort. In einem Zug. Statt uns auf diese Art nur zu warnen. Aber stattdessen haben sie sich nicht über den Magistratsplatz hinaus gerührt."

Sie schwiegen jetzt nicht nur, sondern sahen einander auch an.

„Es stellt sich die Frage", fuhr Auric fort, „können sie das wirklich? Oder wollen sie das überhaupt?"

Das mit dem Wollen war die Sache. „Aus dem, was ich mit den Birgenvettern erlebt habe, glaube ich, dass sie übervorsichtig sind." Sie zuckte die Schultern. „Ja, sie sind mächtig, aber sie scheuen sich, ihre eigenen Leben einzusetzen und zu gefährden." Sie schnaubte trocken amüsiert. „Die Wahrheit ist, sie sind ganz einfach ziemliche … Angsthasen."

Damit erzielte sie zumindest etwas Wirkung. An einigen Stellen wurde ihr Lächeln erwidert.

„Schaut euch den Krieg an", ergriff jetzt wieder Auric das Wort. „Ich war dabei. Wir haben die Berichte. Wenn es anders geht, gefährden sie nicht ihre eigenen Leben. Mit ihren Möglichkeiten, auf Gewundenen Wegen zu reisen, ist es überhaupt fraglich, ob sie sich jemals langfristig diesseits des Saikranon aufgehalten haben."

„Sie tun es aber jetzt." Es war Findrac, der das einwarf. „Sie greifen uns an."

„Nur als erste Schockwelle. Das ist ihre Taktik. Dann ziehen sie sich zurück", erwiderte Auric rasch. „Das passt zu dem, was wir über sie gesagt haben. Wenn wir das erkennen, können wir damit arbeiten. Erions Bericht hat uns ganz klar und deutlich einen Abriss ihrer Vorgehensweise geliefert. Er war auch auf dem Magistratsplatz anwesend. Vielleicht sollten wir ihn im kleinen Kreis noch einmal dazu befragen."

„Ich würde gerne dabei sein. Er ist ein kluger Kerl" – der Einwurf kam von Choraik – „scharfsichtig in vieler Hinsicht trotz seines nassforschen Elans. Er weiß es nur noch nicht wirklich. Es wäre ein Verlust, wenn er wirklich sterben müsste. Er ist jung."

Erion … Es war eine Schande! Sie konnte dazu einfach nicht länger schweigen. „Ist es wirklich wahr, dass wir ihn einfach so … verrecken lassen? Ohne einen Finger zu rühren? Hat uns der Krieg schon so weit gebracht?" Sie hatte schon einige Menschen im Krieg sterben sehen, aber Erions Schicksal – und wie Findrac damit umging – empörte sie.

Ihre Worte erzielten Wirkung. In den Gesichtern derjenigen, die eingeweiht waren, zeichnete sich Betroffenheit ab.

„Ein Wichtigtuer ist er. Und einer, der konsequent Befehle untergräbt." Natürlich, sie hatte es sich denken können – Findrac stand bereit. „So jemand ist gefährlich." Trotzdem schockte Amara die Härte, die hinter diesen Worten lag.

„So gefährlich", entgegnete sie, „dass man ihm den Tod wünscht?"

Jetzt sah es aus, als kaute Findrac auf seiner Lippe.

„Du hast recht, Amara."

Diese Unterstützung kam von unerwarteter Seite. Sie drehte sich zu Auric um. Noch eben, als Erion den Saal verlassen hatte, da hatte er sie stumm gemahnt, nicht auf dem Thema zu bestehen.

„Wir können diese Sache nicht unter den Tisch fallen lassen." Er erwiderte ihren Blick, und sie fand ehrliche Zustimmung darin. „Erion ist ein Angehöriger der Sechzehnten geworden. Er hat sich den grauen Mantel durch seine Taten erworben, für die wir ihm alle Dank schulden." Er sah in Findracs Richtung. „Ich weiß, dass einige unter uns mit Geringschätzung darüber hinweggehen. Aber darf uns ein Krieg tatsächlich so hart machen?" Er ließ kurz die Frage im Raum stehen. „Wir sind es ihm schuldig, alles in unserer Macht Stehende zu veranlassen, damit ihm geholfen wird. Leider fällt ein Familiar aus, das hat sich gezeigt. Der Streitpunkt ist uns aus der Hand genommen."

Von Findrac kam als Erwiderung nur ein harter, unerbittlicher Blick.

„Aber wie steht es mit anderen Möglichkeiten? Siganche?" Auric wandte sich an die Ninraé-Heilerin. „Du hast ihn untersucht und behandelt."

Siganche wirkte, als würde sie aus tiefen Gedanken aufschrecken. Ohnehin machte sie schon die ganze Zeit auf Amara einen fahrigen, seltsam verstörten Eindruck, den sie von Siganche nicht kannte. „Ich … ich fürchte, das ist etwas, das sich unserem Einfluss entzieht. Es gibt Dinge, die uns auferlegt sind. Was können wir an ihnen ändern?" Das gequälte Gesicht, das sie ihnen dabei darbot, hätte denken lassen können, dass sie selbst es war, die von diesem Verderben bringenden Fluch betroffen war.

„Da haben wir's. Es liegt außerhalb unserer Möglichkeiten, ihm zu helfen", hörte sie Findrac sagen. „Nachdem das jetzt geklärt ist, sollten wir uns wieder anderen Themen zuwenden. Ich dachte, dieser Kerl sollte nur seinen Bericht ablegen, nicht mehr. Haben wir nicht genug Dringlicheres zu bereden?"

Er sah sich demonstrativ um. Niemand widersprach ihm.

Was war nur der Grund, fragte Amara sich, dass Findrac Erion so sehr hasste?

4

EINTAGSFLIEGEN

F indrac sah sich um, offensichtlich zufrieden mit dem Schweigen, dass er durch seine Bemerkung erzielt hatte.

Ein Seitenblick zeigte Amara, dass es in Auric gärte, er sich aber einstweilen eine Erwiderung verbiss. Findrac jedoch schien auch darüber hinwegzugehen.

„Danke", quittierte er das Schweigen im Raum nur knapp, um dann sogleich fortzufahren, „Gut, wir haben uns jetzt alle darauf einigen können, dass uns die Einnahme der Menschenstadt in die Verteidigung und in eine Position der Schwäche gebracht hat. Aber ..." Er zog die Augenbrauen hoch und breitete die Hände aus. „... mir wurde gesagt, darum ging es ja gar nicht. Nicht um das Erreichen eines strategischen Vorteils oder eine Position der Stärke."

Wieder diese Geste. „Es sollte ein ... *Zeichen* sein."

Sie hasste ihn schon allein für die Art, wie er dieses Wort aussprach.

„Wenn dies ein *Zeichen*, gewissermaßen ein Signal war, dann frage ich mich ..." Bedeutungsvolle Pause. „... wo bleibt dann die Antwort darauf?" Er beugte sich aus der

Reihe vor, sah Auric direkt an. „Haben wir schon irgend-etwas an Unterstützung bemerkt?"

„Du meinst aus den eigenen Reihen?" Und noch immer konnte sie ihr Mundwerk nicht im Zaum halten. „Die lässt allerdings zu wünschen übrig." Genau deshalb sollte man das Reden und die Diplomatie besser nicht ihr, sondern anderen überlassen.

„Ist das normal?", kam eine Frage aus der Runde. „Da kriegt einer eine derart lange Lebensspanne in die Wiege gelegt, und prompt vergisst er alles über Zeit, Entfernungen und wie lange es braucht, bis eine Botschaft ihr Ziel erreicht?"

Beinahe wäre Amara beim Klang dieser Stimme hinten-übergekippt. Sie hatte ganz vergessen, wie herrlich trocken Slagni manchmal sein konnte.

„Natürlich … *Herr Elf,* sind die Boten unterwegs." Slagni schaffte es perfekt, die falsche Rassenbezeichnung der Menschen auch wirklich wie ein Schimpfwort klingen zu lassen. „Vielleicht auch von den anderen Rebellen-gruppen in unsere Richtung, und wir wissen es nur nicht. Ama-Ria, als Anführerin der Flamme Vanarands hat sich … *höchstselbstig* auf den Weg begeben, um ein Trüppchen von Einauges Rebellen aufzuspüren, das über Orbus oder Senphoren mit ihrem Anführer Kontakt hält."

Jetzt war es an Slagni, sich mit ihrer hageren Gestalt vorzubeugen und Findrac anzuvisieren. „Für uns schnöde Eintagsfliegen hält Einauge sich nämlich ziemlich weit entfernt im Osten auf." Für ihr trockenes unterkühltes Lächeln hätte Amara die Waldläuferin am liebsten umarmt.

Slagni wandte sich jetzt direkt an die Führungsriege der Sechzehnten um Auric. „Es ist die Botschaft von ihr zurück-gekommen, dass Einauge zögert, sich mit der Sechzehnten zu verbünden."

Auric schüttelte verwirrt den Kopf. „Und warum?"

„Tja." Slagni neigte den Kopf und ließ die Hände von

der Tischplatte auf die Oberschenkel gleiten. „Er hält dich für einen Hochstapler und Betrüger."

„Was? Warum?"

„Die erste Botschaft aus Einauges Lager lautete, er hat Zweifel, dass der Anführer der … die Botschaft lautet, der *sogenannten* Sechzehnten … wirklich der Schwarze General ist."

Ein Seitenblick zeigte Amara, dass Auric die Stirn runzelte.

Slagni nahm das offenbar als Aufforderung fortzufahren. „Er meint, da wäre jemand, der diesen symbolträchtigen Namen zwar wie ein echter verschissener Skrimarenräuber an sich gerissen hat … nicht meine Worte … weil er damit Eindruck schinden und alle hinter sich bringen will, dass er aber erst glaubt, dass es wirklich der Schwarze General ist, wenn der ihm aus seiner Skrimarenfresse persönlich in die Augen schaut. Weil so eine Skrimarenfresse kann man nicht ablegen und vor allem nicht nachmachen."

„Das hat er gesagt?" In Aurics Ton klang echte Verblüffung an.

„Joh", entgegnete Slagni knapp. „Hat sich mir irgendwie eingeprägt. Weiß auch nicht, warum." Die Waldläuferin zeigte ohne eine Spur von Belustigung die Reihe ihrer Zähne. „Man muss dieses Schätzchen doch einfach mögen, oder?"

„Er hat Einfluss", erwiderte Auric nachdenklich. „Er steht an der Spitze der größten Rebellenorganisation. Offenbar schafft er es mit dieser speziellen Art, Leute um sich zu scharen."

„Ich kann euch allen viele Nachfragen ersparen", fuhr Slagni fort, „und auch gleich sagen, dass die anderen Gruppierungen sich zurückhalten und ihre Kooperation von der Zustimmung Einauges abhängig machen."

Das war nicht das erhoffte Ergebnis.

Stille machte sich breit, in der sich nach und nach alle Blicke auf Auric richteten.

Es war Nadragír, der als Erster das Wort ergriff. „Darf ich Einauge zitieren, um darzulegen, was jetzt eigentlich von dir gefordert wird, Ninragon?“

Aurics Reaktion überraschte Amara. Er platzte heraus. Er lachte lauthals.

Sie sah, wie er sich mit der Hand über seine unrasierten, narbigen Züge fuhr. „Dem Kerl, der das gesagt hat, würde ich nur zu gerne mal tief in seine Augen schauen.“ Sein Gesichtsausdruck wurde jäh ernst. „Nur kommt das für mich derzeit leider nicht infrage.“

„Warum? Hältst du dich hier für unersetzlich … *Ninragon?*“ Findrac sprach das Wort gänzlich anders aus als Nadragír.

„Ich bin es. Noch. Weil ich, im Gegensatz zu allen anderen hier, weiß, was kommen kann. Und wie man damit umgeht.“

Wieder erlebte Amara, wie alle Auric erwartungsvoll ansahen.

„Ich habe es die ganze Zeit gefürchtet“, sagte der, „aber bis jetzt ist es zum Glück noch nicht passiert. Bisher sind die Armbrustbatterien der Kinphauren noch nicht zum Einsatz gekommen.“

„Das ist nicht richtig.“ Es war wieder Findrac, der das einwarf. „Einmal ist eine davon in den Straßenkämpfen zum Einsatz gekommen. Sie war mit Holzplanken und Schutt getarnt. Deshalb hat man sie zu spät bemerkt. Eine ganze Einheit wurde niedergemäht.“

„Deshalb waren sie in den Dschungelkämpfen in Kvay-Nan so gefährlich“, räsonierte Auric vor sich hin. „Man hat sie nicht gesehen. Und wenn man sie dann bemerkte, war auch schon die Hälfte der Einheit tot.“ Es kam Amara vor, als wäre Auric kurz in einer vergangenen Zeit versunken. „Sie lagen irgendwo mit den Dingern auf der Lauer.“ Er schreckte hoch. „Aber es braucht Zeit, sie aufzubauen. Nichts, was man mal eben so errichtet. Ich hätte welche bei der Zitadelle erwartet, aber da waren keine. Und das Hauptquartier der Bannerklingen war nie dafür vorgesehen, überhaupt verteidigt zu werden."

Auric schwieg. Und Amara kam ein Verdacht. War von Anfang an vorgesehen, die Stadt, wenn der Feind erst an sie heronkäme, aufzugeben? Auric musste ebenfalls dieser Verdacht gekommen sein, hielt sich aber damit zurück. Nicht eingeschlossen, sondern von außen angreifend war man gefährlich. War die Stadt vielleicht eine Falle für sie?

„Jedenfalls haben jetzt die Kinphauren ... oder vielmehr hat Brannaik-Var ... den Spieß umgedreht." Wieder war es Findrac, der diesen Einwurf machte. „Die Stadt nach der letzten Schlacht weit vor ihren Toren ganz aufzugeben und sich zurückzuziehen, war ein kluger Schachzug. Und jetzt sind wir die Belagerten."

Er ließ einen Augenblick vergehen, sah sich um, während sich erste Stimmen regten, bevor er dann nachsetzte. „Ich denke, es wird Zeit für eine neue Strategie. Die alte ist fehlgeschlagen. Jemand hat diese Entscheidung getroffen. Es war die falsche."

Dabei sah er Auric direkt und herausfordernd an.

Jetzt flammten die Stimmen zu einem wahren Tumult hoch. Rufe und Gegenrufe. Heftige Zurückweisungen, scharfe Anklagen, entschiedene Vertrauensbekundungen.

Amara schloss die Augen, seufzte. Es war genau zu dem gekommen, was sie alle hatten verhindern wollen. Nicht nur der Plan war infrage gestellt worden, sondern auch der Mann dahinter.

Und leider war die Wahrheit hinter diesen Anklagen unabweisbar: Es wurde immer deutlicher, dass Hugen für einen Rebellenhaufen, wie sie es darstellten, nicht zu halten war. Es würde all ihre Kräfte binden. Nach dem Auftauchen der Birgenvettern wurde das geradezu selbstmörderisch, da gerade innerhalb der Stadt deren Angriffe unberechenbar und schwer abzuwehren waren.

Je mehr Zeit verging, ohne dass sich etwas Entscheidendes zu ihren Gunsten ereignete, umso mehr würde sich der Eindruck verdichten, dass die Sechzehnte und ihre Verbündeten hier in Hugen auf verlorenem Posten standen.

Sie warf einen vorsichtigen Blick zu Auric hinüber. Der grollte finster. Unter der Tischkante hatte er seine Hände zu Fäusten geballt, dass man denken konnte, die Sehnen müssten jeden Augenblick reißen. Und es war gut, dass er seinen Blick gesenkt hatte, denn dem begegnete besser niemand.

Inzwischen saß er wieder. Verharrte so auch noch eine Zeit lang. Doch dann hörte Amara über das Stimmengewirr hinweg, wie sein Stuhl schleppend träge über den Boden scharrte. Langsam erhob er sich. Aus seiner geballten, zusammengesunkenen Haltung richtete er sich zu seiner vollen Größe auf. Die Hände an seiner Seite waren noch immer zu Fäusten geformt, doch augenscheinlich hatte er sich im Griff.

„Gut."

Das eine Wort donnerte durch den Saal. Es schlug in den Aufruhr ein, brachte allmählich die Turbulenzen zum Abklingen.

Man hätte eine Stecknadel fallen hören können, als er dann zum Sprechen ansetzte.

„Gut, ich werde hier angegriffen. Aber ich stehe zu meiner Entscheidung und zu unserem Plan. Und ich stehe zu der Verantwortung, die ich für uns alle trage." Er hob das Kinn, streckte seine Schultern. Er ließ den Worten einen Moment Zeit, bevor er fortfuhr. „Eine Entscheidung anzuzweifeln, einen Plan zu attackieren, ist einfach. Wer das tut, muss keine Verantwortung übernehmen. Es kostet ihn nicht das Geringste." So wie Amara es wahrnahm, musste er Findrac mit seinem Blick lediglich streifen. „Er nimmt keine Bürde auf sich, aber er hat auch nichts zu bieten. Es ist nur Gift, das er verspritzt, aber nichts von Wert."

Das Senken und Heben seiner Brust zeigte den tiefen Atemzug, den Auric machte. „Ich nehme die Verantwortung an. Wir kämpfen." Das letzte Wort klang im Raum nach. „Dass man dabei Hiebe abbekommt, gehört dazu. Das ist es, was man tut, wenn man sich zum Kampf *für* etwas entschließt."

Eine hohe, leicht scharf klingende Stimme schnitt hinein in den dunklen Nachhall. „Das sind gute Worte, wacker gesprochen, die niemand leugnen kann. Aber was willst du uns damit sagen? Was willst du damit erreichen?"

Diesmal sah Auric Findrac, der das gesagt hatte, gar nicht an, fuhr lediglich mit seinem Blick die Reihen ab. „Lasst uns die Entscheidung vertagen. Weil ich hoffe, dass wir Hugen lange genug halten können. Und dass in dieser Zeit positive Nachrichten von den Rebellengruppen eintreffen."

Ein erneuter Einwurf von Findrac. „Das *forderst* du von uns *ein*? Auf eine bloße Hoffnung hin? Ist das nicht etwas viel verlangt?"

Auric ließ sich nicht beirren. Seine Stimme war ruhig, seine Haltung gefasst. „Nein, ich fordere es nicht ein. Sondern ich plädiere dafür. Denn die Entscheidung darüber liegt bei euch."

Und damit zeigte sich, seit er wieder aufgestanden war, zum ersten Mal die Spur eines Lächelns auf seinen Zügen.

„Wir sind eine Gemeinschaft", sagte er. „Wir bilden den Widerstand gegen die Herrschaft einer Heerführerin, die blinden Gehorsam einfordert. Sie kämpft noch gegen das Idirische Reich, das eine Republik ist. Bisher hat sie sich nicht entscheidend durchsetzen können."

Er schaute umher. „Warum?"

Die Antwort darauf gab er gleich selbst. „In der Tyrannei liegt zwar eine schreckliche Kraft, die uns zunächst geschockt und stumm zurücklässt. Aber es gibt eine andere, stillere, weitaus stärkere Kraft, die tiefere Wurzeln schlägt und sich am Ende durchsetzt."

Sie schwiegen alle, hörten ihm aufmerksam zu. Amara konnte dennoch an den Mienen den Bruch ablesen, der quer durch die Versammlung ging.

„Als die erste Sechzehnte von der Invasionsmacht der Kinphauren geschlagen wurde", fuhr Auric fort, „zogen sich die Überlebenden zurück in die Ruinen von Sayurkaimen-Khrang. Diese Stadt ist gewaltig, riesig. Sie wurde vor Jahrhunderten, vielleicht vor Jahrtausenden von einer mächtigen Rasse errichtet."

Amara kannte diese Stadt nur zu gut. Sie nickte zu sich selbst, Auric neben ihr fuhr fort.

„Als wir dort geschlagen und gebeutelt zusammenkamen, ein Häufchen Besiegter ohne Hoffnung, fanden wir dort mächtige Bäume, die aus den geborstenen Ruinen hervorwuchsen."

Er ließ eine Pause, wartete, damit die Worte sich in die Gemüter senkten.

„Wir sind die Sechzehnte, wir sind der Widerstand gegen Kinphaidranauk. Also … wie entscheiden wir uns?"

Die Tür wurde aufgerissen, die Leute strömten heraus. Ein Schwall von Stimmen platzte zwischen den sich öffnenden Türflügeln hervor.

Beinahe wäre Erion vom ersten aufgewühlten Ansturm niedergerissen worden. Die Gemüter waren erhitzt, die Stimmung aufgewühlt.

Sie stürmten in Trauben hervor, die Stimmenchöre trennten sich in verschiedene Strömungen und verliefen sich auf dem Gang und dann in den Schatten weiterführender Korridore. Quäkend war Grolk zur Rückwand hin verschwunden, dort fand er ihn jetzt, ganz an die Mauer gedrückt. „Na, komm her!"

Wenige Nachzügler folgten jetzt noch in kleineren Gruppen nach. Choraik und Danak gingen in leisem Austausch an ihm vorbei und grüßten ihn. Slagni klopfte ihm im Vorbeigehen auf die Schulter.

Erion starrte in den Saal. Neun zählte er dort, neun plus eine. Die Wachen zu beiden Seiten des Tors schielten zu ihm hin.

Bevor sie jedoch eingreifen konnten, war er schon über der Schwelle.

Die Schritte seiner Stiefel klapperten auf dem Granit der Stufen, Grolk sprang in langen Sätzen vor ihm her. Zwei weitere rasche Schrittpaare waren hinter ihm. „He!"

Er pflückte Amara aus der Versammlung heraus, sah, wie sie sich zu ihm umwandte. Und dann die Hand zu einer Geste in Richtung der Wachen hob, während Grolk zu ihren Füßen sitzen blieb und zu ihr hochstarrte. Die Schrittpaare hinter ihm verstummten, und der Tritt seiner Stiefel blieb der einzige trockene Klang, der durch die Halle auf Amara und die Neun zustrebte.

Er wandte sich sofort an Amara, die sich von Auric weggedreht hatte. „Habt ihr noch über mich gesprochen?"

Sie fühlte sich sichtlich überrumpelt. „Kurz nur. Kaum."

„Dieser Riss! Du hast gesagt, bei mir sei was verändert. Als sei der Blitz eingeschlagen. Du hast es gesehen. Dass sich alles verwirbelt hat." Er hatte vor der verschlossenen Tür darüber nachgedacht. Und nach Zeichen der Hoffnung gesucht. „Könnte das vielleicht auch etwas Gutes sein?"

„Ja, das ist durchaus möglich. Es kann alles sein", sagte sie. Sie hatte die Stirn gerunzelt, streifte ihn jedoch nur mit ihrem Blick. „Können wir bitte später darüber reden? Ich habe jetzt anderes im Kopf. Es gibt hier Wichtiges …"

Wichtiger als sein Leben? Wandte sich jetzt auch noch Amara von ihm ab?

Er sah kurz Grolk hinterher, der jetzt weiter in die Schatten vor der Wand zwackelte, wo er vor dem von den Fenstern einfallenden Gegenlicht den Grausling entdeckte, der in die Hocke gegangen und Grolk mit kleinen Bewegungen seiner Hand und zirpenden Lauten herlockte.

Amara wollte sich schon wieder von ihm wegdrehen, Auric zu. Doch er konnte sie jetzt nicht einfach so davonkommen lassen. „Du hast von einem Schicksalszeichen gesprochen. Wie meine alte Meisterin, die Runenschmiedin." Malaiar hatte das auch. „Und was ist mit dem Orakel? Der Keil des Himmels zerbricht die standhafte Feste. Hängt das vielleicht damit zusammen?"

Über ihre Schulter hinweg sah er Nadragír. Der hatte sich jetzt bei seinen Worten langsam umgedreht und musterte ihn mit gerunzelter Stirn und unter zusammengezogenen Brauen hervor. War wohl angepisst von seiner Anwesenheit und fragte sich, was er noch immer hier machte. Und ob er ihm vielleicht wegen Kunja nachstellte, oder was?

„Die standhafte Feste? Der Keil des Himmels?"

Erion schrak auf durch diese harte Stimme. Auric hatte sich ihm ebenfalls zugedreht und seine Blicke gingen neugierig zwischen ihm und Amara hin und her.

„Das Orakel? Etwa das Kenan-Orakel?" Jetzt sah er sich von Auric einer eindringlichen Musterung unterzogen. „Ein Schicksalszeichen? Er trägt auch das Mal dieses Orakels an sich?"

„Nein, nein. Es ist bloß ein Bild, das er an seiner Zellenwand gesehen hat."

„An einer Zellenwand?" Auric runzelte die Stirn. „Hat Findrac ihn etwa ins Gefängnis gesteckt?" Er machte eine unwirsche Geste. „Darüber werden wir noch reden müssen. Aber dieses Bild? Vielleicht ist es ein Zufall, vielleicht nicht." Auric zuckte die Achseln, die interessierte Anspannung verschwand aus seinem Gesicht. Er wollte sich abwenden.

Alle wendeten sich ab. So leicht machte er es ihnen aber nicht.

Etwas blinkte im Umwenden auf Aurics Brust. Ein Ring, der das Licht von den Fenstern her auffing. Amara hatte ihm geraten, Auric selbst danach zu fragen.

„Was ist das für ein Ring, den Ihr auf der Brust tragt? Auf einen Finger passt er jedenfalls nicht." Amara hatte bei der Schlacht davon gesprochen, dass der Ring ihn nicht vor allem beschützen könne. Also vielleicht ein Talisman.

Auric hielt in der Bewegung inne, sah hinab zu seiner Brust, packte den Ring zwischen zwei Finger und hielt ihn hoch. „Das", sagte er, während er das übergroße Ding betrachtete, „ist der letzte Valkaersring. Und zwar der echte." Er schürzte die Lippen, furchte die Stirn. „Er bildet das Ankerartefakt für ein Geistwesen, mit dem ich mich verbinden kann. Die Criyvan-Anaácht haben die Valkaersringe mit den Wesenheiten dahinter als künstliche Geistkerne geschaffen."

„So kann der Feind bei all seinem bösen Trachten doch etwas Gutes bewirken."

Erion schaute über Aurics Schulter und sah, dass Nadragír jetzt nicht nur herüberschielte, sondern zu ihnen getreten war. „Diese Geistkerne haben uns, Auric, mir und den anderen Ninraé, die Inspiration zu den Genien und Familiargenien gegeben, durch die auch von Natur aus nicht zur Magie Befähigte, aber mit einem Talent Gesegnete, trotzdem Magie ausüben können." Nadragír deutete mit einem Schwenk des Kopfes auf Auric und Amara. „So wie er. Und sie. Und deine Freundin."

Jetzt wäre Erion beinahe aufgefahren. *Sie ist nicht mehr meine Freundin! Sie ist jetzt* deine *verdammte Freundin!* Doch er hielt sich zurück. Trotzdem konnte er nicht verhindern, dass er mit den Zähnen knirschte.

Nadragír bemerkte es zum Glück nicht, denn er hatte sich schon wieder abgewandt und sagte etwas zu Auric.

Da stand er nun.

Die hatten zu reden, aber für ihn hatte keiner Zeit.

Da stand er wie ein Sauertopf. Und einen Sauertopf mag keiner.

Besser, er verzog sich. „Komm, Grolk!"

Keine Antwort.

Sein Blick wanderte in die Schatten, fand ihn dort, wo er ihn zuletzt gesehen hatte. Grolk bekam von Grausling das Fell gekrault. Wenigstens einer bekam Aufmerksamkeit.

Er ging rüber, bückte sich ebenfalls runter. „Du magst ihn."

Der Grausling blickte auf, als wüsste er nicht, ob er oder der Grolk angesprochen waren. „Er mag mich."

„Trotzdem müssen wir jetzt gehen." Grolk bog den Kopf zu ihm. „Ich hoffe doch, dass er mit mir kommt."

Erion streckte ihm die Hand hin und Grolk leckte ihm die Finger. Na, das war ja wenigstens etwas.

Er legte dem Grausling die Hand auf die Schulter. Der sie zuerst ein wenig wegbog und ihn dann aber ließ.

„Wenn er *dich* mag, mag ich dich auch." Grolk mochte Findrac nämlich ganz entschieden nicht. War nicht immer auf ihn Verlass, aber meistens. An Kunja wanzte er sich noch immer ran.

Der Grausling lächelte zurück.

„Komm, Grolk!" Grolk saß einen Herzschlag später auf seiner Schulter.

Er entbot dem Grausling einen Gruß, wanderte dann entlang der Wand in Richtung des Ausgangs hin. Wollte gerade aus den Schatten hervortreten, da sah er, wie die Türflügel sich langsam bewegten.

Der Raum wurde verschlossen.

Einen kurzen Moment überlegte er.

5

HIRNGESPINSTE

W ir sind unter uns", sagte Darachel. „Also, was machen wir?"

Amara bedachte ihn mit einem Seitenblick. Sie standen dicht beisammen und Darachel schirmte sie gegen fremde Blicke ab.

Sie sah zu Auric hoch. „Du hast ihnen nicht die Wahrheit über die Gewundenen Wege gesagt."

Er zog die Augenbrauen hoch. Das Unschuldslamm gelang *ihm* nicht annähernd so gut wie anderen.

„Du hast einen Schwindel in der Wahrheit versteckt. Du hast *Wege dieser Art* gesagt. Nicht *Gewundene Wege*. Du hast aber in Wirklichkeit von *Kyprophraigenpfaden* gesprochen. Für die gilt, dass, wenn man versucht, größere Personenzahlen darüber zu transportieren, die am Ende so durch den Wind sind, dass sie erst mal einen ganze Zeit nicht mehr kämpfen können. Ob das auch für Gewundene Wege gilt, wissen wir nicht. Es ist sogar unwahrscheinlich. In der Grube der Birgenvettern hat uns einen ziemlich große Truppe über Gewundene Wege verfolgt."

„Kein Wort von Kyprophraigenpfaden!", raunte Darachel.

„Stimmt", warf Nadragír ein. „Wenn sie auch noch Kyprophraigen in die Stadt reinbringen, sind wir am Ende."

„Wenn die anderen etwas von Kyprophraigen und ihren Pfaden wüssten, würden sie Amok und Sturm gegen die Entscheidung laufen", sagte Darachel.

„Die Kyprophraigen mischen sich normalerweise in nichts ein", bemerkte Cedrach, der ebenfalls nah hinzugetreten war.

„Außer sie tun es", grollte Auric. „Weil sie es wollen. Ich hab's erlebt."

„Er hat von einer Runenschmiedin gesprochen?", warf Nadragír unvermittelt ein, und Amara sah Auric die Stirn runzeln.

Das war schnell aufgeklärt. „Er hat schon mal mit mir ...“

Eine Stimme unterbrach sie jäh. Scharf und hart widerhallend in dem jetzt beinahe leeren Raum. „Geht es schon los? Hat die Beratung der Neun bereits begonnen?"

Alle wandten sich jäh um. Findrac, wie konnte sie den nur vergessen?

Irgendwie hatte sie sich im trauten Kreis im Trupp Himmelsriff gewähnt, aber es war ja nach dem allgemeinen Kriegsrat ein Treffen der Neun angesetzt, und da gehörte er nun einmal dazu.

„Wir wollten uns gerade der vordringlichen Frage zuwenden, was wir wegen der Birgenvettern zu unternehmen gedenken", sagte Cedrach und bot Findrac seine beste Repräsentationshaltung dar. Wenn Auric nicht ganz natürlich zum Sprecher der Neun geworden wäre, hätte Cedrach bestimmt mit Darachel als dem Berater an seiner Seite einen ausgezeichneten Kopf der Sechzehnten abgegeben.

„Dieser Luftikus behauptet, wir haben es mit sieben

davon zu tun? Wollen wir dieser Behauptung etwa trauen?“, fragte Findrac.

„Es gibt keinen Grund, Erions Bericht keinen Glauben zu schenken.“

„Was haben wir gegen die Birgenvettern überhaupt für Waffen an der Hand?“

Amara spürte, wie Brucs Blick nach seiner Frage nun auf ihr lastete. Was sollte sie dazu sagen? Nach dem, was sie aus den Begegnungen mit ihnen wusste? Ihr blieb nur, mit den Achseln zu zucken.

„Meine Schutzpaten könnten ihren Schirm gegen sie nicht dauerhaft gegen drei aufrechterhalten“, warf Fianaike ein, „und es warten noch vier weitere im Hintergrund.“

„Sind sie deinen Patenwesen bekannt?“, fragte Darachel sie.

„Die Vermutung ist, dass sie Regionen des Geisterreichs entstammen, für welche die Kinphauren die Bezeichnung Mahrhöllen gefunden haben.“

„Das ist keineswegs gesichert.“

„Wir sollten alle möglichen Eingänge zu Gewundenen Wegen zerstören. Ohne lange zu fackeln. Sofort.“ Das war Findracs hohe, leicht scharf klingende Stimme. Und das war nicht besonders hilfreich.

Da kam auch schon die Entgegnung. „Alle Gebäude in Hugen, die irgendeine Beziehung zu den Kinphauren haben? Da hätten wir aber viel zu tun. Und selbst wenn es möglich wäre, danach wäre die Stadt ein Trümmerhaufen. Und wie würde uns das vor den Einwohnern dastehen lassen? Deren Stadt wir befreien wollten.“

„Wir brauchen einen Weg, einen gemeinsamen starken Bann zu erzeugen. Und dann wenden wir uns jedem einzelnen von ihnen zu. Einem nach dem anderen.“

„Glaubt jemand, dass wir diese Chance kriegen? Dass sie sich ankündigen und sich für uns in einer Reihe aufstellen?“

Die Argumente gingen hin und her. Alle möglichen Vorgehensweisen waren im Spiel. Sie hörte irgendwann nicht länger aufmerksam zu. Sie wusste, wie sinnlos die vorgeschlagenen Maßnahmen waren.

Die Stimmen verschwammen für sie zu einem einzigen Wirrwarr, der ihr die Vergeblichkeit ihrer Bemühungen nur umso ernüchternder vor Augen führte.

Nur ihr langjähriger Widersacher Gelion war bisher in direkter Konfrontation lebend aus einem Kampf mit einem Birgenvetter herausgekommen. Und – egal, was sie von ihm hielt oder wie sie zu ihm stand – er war immerhin ein Drachenspross gewesen. Welche Chance hatten dann sie gegen sieben?

Es war eine Stimme – oder vielmehr ein bestimmter Ton darin –, die sie aufmerken ließ. Sie selbst bemerkte ihn zwar, doch als sie sich umsah, erkannte sie, dass kein Ninra das tat. Weil es sich um einen Ton handelte, der Menschen eigen war, und es war eine menschliche Stimme, in der er anklang. Und weil sie diesen Menschen inzwischen sehr gut kennengelernt hatte.

„Es müsste eine Kraft sein, die ganz an den Ursprung zurückgeht. Die an die Quelle aller Magie rührt. Man müsste so etwas wie … tja, was denn? … wie ein Elmsartefakt erschaffen. Indem man einen Teil des Elmssogs als Kraftquelle abzweigt."

Sie sah Auric nachdenklich an. Der Elmssog … Immer wieder hatte sie von dieser geheimnisvollen Kraft gehört. Aber Genaues wusste sie darüber auch nicht. Auric offenbar schon.

„Hört ihm zu! Er meint das ernst." Sie kam sich komisch vor, als es heraus war. Kam sich vor wie ein kleines Kind, das trotzig mit dem Fuß aufstampft.

Das Stimmengewirr verstummte. Sie sah sich um, verwundert.

Die Blicke gingen von ihr zu Auric.

Dass sie wahrhaftig einmal für Auric sprechen musste! Vielleicht hatte seiner Stimme die übliche Autorität gefehlt, weil er eher zu sich selbst gesprochen hatte.

„Was hast du gesagt, mein Freund?", fragte ihn Darachel.

Auric wiederholte es. Diesmal klang es klarer. Er redete von der Erschaffung eines Elmsartefakts – was zur Hölle das auch immer sein mochte – und dass man dazu einen Teil dieses mysteriösen Elmssogs als Kraftquelle abspalten sollte –, aber noch immer nicht bestimmt. Eher wie jemand, der für sich selbst einer fixen Idee nachging.

„Wir wissen beide" – jetzt sah Auric Darachel direkt an – „dass der Elmssog nicht nur in uralter Zeit die Welt verändert und umgeschaffen hat, sondern dass er auch noch einmal kurz nach der Gründung einer Republik in Idirium bei Moratraneum auf die Welt einwirkte und dabei alle Erinnerungen veränderte."

„Das ist keine Wissenschaft", wandte Findrac ein, „sondern nur eine gewagte Theorie. Und sie ist äußerst umstritten. Ist das etwas, was mit euren früheren … *Forschungen* zu tun hat? Über die man ja allerhand hört."

Amara sah, wie Auric und Darachel sich anschauten. Es war Darachel, der sprach. „Die Theorie ist umstritten, weil eine gewisse Unschärfe das Ereignis umgibt. Aber gerade die kann man auch als Indiz dafür ansehen."

Darauf wusste Findrac nicht direkt etwas zu sagen.

Das gab den anderen die Möglichkeit, sich zu äußern. Und Amara lehnte sich, als sie das hörte, innerlich zurück. Hoffentlich sprach sie keiner auf das breite Grinsen an, das sich trotz der angespannten Situation auf ihre Züge stahl; das hätte sie nur in Verlegenheit gebracht.

Denn dies war einer der Momente, die sie bei den Ninraé genoss. Es gab immer wieder Umstände, unter denen ihr diese hochgeistigen, erhabenen Wesen in ihrer Begeisterung für eine Sache wie kleine Kinder vorkommen konnten.

Wieder war es Darachel, der all diese Fragmente der Faszination und Begeisterung in eine klare Form brachte. Dabei tippte er mit dem Finger rhythmisch gegen sein Kinn. „Es hätte eine gewisse Folgerichtigkeit, sich gegen solche Mächte wie die, gegen die wir hier stehen, eine Kraft zu Diensten zu machen, die schon einmal in einer solchen Zeit der Krise, nach den Frühen Feuerkriegen, die Welt veränderte und die direkt an die Quellen des Ursprungs der Magie greift."

„An den Ursprung zurück … Die Quelle aller Magie …" Die Worte wanden sich leise aus dem Hintergrund hervor, beinahe wie der Singsang einer Melodie.

„Was meinst du, Nadragír?"

Der schreckte aus seinen Gedanken auf, sah Auric an. „Du sprichst vom Funken vor der Form. Vom Funken im Spalt des fliehenden Moments."

„Der Elmssog? Der Ausfluss purer Schöpfungskraft?" Es war Bruc, der das mit ernster Miene vorbrachte. „Aber ist das nicht auch extrem gefährlich? Können sterbliche Wesen eine derartige Macht überhaupt beherrschen?"

„Deshalb", erwiderte Auric, „habe ich auch von einem Artefakt gesprochen." Es lag dabei ein Glitzern in seinen Augen, wie Amara es bei ihm noch nicht beobachtet hatte.

„Ein Artefakt? Was soll das sein?"

Auric sah nicht einen direkt an, vielmehr blickte er leicht über ihre Köpfe hinweg. „Wie wäre es, nicht auf die gesamte Macht des Elmssogs zuzugreifen, sondern davon nur etwas, einen kleinen Teil, abzuspalten und sich nutzbar zu machen. Was immer mit Hugen geschieht, am Ende brauchen wir eine Waffe gegen die Birgenvettern."

Der eigentümliche Blick und dessen Richtung blieben für einen Moment lang bestehen. Dann brach diese seltsame Stimmung, die Auric gefangen hielt, in sich zusammen.

Er wandte sich wieder direkt an die Runde, und er war wieder der Alte. „Ich muss aber zugeben, dass es für diesen

Gedanken, so reizvoll ich ihn finde, keinerlei Chance auf Umsetzung gibt. Es ist einfach eine Schnapsidee. Ein reines Hirngespinst."

Beinahe glaubte Amara, sich schütteln zu müssen, um sich von der befremdlichen Wirkung des Einblicks zu befreien, den sie soeben von Auric erhascht hatte. Während sie aber umhersah, bekam sie beinahe den Eindruck, dass dieser Gemütszustand ansteckend sein musste.

Auch Nadragír starrte noch immer geistesabwesend ins Leere, auf seinen Zügen ein Ausdruck vager Faszination. *Hat die alle der Hafer gestochen?*

„Denn wie soll das gehen?", sprach Auric jetzt weiter. „Mit den Mitteln, die uns zur Verfügung stehen? Schließlich sind wir, wie Bruc uns zu Recht erinnert hat, alles andere als Götter."

Sie hörte zwar Aurics Worte, doch sie musste noch immer Nadragír anschauen. Der war ja wirklich in einer anderen Welt. Sein Blick wurde leer, seine Stirn krauste sich, seine Miene wurde grüblerisch. Er schien nichts von dem, was um ihn herum vorging, länger wahrzunehmen, während die anderen heftig weiterdiskutierten, eine Möglichkeit um die andere aufgriffen und wieder verwarfen.

Es hatte für sie keinen Zweck, dem Austausch, der zwischen ihnen ablief, folgen zu wollen. Die Art, wie die Ninraé ihre Magie praktizierten und darüber sprachen, war ohnehin zu hoch für sie. Drei Sprachen, die miteinander verwoben waren und mithilfe derer sie die Sachverhalte und Beziehungen darstellten … du lieber Himmel! Dagegen war ja der alte Magister Kovinder mit seinen Kategorien und Tabellen der reinste schlicht gestrickte Simpel.

Es war eine einzelne Stimme, die ihre Aufmerksamkeit wieder auf sich zog. Sie kam von jenseits des Knäuels der allgemeinen Diskussion.

„Vielleicht sollte man diesen Gedanken doch nicht allzu schnell verwerfen."

„Was? Welcher Gedanke? Was meinst du, Nadragír?"

„Ich meine diese Sache mit dem Elmsartefakt. Vielleicht sollten wir diese Idee trotzdem weiterverfolgen."

„War das nicht längst vom Tisch?" Es war Bruc, der das Nadragír entgegenhielt. „Es ist eine Idee, die etwas an sich hat. Aber sie ist ein Höhenflug, der keinerlei Chance auf eine praktische Verwirklichung hat. Es gibt dabei unzählige Hürden. Grundsätzliche und praktische. Nur eine davon … ich nenne als Beispiel nur mal diese … eine davon wäre, wenn es tatsächlich gelingen würde, eine solche Kraft zu erschaffen oder … *abzuspalten* …" Der Blick seines ernsten Gesichts musterte Nadragír streng. „… wie soll man es dann anstellen, diese Kraft danach auch zu binden? Sie zu fassen und irgendwie in den Griff zu bekommen, damit sie nicht einfach regellos zerfasert und möglicherweise nur noch größeren Schaden anrichtet." Bruc schüttelte den Kopf. „Dazu müsste man schon ein … ein Ankerobjekt schaffen, das mächtig genug ist, die Kraft eines solchen … *Elmsartefakts* auch zu meistern und zu beherrschen. Und was sollte das sein? Wer sollte es erschaffen?" Wieder schüttelte er den Kopf, wandte sich ab. „Zu so etwas ist niemand in der Lage. Ich wüsste jedenfalls nicht, wie das gehen sollte."

Seine Worte verklangen in der Weite der nun fast leeren Halle.

„Es geht." Hart schnitt eine Stimme in die Stille hinein. „Es geht tatsächlich. Es ist möglich. Man kann so was erschaffen."

Amara wandte sich um, zum Ursprung der Stimme hin. Mit ihr auch die anwesenden Ninraé.

Aus den Schatten der Säulen nahe des Eingangs trat Erion hervor. Seine Augen glitzerten beinahe wie im Fieber. Sein seltsames Tier hatte sich zu seinen Füßen auf seine Hinterbeine aufgerichtet.

6

DER SCHILDKREIS

Was macht der denn hier?"

Erion hatte es nicht länger im Schatten der Säulen ausgehalten. Er hatte einfach reden müssen. Es musste raus.

Klar sah man sich nach ihm um, als er so plötzlich auf der Bildfläche auftauchte, als steckte einer den Kopf durch einen Riss im Gemälde. Und der Erste, dessen Gesicht für ihn aus der Versammlung hervorstach, war ausgerechnet Findrac.

Der schnaubte vor Wut. „Bringt den Kerl raus, sofort! Warum ist der überhaupt noch hier?" Findrac wandte sich in Richtung des Eingangs. „Wachen!", schrie er, und noch einmal, „Wachen!"

Von draußen vernahm man Geräusche. Die Türflügel öffneten sich, zuerst nur einen Spalt.

„Nein, halt! Das, was …" – wie hieß der noch gleich? – „… was Bruc da gesagt hat, das geht tatsächlich. Es ist möglich. Man kann so etwas schmieden. So ein … Artefakt kann tatsächlich geschaffen werden."

Die Wachen erschienen in der geöffneten Tür, schauten sich um, erfassten ihn.

„Bringt diesen Kerl hier raus!", rief Findrac in ihre Richtung. „Umgehend!"

Die Wachen kamen mit schwerem Schritt auf ihn zu. Mit grimmiger, entschlossener Miene. Grolk knurrte sie an.

„Nein, wartet! Halt!"

Es war Auric, der gesprochen hatte. Er hielt in Befehlsgeste den Wachen die Hand entgegengestreckt.

„Nicht so schnell", sprach Auric weiter. „Lasst ihn reden."

Die Wachen hielten vorerst an, sahen sich verwirrt um.

„Ihn reden?" Es war Findrac, der das erwiderte. „Was soll er denn schon sagen? Man kann so etwas erschaffen? Woher will er das wissen? *Schmieden* kann man das also?" Das Wort kam höhnisch. „Was hat dieser halbe Sonstwas denn für einen Ahnung vom Schmieden?"

Dieser Mistkerl! „Ich wenig. Aber meine alte Meisterin Dunjak-Dhar, die hat davon eine ganze Menge."

„Ach, macht sie unterm Berg für die Zwerge die Äxte und Schilde?" Findracs Stimme triefte vor Hohn. Grolks Knurren wurde zu einem Fauchen.

„Ich weiß nicht, von was für ... *Zwergen* du redest, Elf!" Findrac zuckte unter der Menschenbezeichnung förmlich zusammen. Nicht, dass er das nicht bezweckt hätte. „Aber sie wirkt Runenmagie und fertigt in ihrer Werkstätte allerlei Artefakte, in die sie Banne hineinwebt."

„Mag sein, mag auch nicht sein. Aber was hat das mit uns zu tun?" Findrac wandte sich an die Wachen. „Und warum habt ihr ihn nicht schon längst hier rausgeschleift?"

Die Wachen traten unruhig auf der Stelle.

„Weil ich sie angewiesen habe, zunächst einmal zu warten", kam es von Auric. Der wandte sich jetzt Erion zu. „Was ist es genau, was du uns hier vorschlagen willst?"

Erion war auf der Stelle stehen geblieben, ignorierte

jetzt Findrac und die Wachen und sah allein Auric und die Ninraé hinter ihm an.

„Ihr braucht ein Artefakt, um eine Kraft zu binden und zu meistern? Wie wäre es dann mit einem Ring? So wie Ihr ihn tragt, Ninragon." Nahm er es ihm übel, wenn er ihn so frei mit diesem Namen ansprach? „Die Runenschmiede von Kharnuk-Bragha, sie schmieden solche Ringe." O ja, und üble Ringe dazu. Einer davon hatte seine Mutter drei Finger ihrer Hand und am Ende vielleicht das Leben gekostet. „Meine Meisterin Dunjak-Dhar ist eine Firimduerga und die Beste darin, wenn es um die Kenntnis solcher Runenbanne geht und wenn es gilt, solche Banne auszufeilen und nachhaltig an Objekte zu binden."

Da war es heraus, zum Guten oder zum Schlechten. Er musterte sie, wartete auf eine Antwort der Ninraé.

Doch es war Amara, die sich als Erstes äußerte, vortrat und sich an Auric und die Ninraé wandte. „Ich habe schon einmal mit ihm über diese Runenschmiedin gesprochen, bei der er in der Lehre war. Von … *Runenschmieden* hatte ich vorher noch nie gehört. Aber es gab die fünf Schmiedemagier Lygarniens. Die sind mir bekannt, und die müssten euch allen ein Begriff sein. Vermutlich haben sie in alten Zeiten von den Ninraé gelernt. Und vielleicht nicht nur sie. Es liegt einiges im Nebel der alten Zeiten, was durch den Pakt eurer Rasse vergessen wurde. Die Ninraé hatten selbst vergessen, dass sie in der Lage waren, Magie zu weben, und mussten das erst mal wiederentdecken und sich diese Fähigkeiten zurückerobern. Vielleicht würde so etwas, wie Erion vorschlägt, auch ein Anknüpfen an eine alte, vergessene Tradition bedeuten. So was wie eine neue Art der Auferstehung."

Erion sah, wie die Blicke der Ninraé von Amara zueinander hingingen, wie sie sich nachdenklich ansahen. Er fing den Darachels auf, der zu ihm wanderte, dann nachdenklich zunächst ins Leere streifte, bevor er wieder die anderen ansah.

„Was für ein ausgemachter Haufen Blödsinn!" Findracs Züge zeigten eine kalte Maske des Zorns. Er schaute zu Auric, Amara und den Ninraé, funkelte dabei aber gleichzeitig Erion immer wieder mit wütenden Seitenblicken an.

„Es ist ein himmelschreiender Unsinn, zu erwarten, dass wir von einer Seite, die im gegnerischen Lager steht und uns nachweislich feindlich gesonnen ist, Hilfe erfahren sollen." Findrac drehte sich um seine Achse, wandte sich, statt beide Seiten im Blick zu halten, jetzt allein Amara und den Ninraé zu. „Außerdem … seine *Meisterin*? Wer ist sie denn? Eine Firimduerga? Warum sollten sie zu so etwas in der Lage sein, wie er behauptet? Wer sind die Firmduerga? Ein eher untergeordneter Stamm der Duerga, der sich als Schmiede für den Rest ihrer Rasse, für ihre Waffen und Rüstungen, als ganz geschickt erwiesen hat. Was haben die mit Magie zu tun, und wie sollten die damit umgehen können?"

Da stand Findrac in all seiner Selbstgerechtigkeit und wartete nur darauf, dass die Ninraé seinem überlegenen und zwingenden Urteil zustimmten. Was für ein Widerling!

„Du hast nicht die geringste Ahnung." Es war heraus und es konnte nicht mehr zurückgehalten werden.

Er war bis auf ein paar Schritte an Findrac heran, der sich ihm fassungslos ob des unverhofften Einspruchs zuwandte. Ninraébleich, bleicher, am bleichsten.

„Du drischst einfach wild drauflos ohne jedes Wissen, nur weil dir etwas nicht in den Kram passt."

Ja, da kannst du gucken, wie?

„Mein Vorschlag soll Unsinn sein? Warum? Weil ich nur ein halber … *Sonstwas* bin? Weil ich dadurch für dich rein von Geburt her schon als unwissend gelte?" Das Gesicht, das Findrac machte … Es reizte ihn, er konnte nicht dagegen an. „Ich muss jetzt doch mal nachfragen … Du meintest halber Ninra, oder? Oder meintest du etwa ein halber Arschwisch von einem *Menschen*?" Er streckte, während er Findrac ansah, den Arm aus, deutete blind in die Richtung der restlichen Versammlung. „Ihr habt zwei Adamainraé unter euch. Greifst du die etwa auch an?"

„Ja, das tut er allerdings", kam Aurics Stimme aus dem Hintergrund.

Er und Findrac aber starrten sich bloß in die Augen. „Da stellt sich die Frage, warum? Weil dir ihre Argumente nicht behagen? Oder etwa, weil sie eben nur … Menschen sind?"

Findrac blieb ihm eine Antwort schuldig, nur seine zu einer bleichen Maske erstarrte Miene sprach Bände.

„Um was geht es dir eigentlich? Ich meine, so im Grunde?" Er sah es bei seiner Frage in dieser Maske zucken. „Großartig! Du hast den Drachen gesehen, und der hat dir eine Entscheidung abgenötigt, ob du dich aus der Welt zurückziehen oder dich weiter für ihre Belange einsetzen willst." Das war der Punkt gewesen, an dem Findrac auch gestanden haben musste. Er musste die Vision des Alten Drachen Anaudragors gehabt haben.

„Was waren dabei denn deine Beweggründe? Für die Rechte der jungen Völker zu kämpfen und sich schützend als Barriere vor sie zu stellen, wider eine Herrschaft der Drachenerbin?"

Findrac stand weiterhin starr wie eine Bildsäule.

Ihn aber trug eine heiße Welle des Zorns und der Erbitterung immer weiter „Oder konntest du einfach nicht vom Getriebe und Räderwerk der Welt ablassen? Brachtest du es einfach nicht fertig, es deinen Händen entgleiten zu lassen? Weil es dir in den Fingern juckte. Weil du einfach weiter mitmischen musstest."

Ihrer beider Gesichter waren jetzt etwa einen Schritt weit voneinander entfernt.

„Du nimmst dir etwas viel heraus", sagte Findrac in eiskaltem Ton. „Du spielst mit etwas, das du lieber nicht anrühren willst."

So kam der ihm? „Ich *spiele*? Du bist es doch, der sie liebt.“

Plötzlich, ganz unerwartet, erstarrte dieses Gesicht vor ihm zu einer Miene, die er bei ihm noch nicht gesehen hatte. Eine Maske, hart, doch ohne jede Selbstsicherheit. Der Ausdruck verschwand so schnell, dass Erion schon glaubte, er hätte sich ihn eingebildet.

„Du liebst sie doch gerade, diese Spiele!“, setzte Erion erneut an. Es war eindeutig, und Findrac musste sich bewusst sein, was er meinte. Findrac hatte bei den Kämpfen die Einheit zurückgehalten, in die er ihn gesteckt hatte, ungeachtet dessen, wie das den Ausgang ihres Feldzugs beeinflussen konnte. „Du spielst sie allein für dich und vielleicht noch ein kleines bisschen für deine Rasse.“ Darauf lief es nämlich immer bei ihm heraus. „Weißt du, was du bist?“

Eine Antwort hatte er auch gar nicht erwartet.

Er sagte es Findrac ins starre, ausdruckslose Gesicht. „Du bist ein selbstsüchtiger, kleiner Dreckskerl. Du bist ein intriganter Machtspieler und Rassist. Du bist jemand, der eine Macht besitzt, die du nicht im Geringsten verdienst.“

So, da war es heraus! Mehr gab es nicht zu sagen. Er blieb zurück, vielleicht ein wenig atemlos und seltsam leer im Kopf. In der Brust pochte ihm heftig sein Herz.

Sonst war es still. Mehr spürte er sie im Hintergrund stehen, als dass er über Findracs Schulter hinweg nach ihnen ausspähte.

Niemand klatschte. Aber sie standen hart davor.

Die Stille zog sich.

Findrac erwachte aus seiner Starre jäh zum Leben.

„Wachen! Wachen!“, brüllte Findrac an ihm vorbei. „Führt ihn endlich ab! Worauf wartet ihr noch?“

Erion schaute sich nicht nach ihnen um. Er hörte nichts von ihnen, es konnte aber gut sein, dass es in Grolks Fauchen und Knurren unterging.

„Schafft ihn hier raus!", brüllte Findrac weiter an ihm vorbei. Sein Speichel flog. Auch reinblütige Elfen hatten Speichel, und der war nicht makellos silberfarben. „Schafft ihn nicht nur vor die Tür. Packt ihn, nehmt ihn fest und werft ihn in den Kerker!"

Es knisterte irgendwo, fein blitzend am Rande seines Blickfelds.

„Findrac …", kam eine Stimme hinter dessen Rücken.

Der Mistkerl wandte sich um, bot Erion erst seine Schulter und Profil, dann seinen Rücken dar.

„Interessiert mich nicht!", schrie Findrac mit einer Stimme, die kaum noch Klang, nur noch schneidender Stahl war. „Interessiert mich alles nicht!" Wieder eine jähe Wendung. Erion sah sein bleiches, doch zornglühendes Gesicht. „Los, schafft ihn weg!", schrie er die Wachen an. „Oder wollt ihr euch über meinen Befehl hinwegsetzen?"

Jetzt sah Erion deutlich, woher das Knistern kam. Es lief Findracs Unterarme zu seinen Fingern entlang.

„Findrac?", kam von hinter ihm erneut die mahnende Stimme. „Hier in dieser Halle?"

„Überall!", brüllte Findrac, ohne sich umzuwenden. „Es ist mir egal! Es ist mir vollkommen gleich!"

Mit seinen Herzschlägen, die er mit Findracs schwelendem Schweigen wieder hörte, kamen die Tritte der Wachen, doppelte Schrittpaare, wie ganz zu Anfang.

Beidseitig wurde er bei den Armen gefasst, und er sah an ihnen herab, bevor er sich umwandte. Eine der Wachen legte den Kopf schräg, eine Geste, die einem Schulterzucken nahekam. Richtig, was konnten sie schon machen? Sie trugen keine Schuld daran.

Er seufzte, warf nur noch einen letzten Blick zurück, bevor er sich dann von ihnen abführen ließ. Nicht zu Findracs Seite, nein, über die andere Schulter.

Er fand dort Amara, die ihm nachdenklich nachblickte.

Die anderen Ninraé standen wie eine Wand, Auric an

ihrer Spitze, sein Blick in Findracs Richtung. Seiner Haltung nach hielt er die Fäuste geballt.

Sie kamen an Grolk vorbei, der auf die Hinterbeine gehockt dasaß und erst aufhörte zu fauchen, als sie ihn mehrere Schritte hinter sich gelassen hatten. Dann kam er allerdings an ihre Seite geeilt und schielte an einer der Wachen vorbei zu Erion hoch.

Sie führten ihn über die Schwelle und hinein in den Korridor.

Leise vernahm er noch eine Stimme aus der Tiefe des Saals. Dem Klang nach vermutete er, es war die von Darachel. „Was die meisten über die Firimduerga denken, ist nicht so ganz richtig …"

Dann fiel die Tür zum Versammlungsraum hinter ihm ins Schloss.

7

—————

DER KÜBEL

Wieder saß er in der kalten, schlampig gestrichenen Zelle und starrte die Wand an.

Die Hände hatte er um seine angezogenen Knie geschlungen. Grolk saß irgendwo unter der Pritsche.

Mit jedem wütenden Herzschlag hatte er das Gefühl, dass ihm in dessen Takt sein Leben davonlief. Dass es ihm entschwand, dass ihm die wertvollen und knapp abgemessenen Glocken- und Dochtspannen – von Tagen wollte er gar nicht erst reden – zwischen den Fingern zerrannen, ohne dass er etwas Sinnvolles damit anstellen konnte. Ohne dass er in der Welt etwas hinterlassen konnte, was von Wert war. Ohne dass sein flüchtiges Leben irgendeine Bedeutung hatte.

Hohe Ziele hatte er gehabt. Die dunkle Herrscherin stürzen, die Eindringlinge aus den Ländern der Menschen vertreiben. Puh! Den Mantel der Grauen Schar tragen. Nun, den hatte er immerhin errungen. Aber es hatte sich herausgestellt, dass der einen feuchten Kehricht wert war.

Er war gut dazu, um sich darin in einem klammen, zugigen Kerker gegen die Kälte der Nacht einzuwickeln.

Ja, sicher, und ein Schicksalszeichen trug er. Toll! Was brachte ihm das ein? Ein Schicksalszeichen – er starrte gerade auf eins.

Denn er konnte seinen Blick nicht von der primitiven, wahrscheinlich mit einer Gürtelschnalle in die schmutzige Farbschicht der Wand geritzten Zeichnung nehmen: eine leicht hügelige Landschaft mit einem Turm darin, in den der Blitz einschlug. Das Bild zum Kenan-Orakel. *Der Keil des Himmels zerbricht die standhafte Feste.*

Ja, er kannte jetzt die Bedeutung. Und ihm war gesagt worden, dass es nicht nur ein verdammter Blitz war, der das Gemäuer, in dem einer ohnehin schon tief in der Scheiße saß, zu Trümmern zersemmelte, sondern dass dieses Bild, oh, man staune, auch noch einen positiven Aspekt in sich trug.

Wen wollte man damit eigentlich verarschen? Ihn, der er hier eingebuchtet saß, weil er es gehörig verbockt hatte? Den Hintern auf hartem Holz, das ihm das Rückgrat schlimmer zurichtete als eine Nacht in der Wildnis? Ohne Freunde weit und breit? Die durfte er laut Verdikt nicht mehr sehen. Oder sie waren in Stücke gehauen worden. Selbst von seiner alten Freundin aus Kindertagen, die ihn schon gekannt hatte, als sie beide grade nicht mehr in die Windeln gekackt hatten, war er verlassen worden!

So sah es aus, wenn man das Glück gepachtet hatte.

Er saß im Karzer, und der Blitz kam bestimmt. Darauf konnte er Gift und Galle nehmen.

Auric war verwundert gewesen, als er hörte, dass Findrac veranlasst hatte, dass er ins Gefängnis wanderte. Darüber würde er noch mit Findrac reden müssen, hatte er gesagt. Allzu ernst hatte er das ja nicht gemeint. Denn er saß schon wieder hier. Na, vielleicht war anderes wichtiger gewesen. Wichtiger als sein Leben.

Er stöhnte. Der Atem entfuhr seinen Lippen und gerann

zu einem Wölkchen. Während draußen schon der Frühling Einzug gehalten hatte.

Er fluchte wortlos zwischen zusammengebissenen Zähnen hindurch.

Unter der Pritsche fauchte Grolk verstört auf.

Was hatte er da nur getan? Was hatte er sich dabei gedacht? Zu was hatte er sich da nur hinreißen lassen?

Das hatte er ja mal so richtig voll im Griff gehabt!

Aber es hatte einfach rausgemusst. Dieser hochedle, reinblütige Stutzer, der glaubte, er könnte sich alles erlauben! Sonst wäre er dran erstickt.

Und der Gedanke, diese Idee, die hatte auch rausgemusst. Denn es war eine gute Idee. Das spürte man. Es kam zusammen, es kam richtig. Nur hatten die ihm keine Gelegenheit gegeben, es zu erklären. Sie hatten ihm nicht die Zeit gewährt, um ihn anzuhören.

Nur wegen Findrac.

Das konnte nicht sein!

Mit einem heiseren Schrei sprang er auf und war schon bei der Zellentür.

Er hörte den Laut, mit dem Grolk hochschreckte, und das Scharren der Krallen, mit dem er sich tiefer unter die Pritsche verzog. Mit beiden Händen hatte er die Gitterstäbe gepackt, die in das quadratische Fenster der Tür eingelassen waren.

„He, he!" Er versuchte, schräg durch die Öffnung in den Gang zu schielen. „Lasst mich hier raus! Ich will vor den Rat! Der Rat soll mich hören!" Er rüttelte an den Gittern, dass die Tür in ihrer Fassung ruckelte und schlug. „Es ist wichtig, verdammt noch mal! Es ist wichtig für uns alle! Für den ganzen verdammten Widerstand gegen die Kinphauren. Für Hugen und den ganzen verfluchten Rest!"

Irgendwo ging eine Tür auf.

Na bitte!

„Gibst du jetzt endlich Ruhe! Dieser Lärm nützt dir gar nichts."

„Ich will vor den Rat! Es ist wichtig! Es ist, verdammt noch mal, lebenswichtig."

„Vor den Rat? Ja, sicher. Jetzt. Zu nachtschlafender Zeit."

Stimmt, der Rat hatte längst aufgehört zu tagen.

Es rumpelte den Gang runter, dort, wo die Tür sein musste. „Was ist los?" Eine zweite Stimme.

„Ach, das Spitzohr mit dem Ring durch die Nase macht Ärger."

„Verpass ihm eins und gut ist."

„He." Er streckte die Hand und den Unterarm zwischen den Stäben durch. „Ich mein das ernst. Ohne Scheiß. Lasst mich mit einem Angehörigen des Rings der Neun sprechen. Die werden das verstehen. Die werden mit mir reden wollen." Ja, genau. Die waren auf seiner Seite. Hatten die ihm nicht stillschweigend zugestimmt, als er Findrac runtergeputzt hatte? Hatte er ihnen nicht aus der Seele gesprochen? Die hatten doch sicher verstanden, worum es ging. Auric, Nadragír, die hatten darüber geredet. Die mussten drauf anspringen. „Gebt einem der Neun Bescheid."

Er hörte ein grimmig amüsiertes Aufbellen. „Ja, sicher. Wir reden auch ständig mit denen vom Ring der Neun. Neulich sag ich noch zu Darachel, Darachel, wir zwei müssten mal wieder so richtig einen saufen gehen."

Der andere lachte trocken auf.

„Aber ihr könnt ihnen eine Botschaft schicken. Die werden froh sein, dass ihr einen von ihnen verständigt habt. Die werden euch dankbar sein."

„Komm, lass ihn doch verhungern", hörte er die zweite Stimme sagen.

Der trockene Rumms, mit dem die Tür sich schloss, hallte von den Gangwänden wider.

Das gibt's doch nicht!

Er rüttelte an der Tür, schrie das vergitterte Loch in der Tür an. Aber nichts geschah. Er sah sich um.

Viel zum Zerlegen oder Krawallmachen gab es in der Zelle nicht. Er konnte die Pritschenbretter aus der Verankerung rausreißen. Sonst war da nur der Kackeimer. Und das war im wahrsten Sinne des Wortes eine Scheißidee. Mit Jauche hatte er heute schon genug um sich geworfen.

Er versuchte es mit den Pritschenbrettern, aber die waren so solide mit sechs dicken Schrauben verankert, dass er sich daran die Zähne ausbiss und anschließend erschöpft und mit rasselndem Atem darauf zusammenbrach.

Eine zweite Runde Wüten führte auch zu keinem Ergebnis.

Schließlich sackte er frustriert auf seiner Pritsche zur Seite, während Grolk darunter rhythmisch schnarchte, und dämmerte erschöpft weg.

„He! He, du! Hoch da!"

Er wurde durch ein Poltern an der Tür geweckt.

Steif und schlafträge kam er hoch. „Ja, was ist? Verhungern lassen geht auch ohne Lärm."

„Hast du jetzt auch noch freche Sprüche?"

Was hatte er denn sonst noch?

Grolk war, während er schlief, auf die Pritsche geklettert und hatte sich in seine Kniekehle eingerollt. Er streckte jetzt verdattert den Kopf hoch.

„Komm hoch und bring dich in Fasson!"

„Wieso? Was ist?"

Hinter den Gitterstäben zeigte sich undeutlich ein von einer Flamme unstet beleuchtetes vierschrötiges Gesicht.

„Stell dir vor, dein Wunsch wird dir gewährt. Deinem Begehr wird stattgegeben."

Jetzt saß er gerade da. „Was?"

„Ja, richtig, du Leuchte. Du *wolltest* doch mit einem der Neun reden. Du *kannst* mit einem der Neun reden. Und stell dir vor, er kommt sogar persönlich zu dir, hier in deine bescheidene Klause."

Tatsächlich? Es gab also doch noch Wunder. Er zog sich den grauen Mantel um die Schultern gerade, den er sich zum Schlafen halb um den Leib gewickelt hatte.

Nur gut, dass er den Kackeimer nicht umgetreten hatte.

Er stand auf, nahm Haltung an, während der Schlüssel sich im Schloss drehte. Die Tür öffnete sich auf ihn zu, das Gesicht des Wärters erschien hinter dem Türblatt. Kurz schaute er noch einmal zur Seite in den Gang, wandte sich dann an ihn. „Du benimmst dich, ja? Ich muss nicht meinen Kumpel dazu rufen? Ich meine, du willst deinen Besuch nicht gefesselt empfangen, oder?"

Er schüttelte den Kopf. „Nein." Warum sollte er?

„Gut." Der Wächter kam mit seinem Licht hinter dem Türblatt hervor, öffnete die Tür ganz, um den flachen, runden Kerzenhalter mit dem Tragering auf dem Boden der Zelle abzustellen. Er warf ihm dabei argwöhnische Blicke von unten zu, als traute er dem Frieden nicht recht.

Rückwärts trat er wieder aus der Zelle, die Hände vor dem Bauch gefaltet und verneigte sich zur Seite. „Er ist bereit, Euch zu sehen."

Ja, und wie er das war! Ein Stein fiel ihm vom Herzen. Einer der Neun kam, um ihn anzuhören.

Dann trat der Wärter einen Schritt zurück zur gegenüberliegenden Wand, und der Schatten des Besuchers glitt darüber, bevor seine Gestalt dann im Rahmen der Türöffnung erschien.

Erion musste blinzeln, um ihn im Schein der flackernden Kerze zu erkennen. Dann tat er das allerdings.

„Du?"

„Was? Wen hast du denn erwartet?", fragte Findrac und trat in die Zelle.

„Hast du die Zunge verschluckt oder ist dir die Spucke weggeblieben?" Findrac sah ihn an, war gerade so viele Schritte von der Zellentür entfernt stehen geblieben, dass der Wärter sie hinter ihm verschließen konnte. Erion hingegen war so weit zurückgewichen, dass er die Kante der Pritsche in seiner Kniekehle spüren konnte.

Und Grolk hörte er. Denn der fauchte und knurrte wieder.

„Oder habe ich das falsch verstanden, dass du etwas Wichtiges zu sagen hast?" Ein Lächeln umspielte Findracs Lippen, das vom flackernden Kerzenschein von unten her zu etwas Dämonischem verzerrt wurde.

Er konnte es nicht fassen! Sollte so seine letzte Hoffnung zerplatzen? So, wie ihm auch vorher schon alles zwischen den Fingern zerronnen war? Setzte sich diese Kette einfach nur gnadenlos immer weiter fort?

„Du wolltest mit einem der Neun reden", sprach Findrac jetzt erneut. „Nun, ich bin gekommen, um dich anzuhören." Er breitete seine Hände aus. „Hast du mir jetzt denn nichts zu sagen? Im Versammlungsraum gab es immerhin so einiges, was du dir von der Seele reden musstest. Vielleicht nicht ganz so viel zu diesem Thema, aber immerhin." Er neigte ihm den Kopf zu, legte die Stirn in Falten. „Ich vermute doch, es geht darum, dass du deinen Vorschlag mit dieser Runenschmiedin näher erläutern willst." Einladend hob er beide Hände. „Also, nur zu! Ich höre." Es lag sogar ein ermunterndes Lächeln auf seinen Lippen.

Grolk schnarrte nur noch leise und beständig.

Erion konnte nicht weiter zurückweichen. Die Zelle hatte nur einen winzigen Schlitz unter der Decke als Fenster. Er hatte keine Waffen. Er schielte zum Kackeimer rüber.

„Du willst es zu Ende bringen?", sagte er. „Hier in der Zelle, wo es keine Zeugen gibt?"

Wieder flackerte ein Lächeln um Findracs Lippen hoch. „Nun, im Gegensatz zu dem, was du vielleicht vermutest, bin ich tatsächlich nur hier, um dir zuzuhören. Mein Ohr ist es also, an das jener Vorschlag gelangt, den du den Neun unterbreiten wolltest."

Erion musterte ihn, versuchte, zu erkennen, ob Findrac das wirklich ernst meinte, was er da sagte. Aber wenn ja, was änderte das? Wenn es ausgerechnet allein Findracs Ohr sein würde, an das die kühne Idee, die ihm im Versammlungssaal so wahr und richtig erschienen war, jemals gelangen würde? So wahr und richtig, dass er einfach aus dem Schutz der Schatten hatte heraustreten müssen.

Es hatte einen dumpfen Rumms gegeben, begleitet mit einem metallischen Dong, als der Steinbrocken, den er durch seine Rettungsaktion des Grolk ausgelöst hatte, den Schädel von König Morlugh mit dem Kronreif darauf getroffen hatte.

Manche Dinge ließen sich einfach nicht aufhalten. Sie waren unvermeidbar und ihre Folgenkette unaufhaltsam, wenn sie erst einmal in Gang gesetzt wurde.

Es blieb ihm also nichts weiter zu tun, als diesen vorbestimmten Weg bis zum Ende zu gehen. Auch wenn der in den Zermalmer führte.

„Ja? Ich höre."

Erion hob den Kopf, sah Findrac wieder an, sah abwärts zur Seite auf den knurrenden, rasselnden Grolk und ging in die Hocke. „Still, Grolk. Nicht knurren." Er strich dem Tier über den Kopf, das ihn vertrauensvoll aus schmutzig-gelben Augen ansah. „Lass es! Es ist gut."

Das war es nicht, aber unausweichlich.

Langsam erhob er sich, schaute wieder Findrac an, der ihm mit einem Ausdruck von Langmut – oder auch geduldig sicherer Unbarmherzigkeit – in die Augen sah.

„Es ist so", begann er und musste sich räuspern, weil seine Stimme tonlos klang, „dass ihr, um die Birgenvettern zu besiegen, eine Kraft beschwören wollt, die mächtig, frei und unberechenbar ist und die ihr irgendwie zu fassen kriegen müsst. Bruc schlug vor, dass man dazu ein Ankerobjekt schaffen könnte, um sie zu fassen und zu beherrschen.

Auric trägt einen Ring, an den, wie er sagt, eine Wesenheit gebunden ist, mit der er sich vereinigen kann, die ihm Macht verleiht und die ihn schützt. Wenn ich das richtig verstanden habe.

Ein Ring könnte also auch eine solche Macht binden, wie sie euch vorschwebt. Es ist nicht neu, es ist schon gemacht worden. Ihr habt euch schon einmal daran orientiert und euch das zum Vorbild für die Lösung eines Problems genommen. Euch fehlt nur jemand, der ein solches Artefakt auch schmieden könnte, das zu so etwas in der Lage ist. Es ist schon einmal gemacht worden. Es gibt den Bann, der so etwas vermag. Man muss ihn nur an ein Objekt, in diesem Fall an einen Ring, binden.

Ich bin bei einer Runenschmiedin in die Lehre gegangen, Dunjak-Dhar heißt sie. Sie ist eine Meisterin auf ihrem Gebiet. Sie arbeitet Banne und Runen in die Werke ein, die sie schmiedet. Sie hat ihre eigenen Runen, die ihre Schöpfungen einmalig machen und über die ihrer Zunftgenossen hinausheben. Trotzdem ist sie nicht allein. Es gibt eine ganze Gilde von Runenschmieden in Kharnuk-Bragha, die sie bei einem wichtigen Unterfangen unterstützen können. Es ist eine alte Wissenschaft, die in Vergessenheit geraten ist, vielleicht sogar im ganzen Rest der Welt. Aber Dunjak-Dhar forscht deren alten Geheimnissen hinterher und hat einige davon schon entschlüsselt.

Ein Ring? Sie kann viele Dinge erschaffen, auch Ringe. Nur weigert sie sich, solche zu erschaffen, die einem üblen Zweck dienen. Die ursprünglich aus einem guten und edlen Grund geschaffen worden sind, deren Gebrauch aber mit der Zeit zu etwas Schlimmen verfälscht wurde.

Ich bin sicher, sie kann Runen in einen Ring schmieden, die genau das vermögen, was ihr von einem solchen Artefakt erwartet.“

Sein Blick hatte sich irgendwo verloren. Er hatte gar nicht mehr Findrac in die Augen gesehen. Wenn, dann hatte er vielleicht durch dessen Brust hindurchgeschaut. Jetzt hob er wieder die Augen. Sah in Findracs ausdrucksloses Gesicht. „Und das war es auch schon“, sagte er.

Sollte sie kommen, seine Reaktion! Sollte er kommen, sein Schwall von Worten, mit denen Findrac Häme und ätzenden Spott über ihn ausgoss. Er war am Ende angelangt, und mehr konnte er nicht tun.

Er wartete geduldig, doch noch immer zeigte sich keine Regung auf den bleichen Zügen seines Gegenübers.

Es zuckte dort kurz, doch er schreckte nicht zurück. Er war bereit.

Beim Zucken blieb es auch, denn Findrac wandte sich schroff um. Ohne ein Wort ging er zur Tür, öffnete sie, trat hindurch in den Flur.

Die Tür schloss sich. Erion blieb allein zurück. Er starrte auf das Blatt der Tür mit der rechteckigen, mit Gitterstäben verschlossenen Öffnung darin.

Dann löste er sich aus seiner Starre, schaute sich in seiner leeren Zelle um. Nur die Kerze in ihrem Halter war zurückgeblieben, wenn auch schon reichlich abgebrannt.

Er fand Grolk ganz zurückgezogen am leise schwankenden Rand der Schatten, welche das Pritschenbrett im Kerzenlicht warf, wie die Wellen am Strand eines Meeres unter der Macht des Tidengangs.

Grolk gab keinen Laut von sich.

8

DAS URTEIL

Aufstehen! Los, hoch!"

Die barsche Stimme erscholl direkt neben ihm. Einen Spaltbreit öffnete Erion seine schlafverklebten Augen. Zwei Schemen erhoben sich in trübem Licht wie schroff aufragende Wachtürme über ihm. Zwei Gestalten standen direkt neben seiner Pritsche.

Grolk reagierte ebenfalls verspätet, fuhr jetzt mit aufgestörtem Knurren aus seiner Kniekehle hoch.

Zwei Wachen starrten ungeduldig auf ihn herab.

Vom Gang her fiel ein blasser Schein in die Zelle. Vom diffusen Lichtstreifen her, der sich durch den Schlitz hoch oben an der Decke abzeichnete, musste es früher Morgen sein.

Erion sah zu den grimmigen Gesichtern hoch. Kein Spottwort vom Himmelbett wie beim ersten Mal, als er morgens von dieser Pritsche hochgescheucht worden war.

„Einen wunderbaren Morgen auch euch beiden."

„Spar dir den Mist. Komm hoch! Wir sollen dich hier rausbringen."

Er mühte sich hoch. „Ja, irgendwann wird einem auch

die behaglichste Unterkunft über, wenn man weiß, dass sie nur vorübergehend ist."

Dafür bekam er keinen Kommentar, sondern eine Maulschelle aus der Rückhand, die sich gewaschen hatte.

Den fauchenden Grolk hielt er gerade noch vom Sprung ab. Was hätte das gebracht? Es saßen keine Zähne locker, aber der Finger, mit dem er das abgetastet hatte, kam blutig aus der Mundhöhle. „Charmant."

Um einem weiteren Schlag als Reaktion darauf vorzubeugen, erhob er sich rasch, nahm Grolk auf und setzte ihn sich auf die Schulter.

„All deine Viecher eingesammelt? Sicher, dass du keine Laus vergessen hast?"

Er machte mit der Hand eine scheuchende Geste. „Nur munter voran!"

Was hatte es auch für einen Zweck, hier mit hängendem Haupt herauszumarschieren? He, immerhin wurde er aus seinem Kerker befreit.

Er folgte den Wachen die Treppen hoch und am Gang zum Amtszimmer vorbei, in dem Viancar und Findrac damals das Urteil über ihn gesprochen hatten.

Er wandte sich danach um. Also kein großes Federlesen. Seine beiden Begleiter stießen ihn weiter.

Bis hinaus auf die Straße, wo er gegen das matte Licht des Morgens anblinzeln musste.

Der Himmel hing tief über Hugen wie unpoliertes Silber.

Als sein Blick sich klärte, sah er, dass er schon erwartet wurde. Eine ganze Eskorte nur für ihn? Dann entdeckte er den an ihrer Spitze.

„Oh, du schon wieder", meinte er in Findracs Richtung. Als hätte er sich das nicht denken können.

Findrac verzog keine Miene.

Ohne jedes weitere Wort – nur Grolk fauchte Findrac an – wurde er der Eskorte übergeben, die sich dann mit

Findrac und ihm an der Spitze in Bewegung setzte. Die Speerspitzen in seinem Rücken, die ihn vorwärtsstießen, bildete er sich sicher nur ein.

„Also werde ich doch nicht einfach nur ohne weitere Umstände zurück zu irgendeinem urnaksverlassenen Außenposten weggekarrt."

Findrac würdigte ihn nicht mal eines Blickes.

„Wohin geht's dann auf dem Karren? Du gibst immerhin einen schönen Zugesel für einen Henkerskarren ab."

Er sah es am Verlauf des Weges, den sie nahmen. Die markanten Türme und dahinter der zentrale Bau, plumper, weniger himmelsstrebend und nur knapp über die Dächer hinweg erkennbar, ließen ihn ihr Ziel vermuten.

„Oh, zur Zitadelle geht's."

Kein Widerspruch. Also hatte er recht.

„Soll ich jetzt etwa auf diesem Holzgerüst im Innenhof öffentlich hingerichtet werden?"

Jetzt bequemte sich Findrac dennoch, sich einmal zu ihm umzusehen.

„Das kommt ganz auf dich an. Das letzte Urteil ist noch nicht gesprochen. Aber ich gehe davon aus, dass du genau das kriegst, was du verdienst." Es zuckte in Findracs Mundwinkel. „Dafür habe ich schon gesorgt."

Ob die Eskorte in erster Linie ihn oder Findrac am Eingang des Versammlungsraums ablieferte, war ihm nicht abschließend klar, jedenfalls salutierten sie dort – nicht ihm, sondern Findrac –, machten kehrt und marschierten wieder durch den Gang zurück.

Findrac hielt den Finger auf die beiden Wachposten zu beiden Seiten der offenen Tür gerichtet. „Diesmal passt ihr auf ihn auf! Verstanden?"

„Ähm, Findrac … Bist du dir sicher, dass es die Gleichen sind? Menschen sehen sich für dich doch bestimmt alle zum Verwechseln ähnlich."

Der Kerl bedachte ihn mit einem tödlichen Blick, erwiderte jedoch nichts, sprach nur zu den Wachen. „Aufpassen, ja? Nicht aus den Augen lassen!"

Dann verschwand er durch das Tor, das eine der Wachen hinter ihm schloss, um sich dann sofort wieder der anderen Wache anzuschließen. Beide nahmen sie ihn in eine enge Klammer.

Erion schielte rechts und links zu ihnen hin.

Sie beäugten ihn argwöhnisch zurück.

„Na, ihr beiden?"

„Mach es uns nicht schwer", brummte der eine.

„Würd ich nicht mal im Traum dran denken."

„Behalt das Tier auf deiner Schulter, wenn dir an ihm liegt. Wir laufen ihm nicht nach, wenn du an so was denken solltest."

„Grolk bleibt bei mir", antwortete er. „Keine Sorge." Beinahe taten ihm die beiden Wachen leid.

Was immer auch geschah, es hatte keinen Zweck, anders als mit einem leichten Schritt und einem leichten Gemüt dorthin zu gehen, wozu dieser Raum für ihn werden sollte. Ob Henkersbank oder nur der Amboss, auf dem ihm die Ketten und die Fußfesseln angelegt wurden.

Und für seinen leichten Schritt war er ja immerhin bekannt, oder? Also sollte er seinem Namen auch bis zum Ende treu bleiben.

Hauptsache, er bekam nicht vor versammeltem Tribunal wieder einen seiner berühmten Anfälle.

Er merkte schon, dass man ihn hier lange warten lassen würde. Er verbrachte die Zeit damit, sich nichts anmerken zu lassen und mit Grolk zu spielen, ihn unter dem Kinn zu kraulen und allerlei Albernheiten mit ihm zu reden.

Trotz ihrer Worte vorher ließen es die Wachen geschehen.

Dennoch zog sich die Zeit. Zwischendurch versuchte er zu lauschen.

Das Tor war dick und schwer und dämpfte die Geräusche zu dumpfen Lauten ab. Worte waren nicht zu verstehen, doch zwischendurch schwoll das Stimmengewirr mächtig an. Da drinnen ging es hoch her.

Schwerlich ging es dort um ihn. Was mochten die dort zu bereden haben?

Das Knarren in den Angeln ließ ihn dann beinahe zurückzucken. Wie ein Pförtner erschien dort Findrac im sich öffnenden Spalt.

„Na, komm schon!"

Die beiden Wachen wirkten erleichtert.

Er nickte ihnen lediglich zu. Kein dummer Spruch fiel ihm ein.

Grolk setzte zu seiner Schulter hinauf, und Findrac schritt ihm voran die Stufen hinab, führte ihn in die Mitte des Kreises der Versammelten. Mit einer Geste wies er ihn an, dort auf der Stelle zu verweilen, und ging dann zu seinem Platz.

Erion sah die Reihen entlang. Oh, große Versammlung. Erweiterter Kreis. Manche tauschten sich noch immer leise miteinander aus.

Immerhin sah er so einige bekannte Gesichter. Danak und Choraik, Slagni – sie war die Einzige, die vom Führungsquartett der Flamme Vanarands, wie sie jetzt hießen, anwesend war – und natürlich Auric mit dem Ring der Neun, deren Gesichter ihm inzwischen bekannt waren. Der Grausling irgendwo im Hintergrund an der Mauer. Und selbstverständlich Amara.

Er nickte zu ihr rüber, winkte dann mit dem Kopf, doch die bemerkte ihn nicht. Oder wollte ihn nicht bemerken? Selbst, als sie aufgehört hatte, sich leise mit Auric zu bereden, sah sie nicht zu ihm rüber.

Endlich, nachdem Auric mit einer Geste die Versammlung endgültig zum Schweigen gebracht hatte, wandte man sich ihm zu.

Auric ergriff das Wort.

„Erion, du hast bestimmt deine Vermutungen, warum du zu dieser Versammlung hinzugeladen wurdest."

Nein, hatte er nicht. Er hütete sich aber, das zu verraten, und neigte nur höflich das Haupt.

„Dein Vorschlag von gestern … oder vielmehr dein wilder Einwurf und die uns später überbrachte ausführlichere Erläuterung danach" – sein Blick zuckte zu Findrac hinüber, der ihn nicht ansah und keine Regung zeigte – „haben uns dazu gebracht, deinen Vorschlag ernsthaft in Erwägung zu ziehen."

Grolk maunzte.

„Was?" Die Überraschung zog ihm fast die Stiefel aus. Mit allem hätte er gerechnet.

Er musste ein ziemlich dummes Gesicht machen, denn Auric sah ihn mit gerunzelter Stirn an. „Du hast es doch ernst gemeint gestern?"

„Ja. Natürlich. Gewiss", beeilte er sich zu sagen. Hatte er. Aber nach Findracs Auftritt …

„Gut. Dann sollten wir dich vorher kurz über einige Dinge in Kenntnis setzen. Damit du den Rahmen besser verstehst." Auric sah sich nach beiden Seiten im Kreis um.

Der Rahmen, ah ja. Klar, warum es *nicht* ging. Wie ihnen allen doch die Hände gebunden waren, bla bla bla.

„Wir haben gerade die schwere, aber einzig mögliche Entscheidung getroffen, Hugen innerhalb der dafür nötigen Frist wieder aufzugeben."

Ihm klappte beinahe die Kinnlade herunter. „Was? Hugen aufgeben?"

Das konnte nicht wahr sein! Er musste sich verhört haben. „Nach all den Opfern? All den Anstrengungen?" Nach dieser verdammten Schlacht, die er mit seinen Freunden geholfen hatte zu wenden. Wobei sie alle beinahe draufgegangen waren. Verflucht, so viele waren dabei draufgegangen, Hugen entweder einzunehmen oder danach zu schützen. Hauptmann Gangratz und seine Truppe, Horam Horamsohn, Murnig, der Lange Firk … all die anderen.

Doch Auric meinte es todernst. Seine Miene war sorgenvoll.

„Wir sind hier in Hugen verwundbar. Vor allem auch für Angriffe der Birgenvettern. Viel eher als draußen auf dem freien Feld, wo Gewundene Wege selten und sehr verstreut sind."

Ja, sicher. Er wusste, was Auric meinte. Die Stadt war längst nicht gesichert, und er hatte den Angriff dieser Geisterhexer mitten auf dem Magistratsplatz, nur einen Steinwurf von der Zitadelle entfernt, selbst erlebt.

Dennoch … „Aber die Einnahme von Hugen sollte doch ein Signal sein. An alle. An die anderen Rebellengruppen."

Auric nickte. „Es ist nicht das Signal, das wir ursprünglich bezweckt hatten. Aber es ist das, was es ist. Jetzt ist es ein Zeichen, dass man auch unter größten Anstrengungen, selbst durch die Einnahme einer wichtigen Stadt, am Ende nichts erreichen kann, wenn man sich nicht zusammenschließt."

Also war keine Antwort von den anderen Rebellengruppen gekommen. Von Einauge wahrscheinlich erst recht nicht.

„Damit dieses Zeichen einen Sinn erhält", fuhr Auric fort, „werden wir über die Kreise der Rebellen hinaus Kontakt zu weiteren natürlichen Bündnispartnern aufnehmen. Wir wollen mit Idirium verhandeln. Der Widerstand des Nordens und die idirische Armeee müssen gemeinsam handeln. Wir werden außerdem versuchen, an Eisenkrone und die Kutte heranzutreten."

Von Eisenkrone und seinem sogenannten Lygarnischen Reich auf den Kinphauren im Südosten abgetrotztem Boden hatte er inzwischen gehört. Und die Kutte war der in den

Untergrund gegangene Geheimdienst des Idirischen Reiches. Dem keine der Rebellenfraktionen wegen seiner Geheimniskrämerei und seinem Dominanzgehabe wirklich über den Weg traute.

„Wir wollen, dass du das verstehst", sagte Auric jetzt, und auch Amaras Blick richtete sich eindringlich auf ihn.

Jaja, der große Appell an die Vernunft und ans Verständnis. Bevor das große *Leider* kam.

„Wir haben nämlich beschlossen, dass dein Vorschlag durchaus Sinn ergibt und dass wir ihn tatsächlich verfolgen sollten." Augenblick …? „Deshalb wirst du als unser Botschafter in diesem Auftrag nach Kharnuk-Bragha entsandt."

Ihm schwirrte der Kopf. Ganz plötzlich kreiselte alles um ihn.

„Was? Halt! Moment! Habe ich das gerade richtig verstanden?"

Er starrte sie an. Keiner lachte. Keiner zeigte ein Grinsen. Nicht einmal Amara. Sie lächelte nicht.

Grolk auf seiner Schulter schnarrte vor sich hin. „Ich … ich werde beauftragt, nach Kharnuk-Bragha zu gehen, um die Runenschmiede dort zu überzeugen, für euch einen Ring als Anker für die Kraft zu schmieden, die ihr heraufbeschwören wollt?"

„Die wir nur heraufbeschwören können, wenn wirklich die Möglichkeit besteht, einen solchen Ring herzustellen", antwortete Auric.

Amara nickte dazu. Oder ihm zu? „Es hängt an dir", sagte sie.

„Damit lastet eine äußerst wichtige Aufgabe auf deinen Schultern", setzte Auric hinterher.

Allerdings! Das tat sie.

Wenn sie Hugen aufgaben und sich wieder zurückzogen, wenn die Birgenvettern so mächtig waren, dass nichts, auf das sich die Neun besinnen konnten, gegen sie half, dann hing alles an einer wahnwitzigen Möglichkeit, die aus dem Gedanken eines Augenblicks heraus geboren worden war und Rettung versprach. Dann lag all das umso mehr auf seinen Schultern. Dann hing es an ihm.

Doch es war nicht nur eine Last … es war vor allem auch eine Chance.

Von der er immer noch nicht verstand, warum sie ihm gegeben worden war.

„Aber wie kommt es, dass …“

„Dass wir von deinem Vorschlag überzeugt worden sind?“, fragte Auric. „Nun, Findrac hat sich für dich eingesetzt. Zum größten Teil hast du es also ihm zu verdanken.“

Er sah zu Findrac hinüber, und der neigte, ohne eine Miene zu verziehen, den Kopf.

Findrac hatte sich für ihn eingesetzt? Er konnte es kaum glauben.

„Allerdings“, fuhr Auric fort, „wollte Findrac auch eine Bedingung daran geknüpft sehen.“

Oh, jetzt kam es. „Was ist es?“

„Findrac stellt die Bedingung, dass du allein nach Kharnuk-Bragha gehst.“

Ohne seine Gefährten also. Ja, das war ja immerhin schon beschlossen. Darüber hatte Findrac bereits sein Urteil gesprochen, das er jetzt nicht zurücknehmen konnte, ohne das Gesicht zu verlieren. Mal sehen, was für eine Begleittruppe sie ihm stattdessen mitgeben würden. Immerhin war die Mission von großer Bedeutung. „Das war vorauszusehen.“

Er sah, wie Auric erstaunt die Augenbraue hob. „War es das?“ Bestimmt wusste er nichts von Findracs Urteil. Er hatte sich um wichtigere Dinge zu kümmern gehabt. „Nun, dann gehe ich davon aus, dass du den Auftrag annimmst. In dieser Form und zu diesen Bedingungen.“

„Ja“, sagte er und richtete sich zu voller Größe auf. Kein

Tribunal. „Ja, ich nehme diesen Auftrag an." Grolk benahm sich zum Glück. „Dankbar", fügte er hinzu.

Sein Blick glitt von Auric zu Amara.

Ja, jetzt sah er ihn, den positiven Aspekt des Kenan-Orakels, das jemand in einer schlichten Zeichnung an seiner Zellenwand festgehalten hatte. *Der Keil des Himmels zerbricht die standhafte Feste.*

Ein Auftrag war ihm erteilt worden, ein bedeutsamer Auftrag, der die Mauern seines Kerkers gesprengt hatte.

An Aurics anderer Seite nickte Darachel ihm lächelnd zu.

9

DIE MISSION

Die meisten verließen zusammen mit ihm den Versammlungsraum. Nur wenige außer jenen aus dem Kreis der Neun blieben zurück.

Findrac begleitete ihn hinaus zur Tür.

Die beiden Wachen sahen sie kommen.

„Sollen wir ihn …?", setzte eine von ihnen zu einer Frage an.

„Nein, lasst ihn. Es steht ihm frei, zu gehen, wohin immer er will", entgegnete Findrac mit lässiger Handbewegung, als wollte er damit die ganze Welt andeuten, die ihm offenstände.

Er konnte es noch immer nicht glauben, dass ausgerechnet Findrac sich für ihn eingesetzt hatte. Selbst Grolk unterließ es jetzt, Findrac anzuknurren.

„Warum?" Dennoch konnte er es sich nicht verkneifen, ihn zu fragen.

Findrac stutzte – er hatte sich schon wieder dem Saal zuwenden wollen – und sah ihn nun an. „Warum ich das getan habe?"

Er lachte auf, vielleicht bitter – wer konnte das bei ihm

schon sagen? Dann zog Findrac die Augen zu engen Schlitzen zusammen und fasste ihn mit verkniffener Miene in den Blick. „Ich kann dich noch immer nicht ausstehen. Und deine aufsässige Art ist mir zutiefst zuwider ...“ Er hob das Kinn, musterte ihn von oben herab. „Aber ...“, sagte er, „nachdem du vor dem Rat deinen Vorschlag gemacht hast ... nachdem du mich *angegriffen* hast, da habe ich über dich nachgedacht.“

Findrac musterte ihn einen Augenblick, als wollte er seine Miene lesen. „Ja, tatsächlich. Du hast mich mit deinen Frechheiten immerhin dazu gebracht, über dich nachzudenken.“ Jetzt zeigte sein Auflachen ganz gewiss keine Spur von Humor. „Ich habe mich an das erinnert, was du in Viancars Amtsstube gesagt hast, als wir über dich wegen deines unbotmäßigen Verhaltens zu Gericht gesessen haben.“ Wieder kniff er ein Auge zusammen. „Dass du nicht mehr lange zu leben hast und dass du deine verbleibende Zeit zu etwas Sinnvollem nutzen willst.“ Findrac nickte bestimmt. „Deshalb habe ich dir die Möglichkeit dazu eröffnet.“

Jetzt allerdings drehte sich Findrac um, ging in den Saal hinein und ließ Erion stehen. Er blickte Findrac nach.

Etwas ... *Sinnvolles*? So sah er das also. Er sah es verzerrt durch den Schleier seines Hasses.

Jetzt war es an ihm zu lächeln, doch seines war nicht freudlos. Seine Hand glitt hoch, unwillkürlich, ertastete Grolk, der ihm das Kinn zum Kraulen hinhielt.

Nun, es war nicht bloß etwas Sinnvolles, etwa wie Steine Beiseiteschaffen, die irgendwo im Weg lagen. Es war mehr.

Es war etwas weitaus Wichtigeres, etwas von grundlegender Bedeutung.

Das Überleben des Widerstands hing jetzt allein an ihm. Es lag auf seinen Schultern, wie Auric gesagt hatte. Ihm war die wichtigste Mission von allen aufgetragen worden.

Findrac war verblendet, weil er ihn hasste, und konnte diese Tatsache daher nicht erkennen.

Er hielt mit dem Grolkkraulen inne, sah sich um, entdeckte, dass die beiden Wachen sich nicht länger um ihn kümmerten. Nur als er an ihnen vorbeischritt, wandte sich der eine ihm zu. „War nichts gegen dich persönlich, Jungchen", sagte er, bevor er und sein Gegenpart wieder zu beiden Seiten des Eingangs Aufstellung nahmen.

Das Tor hatte sich wieder geschlossen.

Er ging den Flur hinab, um nicht vor den beiden Wachen unentschlossen dazustehen. Dann allerdings verharrte er an einer Kreuzung, an der Bahnen milden Sonnenscheins aus hohen Oberlichtern hereinfielen und helle Rechtecke auf den Boden zeichneten, die zu den Wänden abknickten.

Er dachte nach, was jetzt zu tun war.

„Na, Grolk, mein Lieber, wohin gehen wir jetzt?"

Es stand ihm frei, sich den Ort in Hugen, an den er zunächst wollte, auszusuchen.

Doch wohin wollte, wohin sollte er sich wenden? Er hatte bisher in Hugen nur ein einziges Quartier besessen. Neben der Kerkerzelle. Da es ihm zugeteilt worden war, stand somit fest, dass man ihn am Morgen, wenn er zu seinem Auftrag aufbrach, dort auch sicher finden würde.

„Sieht aus, Grolk, als wäre alles entschieden", sagte er und kraulte ihn noch einmal kurz unterm Kinn.

Dann schritt er aus, während die Tritte seiner Stiefel scharf in den nun leeren Gängen widerhallten.

Also zog er wieder in das gleiche Gebäude ein, von dem er auch an diesem Morgen aufgebrochen war. In das seine Einheit einquartiert worden war und das vorher als Gefängnis gedient hatte.

Nur jetzt eben eine Etage höher.

10

DER AUFBRUCH

Man fand ihn am nächsten Morgen, gerade nachdem er sich inmitten der anderen aus der Koje herausgeschält und präsentabel gemacht hatte.

Es war keine Abordnung, die polternd in den Gemeinschaftsraum hereinkam, sondern es handelte sich lediglich um eine einzelne Person, die im Türrahmen lehnte und die ihm, als er sie sich genauer ansah, bekannt vorkam.

Es war Esgart. Aus der jetzt von Kinphauren besetzten Stadt Bagswick.

„Du kommst wegen mir?"

„Nein, ich komm wegen dem zerrauften, schwarzen Ungeziefer, das dir immer zwischen den Beinen rumläuft."

Grolk war gerade mit der Morgenwäsche beschäftigt und leckte sich dabei so heftig das Hinterbein, dass die Fellbüschel dort keineswegs zerrauft aussahen, sondern speichelnass anklebten.

Grinsend bemerkte Esgart Erions Blick. „Natürlich komm ich wegen dir! Was denkst du denn? Na, komm schon! Wir sind spät dran."

Er folgte Esgart nach draußen. Nicht auf dem nun hinlänglich bekannten Weg, auf dem man auch an Viancars Amtszimmer vorbeikam.

Als sie beide vor die Tür traten, wartete dort niemand auf ihn. Er traf lediglich auf die bekannte Mischung aus trostloser Verlassenheit und hitzigem Getriebe der Befreier der Stadt. Nur der Rauchgeruch in der Luft verzog sich allmählich.

Nicht mal ein Findrac an der Spitze einer Truppe, der ihn mit einer letzten hämischen Bemerkung auf den Weg schicken wollte.

„Hier." Esgart überreichte ihm das Bündel, das er über der Schulter getragen hatte. „Dein Proviant."

Erion nahm das Bündel stirnrunzelnd entgegen und sah dann Esgart fragend an. „Du kommst wirklich ganz allein? Kommt sonst keiner mehr dazu?"

Der zuckte die Schultern. „Ich weiß von nichts. Ich bin nur der Botenjunge. Mir wurde nur gesagt, wohin ich dich bringen soll, und aufgetragen, dir den Proviant zu übergeben."

„Na, dann ..."

Hier noch länger herumzuhängen, hatte auch keinen Zweck.

Esgart führte ihn durch Vorstadtstraßen zum Rand von Hugen, wo Gebäudezeilen sich zu einzelnen Häusern und Schuppen ausdünnten. Eine Stadtmauer gab es hier nicht. Einzelne geschlossene Teile von einer waren tiefer zum Kern der alten Stadt, rund um die Zitadelle erhalten. Seit den Tagen, als sie errichtet worden war und ihren Zweck erfüllte, hatte Hugen sich gewaltig ausgedehnt. Deshalb hatte es auch keine Schlacht um die Stadt gegeben, wie sie anderswo zu erwarten gewesen wäre.

Esgart stand stumm an seiner Seite, während Erion sich umsah.

Das Feld vor der Stadt lag weit und verlassen da. Keine

Menschenseele zu sehen, die er als zum Widerstand gehörig identifizieren konnte. Eine alte Frau mit einem Reisigbündel auf den Schultern und einem kleinen Kind an der Hand zog einsam ihrer Wege.

„Kommt noch jemand?", fragte Erion, nachdem er mehrmals in alle Richtungen geschaut hatte.

Esgart zuckte die Achseln. „Wir sind schon zu spät."

Sollte das seine Antwort darstellen? „Aber ..." Das konnte nicht sein. Das ergab überhaupt keinen Sinn. „... wenn keiner mehr kommen sollte, warum dann eine bestimmte Zeit?"

Wieder das Achselzucken. „Dein Spitzohrspezi schien nicht zu wollen, dass du irgendwie Zeit zum Rumtrödeln kriegst."

Klar, diese Mission war wichtig und dringend. „Und sonst hat er nichts gesagt?" Nichts darüber, welche Unterstützung er für seine Mission erhalten sollte? Die doch, verdammt noch mal, äußerst wichtig war.

„Nein", erwiderte Esgart. „Der war ziemlich wortkarg. Kam mir vor, als sei er nicht besonders gut auf dich zu sprechen." Es sah aus, als wollte Esgart es dabei belassen, doch dann schien er sich zu besinnen. „Ach, ich soll ihm melden, wenn du aufgebrochen bist. Wenn du also hier noch warten willst, werd ich auch mit dir warten müssen."

„Ihm melden ...?"

Erions Blick verlor sich in der Leere der Ebene vor der Stadt, dachte an die Beratungshalle in der Zitadelle zurück, in der man ihm seinen Auftrag verkündet hatte. ... *Findrac wollte auch eine Bedingung daran geknüpft sehen.*

... stellt die Bedingung, dass du allein nach Kharnuk-Bragha gehst.

Jetzt, an diesem Punkt, wurde ihm mit einem Mal klar, was diese Worte wirklich bedeutet hatten. Und wieso Auric sich über ihn gewundert hatte, als er gemeint hatte, er habe das vorausgesehen. Er war der Einzige, der so dumm gewesen war, die Bedeutung dieser Worte nicht zu verstehen. Weil er es einfach nicht für möglich gehalten hatte.

Findrac hatte nicht *ohne seine Freunde* gemeint.

„Er hat gemeint, ich soll ganz allein nach Kharnuk-Bragha reisen." Ganz allein. Ohne jegliche Begleitung.

„Kharnuk-Bragha? Wo ist denn das?", hörte er Esgart fragen.

Er war nicht nur so dumm gewesen, nicht zu verstehen, was dieses *allein* meinte, er hatte auch nicht begriffen, dass niemand an diese Mission glaubte. Sonst hätten sie niemals dieser Bedingung von Findrac zugestimmt. Denn wie standen so seine Chancen?

Er allein auf diesem Weg. Er allein in eine Stadt voller Duerga. Er allein, um dort Dunjak-Dhar und die anderen Runenschmiede nicht nur von seiner Idee, sondern auch davon zu überzeugen, dass sie mit ihrem Werk dem Widerstand gegen die Kinphaurenherrschaft dienen und sich auf dessen Seite schlagen sollten.

Nein, wenn einer von ihnen an diese Mission geglaubt hätte, dann hätten sie ihn niemals ohne jeden Schutz, ohne jede Unterstützung losgeschickt.

Und war Dunjak-Dhar überhaupt zu dem in der Lage, was er vorgeschlagen hatte? Jetzt, da der Weg nach Kharnuk-Bragha wahrhaftig vor ihm lag, beschlichen ihn zum ersten Mal ernste Zweifel.

Immerhin hatte Dunjak-Dhar ihm gestanden, dass der Versuch, eigene Runenbanne zu schaffen, sie vor unüberwindliche Schwierigkeiten stellte. Dass ihre Versuche bisher größtenteils kläglich gescheitert waren.

Kunja hatte ihn vor diesem Weg gewarnt, den er beschritten hatte.

Kunja! Zorn und Trauer stiegen in ihm auf.

Sein Blick fand den Fokus wieder, er sah Esgart vor sich, der ihn mit gerunzelten Brauen ansah. „Ich weiß nicht, wozu du aufbrechen sollst, aber wahrscheinlich kann man sonst niemanden entbehren. Bei dem, wie es in der Stadt aussieht."

Zu einer Mission, die jeder für ausgemachten Blödsinn hält, sollst du aufbrechen.

„Ja, ist schon klar." Er merkte, wie erbärmlich er mit hängenden Schultern dastand, raffte sich zusammen.

„Na gut", sagte er zu Esgart, „ich will dich nicht länger hier aufhalten. Es gibt bestimmt noch wichtige Dinge, die du zu erledigen hast."

„Das kann man so sagen." Esgart sah jetzt auf, schaute ihm direkt in die Augen. „Ach, noch eins! Bevor ich es vergesse." Er kniff die Augen zusammen, als versuchte er, sich an etwas zu erinnern. „Man rät dir dringend, du solltest bei der Kapelle von Bergersau eine Rast einlegen. Es sei eine Stelle, die sicher ist und wo du dich ausruhen kannst, bevor es weitergeht. Unsere Kräfte hätten sie noch kurz vor dem Morgen kontrolliert."

„Ach, dringend rät man mir? Sag mir nicht, man sorgt sich um mich?" Ausgerechnet Findrac.

„Sah so aus", erwiderte Esgart.

„Und das war alles?"

„Das war alles."

„Na dann." Sein suchender Blick fand Grolk, der im Gras nach irgendetwas jagte. „Komm, Grolk! Gehen wir!"

Grolk merkte auf, sah den ihm entgegengestreckten Arm und sprang in raschen Sätzen zu seiner Schulter hoch.

Erion sah ihm auf seiner Schulter in die schmutzig-gelben Augen. „Dann sind es also wieder nur wir beide."

Er sah, wie Esgart ihn mit hochgezogenen Brauen musterte. „Ein Elf …"

„Halbelf!", berichtigte ihn Erion.

„Na, dann eben ein Halbelfenjunge und sein treues … *Viech.*" Esgarts Zögern passte gut zu dem Naserümpfen, mit dem er Grolk bedachte. „Wie auch immer, ich wünsche dir alles Gute bei dem, wozu auch immer du aufbrichst."

Erion wandte sich zum Gehen.

„Und pass auf dich auf", rief ihm Esgart hinterher. „Jenseits des einigermaßen sicheren Rings um Hugen und anscheinend der Stelle bei dieser Kapelle machen die Kinphauren und ihre Geisterhexer die Gegend unsicher. Du hast sie gesehen. Denen solltest du besser nicht in die Hände fallen."

Ja, wusste er. Er hatte sie gesehen. Auf ganz besondere Weise. In einem besonderen Zustand. Sie und ihre Paten in ihrem schwärend rötlich glimmenden Eingeweidehimmel.

Er wollte sie nie wiedersehen. Vor allem, weil das bedeutete, dass es ihn – selbst ohne dass er ihnen in die Hände fiel – dem Tod näherbrachte.

Er sah sich um. In welcher Richtung lag noch mal Kharnuk-Bragha?

„Und du hast mit eigenen Augen gesehen, dass er gegangen ist?" Der Mann stand im Türrahmen. Kam der Kerl eigentlich nie richtig in einen Raum? Selbst wenn man ihn hereinbat? Bei anderer Gelegenheit hätte Findrac ihn für diese Respektlosigkeit seinen Zorn spüren lassen. „Du weißt also sicher, dass er die Stadt verlassen hat … ähm … Wie heißt du noch?"

„Esgart. Esgart aus Baswick", sagte der Mann im Türrahmen. „Ich sollte seinen Aufbruch melden. Hier bin ich, um seinen Aufbruch zu melden. Was sollte ich sonst hier?"

Einen Moment dachte Findrac darüber nach, diesen Ton und diese Haltung nicht einfach so hinzunehmen. Aber der Gehalt der Nachricht gab den Ausschlag.

„Und du hast alles genauso gemacht, wie ich es dir aufgetragen habe?"

„Bis auf den Punkt."

Er winkte dem Mann mit einer abschätzigen Bewegung zu. „Gut. Sehr gut. Du kannst gehen."

Ein paar Herzschläge später war Findrac wieder allein im Raum. Zumindest die Tür hatte dieser Bote hinter sich geschlossen.

Beinahe hätte er sich die Hände gerieben. Erion war fort, aufgebrochen zu dieser zum Untergang verdammten Himmelfahrtsmission, auf der er ganz sicher zugrunde gehen würde. Und dafür hatte er persönlich gesorgt.

Der erste Schritt dazu war gewesen, in die Wege zu leiten, dass Erion diesen Auftrag erhielt. An den auch sonst niemand wirklich glaubte. Wie konnte man auch?

Wer konnte schließlich ein dermaßenes Hirngespinst ernst nehmen?

Den anderen im Rat, denen, die zumindest diesen Kerl wirklich ernst nahmen, hatte er es als einen Gnadenakt verkauft. Der arme, todgeweihte Junge! So konnte er vor seinem unausweichlichen Ende zumindest noch einmal seine Heimat sehen.

Doch er selbst war diesen Erion Leichtfuß damit endgültig los.

Den Sohn der Frau, die er wirklich geliebt hatte. Den Sohn, den sie mit jenem anderen gezeugt hatte, den sie ihm vorgezogen hatte. Ein Mensch, ausgerechnet einen Menschen hatte Evanaiya ihm vorgezogen.

Er spürte ein Brennen in den Augen, eine leichte Regung im Augenwinkel. Rasch wischte er mit dem Knöchel darüber.

Zur Hölle, wenn er jetzt eine Träne vergießen würde!

Es war ein guter Tag. Es war eine gute Nachricht.

Nie mehr musste er jetzt die Verkörperung seiner Schande vor sich sehen.

11

IN DER UNTERZAHL

D as fing ja gut an.

Erion hatte im Schein des Lagerfeuers in das Proviantbündel hineingeschaut. Dörrfleisch und Hartbrot, überwiegend aber Hartbrot. Der Proviant, den man im Widerstand Angehörigen auf wichtiger Einzelmission zuteilte, unterschied sich nicht weiter von dem, was sie bei ihrer überhasteten Flucht aus Kharnuk-Bragha mitgenommen hatten und was ihnen schon nach kurzer Zeit reichlich über geworden war. Nur Grolk erfreute sich nach wie vor an den Hartbrotkrumen, die Erion für ihn zerbröckelte.

Wie von Esgart vorhergesagt, war er sicher durch den Streifen freien Landes rund um Hugen gekommen und hatte auch die Kapelle von Bergersau verlassen angetroffen. Eine Wegbeschreibung hatte er nicht gebraucht, denn sie hatten sie schließlich auf dem Marsch auf Hugen passiert und ebenfalls dort angehalten. Natürlich wusste Findrac, dass er den Ort kannte. Nur war es damals hier viel betriebsamer zugegangen, mit den zahlreichen Einheiten ringsum, den wilden Befehlsrufen und dem Getümmel, das während der

Vorbereitungen auf den letzten Marsch auf die Stadt und die zu erwartenden Kämpfe herrschte.

Jetzt war es hier einsam.

Seinen Mantel der Sechzehnten hatte er zu einem Bündel zusammengeschnürt. Unterwegs in der Wildnis würde ihn das nur zu einem Angriffsziel machen. Auf seiner Reise musste er unerkannt und unauffällig bleiben.

Erion kaute missmutig auf seinem Hartbrot herum und schaute hoch zu den Baumwipfeln, die sich vor dem von Blau zu Grau verfärbenden Himmel abhoben und im sachten Abendwind wiegten.

Er hatte nur ein kleines Lagerfeuer gemacht. Nicht allein aus Sicherheitserwägungen. Mehr lohnte sich für ihn und den Grolk schließlich nicht.

Er hatte den Kopf in den Nacken gelegt und entließ ein tiefes Seufzen.

Da war nur das leise Knacken der Scheite im bescheidenen Feuer, das Säuseln der Bäume und Grolks leises Knurren, mit dem er einen größeren Brocken Hartbrot zerlegte.

Plötzlich fuhr er hoch.

Ein Geräusch hatte diesen Klangteppich stiller Laute durchbrochen.

Das trockene Knacken eines Astes. Nicht aus dem Feuer.

Erion zuckte zusammen. Seine Hand glitt zum Griff des ninraidischen Langschwerts, das er neben sich abgelegt hatte.

War das Einbildung gewesen, dass gleich nach dem Knacken eine gedämpfte Stimme gefolgt war? Kurz, knapp. Wie ein Fluch. Oder eine scharfe Rüge.

In der folgenden Ruhe, nur mit dem Knistern des Feuers, dem Rauschen der Wipfel und dem leisen Knurren Grolks, spürte er deutlich das Klopfen seines eigenen Herzens und spürte die jähe Anspannung seiner Glieder.

Was konnte das sein? Eine Kinphaurentruppe. Oder eine aus ihren Schergen zusammengestellte. Ein Hinterhalt? Dazu musste man aber wissen, dass sich jemand ... dass *er* sich hier aufhielt.

Man hatte ihm *dringend geraten*, bei der Kapelle von Bergersau eine Rast einzulegen.

Zumindest einer rechnete also damit, dass er sich für die Nacht hier aufhielt. Und der war ihm nicht gerade wohlgesonnen. Der plötzliche Meinungsumschwung, sich dafür einzusetzen, dass er auf diese Reise ging, hatte ihn ziemlich überrascht.

Jetzt konnte er sich zumindest eines Verdachts nicht erwehren.

Erion wandte sacht den Kopf, um erst über die eine, dann über die andere Schulter zu blicken. Er hatte die Kapelle im Rücken. Dorthin konnte er zurückweichen. Ringsum erhoben sich Bäume, manche zu dichten Hainen gedrängt.

Er streifte das Schwert aus der Scheide und stand auf.

„Grolk!" Das Tier verzehrte irritierenderweise weiter ungerührt leise knurrend seine Hartbrotkrumen. „Grolk?" Immerhin hielt er im Fressen inne, setzte sich auf seine Hinterbeine und starrte jetzt aufmerksam in eine Richtung zu den Bäumen hin.

Ja, genau in die Richtung, die er auch schon als die identifiziert hatte, aus der das Geräusch gekommen war.

Mit seinem Schwert in Bereitschaftshaltung wich er langsam Schritt um Schritt in Richtung der Kapelle zurück. Besser eine Deckung in seinem Rücken haben, wenn man gegen eine Übermacht stand. Und wenn man einen ... Halbelfenjungen mit seinem Grolk losschickte, musste alles, was sich gegenseitig wegen eines knackenden Astes rüffeln konnte, eine Übermacht sein.

Was erwartete man schon, wenn man einen allein losschickte? Genau: jemanden in der Unterzahl.

„Grolk, komm her!" Der hockte noch immer auf der gleichen Stelle.

Erion wich einen Schritt weiter zurück, schließlich hatte Grolk bisher immer auf sich selbst aufpassen können … aber da traten sie auch schon zwischen den Bäumen hervor.

In der Überzahl natürlich. Und einer von ihnen musste ein gewaltiger Klotz sein. Im Zwielicht der sich senkenden Nacht und dem Flackern des winzigen Lagerfeuers konnte er lediglich ihre Umrisse erkennen.

Doch die erkannte er allerdings.

Der große kolossartige Umriss, breiter, insgesamt kompakter als viele seiner Artgenossen. Er trug, wie er wusste, auch nur zwei breite Armreife, sodass es nur das Knacken eines Astes geben, an seinem Körperschmuck aber nichts rasseln oder scheppern konnte.

Neben ihm war eine wesentlich kleinere Gestalt, die aber die Art des Körperbaus auf eine gedrungene Art mit der ersten teilte. Und eine dritte von etwa der gleichen Größe.

Grolk hielt mit einem Satz auf die riesige Gestalt zu.

Und Erion entließ einen tiefen Seufzer. „Puh, ihr habt mir aber einen ganz schönen Schrecken eingejagt! Ich dachte schon, das wäre ein Hinterhalt. Von jemandem aufgestellt, der genau weiß, dass ich hier bin."

„Warum sollte derjenige dir einen Hinterhalt stellen?", erklang Duvruks grollende Stimme.

„Na, denk mal scharf nach." Er stutzte. Grolk saß auf Duvruks breiter ausgestreckter Pranke und hörte sich jetzt offenbar gern dessen melodisches Unsinnsgegrummel an. „Was macht ihr hier überhaupt?"

„Wir wollen dich nach Kharnuk-Bragha begleiten", antwortete Malaiar.

Diese schlichte Erklärung überraschte ihn allerdings aufs Neue. „Ich dachte, ihr habt strikte Order, euch nicht mehr mit mir zusammen sehen zu lassen?"

„Ist uns scheißegal", brummte Duvruk und fing sofort wieder an, Grolk was vorzubrummen.

„Aber ihr seid doch anderswo stationiert worden?"

Duvruk schaute von Grolk hoch. „Wir haben uns vom Acker gemacht. Insubordination." Er lachte schnaufend auf.

„Aber warum?" Er konnte es noch immer nicht fassen.

„Weil wir an dich glauben, und an deine Mission, du Dummkopf!", erwiderte Malaiar ruhig.

„Das ist wichtig", steuerte Duvruk grollend bei. „Alles andere ist zweitrangig. Zu seinen Freunden zu stehen, ist wichtig."

Die zweite kleinere Gestalt trat jetzt aus der Reihe hervor, ging auf das Feuer zu und begutachtete es von oben herab.

„Hm, ein *kleines* Lagerfeuer. Zumindest das hast du gelernt."

Seine allgemeine Überraschung hatte ihn zunächst nicht auf die Einzelheiten achten lassen. „Kunja, du bist auch hier? Ich dachte …"

Sie schnaufte trocken auf. „Das kommt dabei raus, wenn du denkst."

Jetzt fiel ihm auch noch etwas anderes auf. „Meine Mission? Ihr habt gesagt, ihr glaubt an meine Mission. Wie habt ihr überhaupt davon erfahren?"

„*Ich* hab's ihnen erzählt", erklang eine Stimme von jenseits des Trios seiner Gefährten. Eine weitere Gestalt trat zwischen den Bäumen hervor. Diese war schlank und langgliedrig. Da sie die Kapuze ihres grauen Umhangs um ihre Schultern trug, sah man jetzt, da sie nähertrat, im Schein der spärlichen Flammen ihr dunkelbraunes Haar aufschimmern, das sie wohl zu einem Zopf geflochten tragen musste.

„Amara? Du?"

„Ja, ich", sagte sie und schritt an der Reihe seiner Gefährten vorbei. „Ich war mal in ganz einer ähnlichen

Lage und froh über jeden Gefährten, der doch noch zu mir gehalten hat."

„Du, in einer ähnlichen Lage?" Er sah ihr Lächeln im schwachen Flammenschein, und selbst so fiel ihm einmal mehr auf, dass sie wunderschön war.

„Ja, ich habe mich auch schon mal aufgelehnt und ein paar Leuten heftig vors Schienbein getreten. Sogar in den Arsch. Mit einem Blitz."

Langsam kam es bei ihm an. „Dann hast du mir also dringlich geraten, hier an der Kapelle von Bergersau zu rasten. Nicht Findrac."

„Nein", antwortete sie, „ich habe das Esgart aufgetragen." Wieder ein Lächeln. „Wir mussten doch sichergehen, dass wir dich auch im Dunkeln finden. Und nicht auf der Suche nach dir irgendwelchen Kinphauren oder Duerga auf die Füße tappen." Sie wandte sich um. „Nichts gegen dich, Duvruk."

Duvruk brummte gutmütig.

Ob zu Grolk oder zu Amara war Erion nicht ganz klar. „Und ich dachte, keiner aus dem Rat glaubt wirklich an meinen Auftrag ..."

Erion stutzte. Dass Amara hier war, hieß immerhin noch nicht, dass auch irgendwer anderes aus dem Rat von dieser Mission überzeugt war.

Er sah Amara nachdenklich an. „Tun sie das?", fragte er. „Meint noch irgendwer anders, dass an meiner Idee was dran ist? Bei Findrac ist klar, dass er das nicht tut ... Warum will er sonst, dass ich ganz allein losziehe?" Aber ... alle anderen, sie hatten immerhin Findracs Bedingung zugestimmt.

Er fasste Amara im Feuerschein aufmerksam ins Auge, versuchte, so gut das ging, in ihren Zügen zu lesen. „Tun sie das?", fragte er erneut. „Glaubt irgendjemand anderes noch, dass mein Auftrag einen Sinn hat?"

Der Schein der Flammen tanzte sacht auf ihren Zügen.

Ihre Miene blieb ernst, doch sie sah ihn weiter unverwandt an, wich seinem Blick nicht aus.

„Ich will dich nicht belügen", sagte sie schließlich. Ja, so was hatte er sich schon gedacht. „Keiner außer Auric weiß, dass ich hier bin. Und ich soll dir seine besten Wünsche für das Gelingen deiner Mission ausrichten." Sie lachte trocken auf. „So viel jedenfalls sagt der große Krieger dazu. Aber man kann sich noch eine Menge dazu denken."

Er traute sich nicht, zu fragen, ob das auch hieß, dass Auric wirklich an dieses Unternehmen glaubte. Obwohl die ursprüngliche Idee immerhin von ihm stammte. Zu viel Angst hatte er vor der Antwort.

„Und, falls du das gedacht hast ...", fuhr Amara jetzt fort. „Ich komme nicht mit euch. Ich gehe zurück nach Hugen. Ich werde dort gebraucht. Ich wollte dich hier nur mit deinen Freunden zusammenbringen."

Bei ihr war es etwas anderes. Auric war immerhin ... wie hatte sie gesagt, *der große Krieger*. Doch sie ... sie ...

„Aber du ... Du glaubst doch an diese ganze Sache, oder?"

Jetzt lag in Amaras Lächeln etwas Verschmitztes, vielleicht sogar Geheimnisvolles. „Im Gegensatz zu Findrac weiß ich, dass es einen Schutzpatron all der Verstoßenen und Fehlgegangenen gibt, der ewigen Aufrührer und Rebellen, derjenigen mit den verrückten Träumen und Zielen." Sie sagte das, als würde sie etwas aus einem Gedicht zitieren. Oder einem Lied. Ob Duvruk das wohl kannte?

„Dass der", fuhr Amara fort, „alle die unmöglichen und verrückten Träume in den Verstand der Menschen ausstreut und sich der Kämpfe der Verlorenen annimmt." Sie zwinkerte ihm zu. „Vielleicht kam deine verrückte Idee ja aus dieser Ecke." Sie war einfach der Hammer! Sein Herz, das sich beim Anblick seiner Freunde erwärmt hatte, schmolz. „Wer weiß?"

Jetzt zeigte sie breit ihre Zähne und hob ihm seitlich ausgestreckt beide Hände entgegen. Beinahe so, als wollte sie ihn segnen. „Du hast also deinen persönlichen Schutzpatron, der über dich wacht."

Daraufhin wurde sie jedoch rasch wieder ernster. „Und außerdem", sagte sie, „habe ich schon vorher von einer Runenmagie gehört, wie du sie erwähnt hast. Du erinnerst dich? Wir haben darüber gesprochen. Ich habe sie auch direkt erfahren und habe sogar einen Teil dieser Magie eine Zeit lang mit mir herumgetragen."

Ja, er erinnerte sich jetzt an dieses Gespräch, doch in den turbulenten Ereignissen der letzten Tage, hatte er es ganz aus dem Gedächtnis verloren. Seit der Begegnung mit den Birgenvettern hatte sich einiges bei ihm verändert.

Kunja, die dastand und Amara ganz seltsam musterte, erweckte seine Aufmerksamkeit. Hatte er sie bemerkt, weil ihr Blick auch ganz kurz zu ihm hingestreift war? Was auch immer, jedenfalls betrachtete sie jetzt wieder Amara mit leicht schräg gelegtem Kopf und einer Miene, die leicht zweifelnd und argwöhnisch war. Diese gefurchte Stirn kannte er nur zu gut von ihr. Sie fragte sich, was sie von alledem halten sollte. Warum? War sie Amara nicht dankbar? Oder war sie nur widerwillig deren Ruf gefolgt? Jedenfalls wirkte sie, als wollte sie auf Amaras Zügen ergründen, was bei ihr dahintersteckte.

Sicher, es gab gute Gründe, die sie in Hugen hielten.

„Na", fragte er, „ist es dir nicht furchtbar schwergefallen, deinen Schatz Nadragír zurückzulassen?"

Wie ertappt schreckte sie auf. In die gefurchte Stirn gruben sich zwischen den zusammengezogenen Augenbrauen hervor zwei Falten des Zorns. Die aber genauso schnell wieder verschwanden und einem ruhigen, lächelnden Gesichtsausdruck wichen. Beinahe heiter, doch nicht beinahe beseligt. „Darum musst du dir gewiss keine Gedanken machen." Sie hob die Augenbrauen. „Nadragír ist immer bei mir." Ihre Hand fand den Weg zu ihrem Herzen. „Näher bei mir, als einer wie du sich sicher vorstellen kann."

„Siehst du, du gehst nicht allein", sprach Amara. Es kam so rasch, als wäre ihr die Spannung zwischen ihnen nicht entgangen. „Niemand weiß besser als ich, wie wichtig es ist, in einer scheinbar aussichtslosen Situation Freunde an seiner Seite zu haben."

Sein Blick konnte nicht ganz von Kunja lassen, doch Amara sprach ihm aus der Seele. Er war aufrichtig dankbar, auf dieser wichtigen und schweren Reise seine Gefährten bei sich zu haben.

Für die es doch schließlich auch eine Art Heimkehr war.

Und bei dem, was vor ihm lag, konnte er jede Unterstützung gebrauchen.

Fortsetzung folgt in Band 4 „Runenschmiede"...

NACHWORT

RINGE, BILDER, O.G.-EGOKRAM, SCHREIBPHILOSOPHIE (KEINE „SCHREIBTIPPS") UND ZIELE

Warten wir noch immer auf den Einen, den namensgebenden Ring (... *die Klammer zu bilden, die Bände zu binden, muhaha ...*), obwohl doch schon einige „Ringe" aufgetaucht sind? Ist er vielleicht gar vorgekommen? Liegt er direkt unter unserer Nase, und seine wahre Natur wird bisher noch von Schatten verhüllt?

Während einige darüber grübeln, stellt sich vielleicht manchen eine andere Frage: Wo bleiben die Bilder?

Ja, ich bin euch eine Erklärung schuldig.

Ich hatte irgendwann wieder meinen Zeichenkram hervorgeholt. Das echte O.G.-Zeug, nicht die Fineliner und Marker. Oder gar das Grafiktablett. Nein, Tusche, Federn, Pinsel und all den Kram, mit denen man vor den schnellen digitalen Lösungen der eigenen Vision Gestalt verleihen konnte. Mit denen das Gestalten zu einem Sinneserlebnis (der Geruch von Tusche, das Kratzen der Federn) und deine Hände und Fingernagelunterseiten (manchmal auch die Zungenspitze) zu schwarzverklebten und -verfleckten Zeugen deiner Mühen wurden.

In nostalgischem Enthusiasmus hatte ich auf Instagram

verkündet, dass ich zu jedem Kapitel eine Header-Zeichnung machen würde. Und ich hielt das für eine verdammt gute Idee.

Hold my beer!

Joh …

Der erste Band war geschrieben, der zweite stand an, aber davor sollten ja die Zeichnungen kommen, richtig?

Ich sitze da, bereite mein Skizzenblatt für die Thumbnails vor, die mir einen ersten Überblick verschaffen sollen. Dafür muss ich die Kapitel durchzählen … und stutze zum ersten Mal.

Holy Moley, sind das viele!

Aber nicht bange machen, Hintern in den Stuhl, ran an die Arbeit …

…

Ich mach's kurz.

Es dauerte nicht besonders lange – die Sonne ging auf und die Sonne ging unter, und der Akt war durch –, da wurde mir klar, wie lange ich eigentlich für diesen Job brauchen würde, wenn ich ihn nicht hastig runterschludern wollte. Und etwas, das man hastig runterschludern muss, ist es meiner Meinung nach nicht wert, überhaupt getan zu werden. Leichtigkeit und gutes Gelingen liegen darin, etwas gewissenhaft, nach bestem Vermögen und nach dem eigenen Rhythmus zu tun.

In der Zeit, die ich für die Kapitelzeichnungen gebraucht hätte, wäre der nächste Band schon mehr als halb geschrieben worden. (Ich hatte mit meiner Vermutung übrigens recht, was den Folgeband betraf.)

„Wirklich? Willst du das wirklich machen?", fragte ich mich also.

Bist du in erster Linie ein Autor oder ein Zeichner?

Die Antwort war klar: Ich bin ein Erzähler – whatever it takes.

Mit welchen Mitteln auch immer, die Geschichten wollen erzählt werden.

Braucht es dazu wirklich die Zeichnungen?

Wer braucht die Zeichnungen vor allem? Mein Ego? Aber das stand dabei dem größeren Ziel im Weg.

Das Bier war inzwischen warm geworden und schmeckte so schal, dass man damit nicht mal mehr die Tablette runterspülen wollte, um die Kopfschmerzen zu vertreiben, die einem der ursprüngliche Entschluss bereitete.

Die Sonne ging unter, die Sonne ging auf.

Es gibt Menschen, die diese Doppelnatur ausleben. Kunst und Schreiben. Vielleicht noch Musik (die auch noch irgendwo bei mir keimt – manchmal schreibe ich noch immer Songs). Aber die Frage ist für mich, wer derzeit (und ich betone *derzeit*) die Zügel hält.

Also … Ho, Brauner!

Keine Zeichnungen, keine kreative Doppelexistenz, dafür aber die Bände in schnellerer Folge. Ich glaube, das ist im Interesse des Projekts „Der Ring der Elfen", und die Leser werden mir wahrscheinlich am Ende zustimmen.

Außerdem war es hauptsächlich mein Ego, das diese schönen Zeichnungen wollte, mit denen ich angeben konnte.

Zudem habe ich ein gespaltenes Verhältnis zu Illustrationen in Geschichten. Das habe ich schon bei den ersten Skizzen bemerkt.

Eigentlich … ganz eigentlich will mein tieferes Ich nicht, dass meine Leser all die Bilder schon vorgegeben bekommen. Ich will den Lesern nicht ihre eigenen Bilder und damit ihr ganz eigenes Buch rauben. Sie sollen alles selbst in ihrer Vorstellungskraft formen und damit das Buch zu ihrem ganz persönlichen machen.

Nachdem ich das letzte Wort geschrieben habe, gebe das Buch in eure Hände – macht damit, was ihr wollt.

Ich habe danach nichts mehr zu sagen. Erst recht nicht, was es für irgendjemanden zu bedeuten hat. Ich habe meinen Autorenteil längst erledigt: Ich habe die Bilder bereits gemalt – das ist mit dem Schreiben geschehen. Jetzt macht euch eure eigenen Bilder!

Denn das ist der beste Tipp, den Stephen King für mich bereit hielt: Du kannst etwas schreiben, wenn du es vor dir siehst.

Ich denke, es ist nach allem, was ich über King weiß, im Sinne des Meisters, wenn ich hinzufüge: Dann, wenn du es erst mal siehst, mach dir keine Gedanken mehr um das Geschäft und die Technik des Schreibens. Oder um schöne und tolle Wörter.

Jemand bat mich mal um Schreibtipps. Ich war um eine Antwort verlegen. Das Beste, was ich sagen konnte, war: Erzähl, was passiert!

Das ist zwar richtig, aber in Wirklichkeit ist es etwas komplexer. Das Üben kommt vor allem anderen. Aber wenn das geschehen ist und du so weit bist: Sieh es vor dir, und schreib auf, was passiert.

Tja, das ist jetzt etwas länger und etwas mehr geworden als nur die simple Antwort auf die Frage: Wo sinnen die Bildah?

Oben stand das Wort „derzeit".

Nichts ist in Stein gemeißelt.

Ich möchte nicht ausschließen, dass ich irgendwann einmal wieder eine schön illustrierte oder sonstwie grafisch edel gestaltete Ausgabe herausbringe.

Andere Dinge haben derzeit Priorität. Sie rufen mich … ohne Scheiß! Bringt man erst einmal dieses manchmal nervig zappelnde und brabbelnde Ego zur Ruhe, wird es eigentlich sehr klar, was als Nächstes vor einem liegt und was man tun muss.

Jetzt gibt es erst einmal zusätzlich zum Taschenbuch eine Hardcover-Ausgabe, an der ich sehr viel Freude habe. Ihr hoffentlich auch.

Und alles Weitere?

Wie meinte Antonio Banderas in „Desperado" als Selma Hayek ihn ständig fragte, ob er sich nicht mal endlich bedanken wollte?

„Kommt noch."

In diesem Sinne … Viel Spaß mit euren ganz eigenen Bildern!

Euer Horus

Die Saga von Auric dem Schwarzen

– Die standhafte Feste
– Der Keil des Himmels
– Der Fall der Feste

Elfenränke

Die Novelle „Drachenblut" und der Roman „Homunkulus"
in einem Band

Niemandsland-Saga

– Der Pfad der Wolfsklingen
– Der Pfad der Vergeltung
  Der Pfad des Vollstreckers

Der Pfad des Magiers

– Das Kind der Vorsehung
– Der Gefangene der Nebelfeste
– Der schwarze Meister
– Das Feuer der Magie

– Die Eiserne Krone
– Die Saat der Schattenhexe
– Die Stadt der Elfen
– Das Rabentor
– Der Ort der Vorsehung – Teil 1
– Der Ort der Vorsehung – Teil 2

Der Ring der Elfen

– Zwergengroll
– Elfenfreund
– Geisterhexer
(geplant:)
– Runenschmiede
– Moratraneum
– Ringträger
– Runenschwert
– Zwingfeste
– Drachentochter

Verlorene Hierarchien

Das Rad der Welten
– Stadt des Zwielichts
– Ruf der Anderswelt
– Die Feuer Ragnaröks
Schwerter der Anderswelt
– Der Thron der Anderswelt
– Rauch über Skandhur
Das Rad der Schatten
– Das Wrack der Ikaro
– Die Festung der Genienschmiede
– Die Flamme im Stahl

Der Prophet und die Söldnerin

Ein abgeschlossener Roman aus der Welt der Verlorenen Hierarchien

PERSONENVERZEICHNIS

DIE WICHTIGSTEN PERSONEN AUS „GEISTERHEXER“

Ama-Ria: Oberste Anführerin der Freien Vanarands, einer Rebellengruppe. Gefährtin Slagnis und der Brüder Buron und Hurn.

Amara Valerion: Junge Frau, die informell der Führungsriege der Sechzehnten angehört, ohne jedoch zum engen Kreis der Neun zu zählen, der neben Auric allein aus Ninraé besteht.

Auric Torarea Morante, der Schwarze General: Anführer der Sechzehnten, der geheimnisvollen Grauen Schar, die den Kinphauren zusetzt. Der ehemalige General Auric Torarea Morante, Anführer der untergegangenen Sechzehnten Division, der sogenannten Barbarenbataillone des Idirischen Heeres.

Béal: Angehöriger des Rings der Neun, der Führungsriege der Sechzehnten. Stammt aus der Ninraéfeste Himmelsriff.

Brannaik-Var: Einer von Kinphaidranauks höchsten Unteranführern, der für die Einigkeit der ansonsten zerstrittenen Kinphaurenklans sorgt. Sein Name bedeutet „der Vollstrecker".

Bruc: Angehöriger des Rings der Neun, der Führungsriege der Sechzehnten. Stammt aus der Ninraéfeste Himmelsriff.

Buron und Hurn: Die hünenhaften Brüder sind die Gefährten Ama-Rias. Gehören zur Führung der Freien Vanarands, einer Rebellengruppe.

Cedrach: Angehöriger des Rings der Neun, der Führungsriege der Sechzehnten. Stammt aus der Ninraéfeste Himmelsriff.

Chik (Maisaczik): Ehemaliger Angehöriger von Leutnant Danaks Milizkader, der aus Bilginaum stammt und zusammen mit ihr in den Widerstand ging.

Choraik (Mainrauk Choraik d'Vharn): Ehemaliger Hauptmann der Stadtmiliz Rhun, jetzt gemeinsam mit Danak Anführer der Turmgarde, einer Rebellengruppe. Ist zwar der Sohn von Menschen, fühlt sich jedoch als Kinphaure und wurde einer von ihnen.

Danak: Ehemaliger Leutnant der Stadtmiliz Rhun, die bei den Aufständen von Rhun in den Widerstand ging, jetzt gemeinsam mit Choraik Anführerin der Turmgarde, einer Rebellengruppe.

Darachel: Angehöriger des Rings der Neun, der Führungsriege der Sechzehnten, guter Freund und Vertrauter Aurics. Stammt aus der Ninraéfeste Himmelsriff.

Dunjak-Dhar: Runenschmiedin und Meisterin von Erion und Agranor.

Duvruk (Duvruk-Haik): Ein Duerga aus Kharnuk-Bragha und einer von Erions besten Freunden.

Eisenkrone: Die charismatische Führerfigur hinter dem Aufstand der ehemaligen idirischen Ostprovinzen. Erhebt Ansprüche auf den Thron des einstigen Reiches Lygarnien und das dazugehörige Herrschaftssymbol, die „Eiserne Krone von Lysdocha". Lygarnien war stetiger Konkurrent des Idirischen Reiches um den Führungsanspruch im Norden und wurde später zu einer idirischen Provinz.

Erion Leichtfuß: Halb Ninraé, halb Mensch. Ursprünglich aus Ishuk-Bragha stammend, wurde er mit den anderen überlebenden Bewohnern nach Kharnuk-Bragha verschleppt.

Esgart (aus Bagswick): Angehöriger der Turmgarde, dient in Hugen als Bote.

Evanaiya: Erions Mutter. Eine Ninraé, die einen menschlichen Mann geheiratet hat und nach dessen Tod ihre Rasse verließ.

Fianaike: Angehörige des Rings der Neun, der Führungsriege der Sechzehnten. Stammt aus der Ninraéfeste Himmelsriff.

Findrac: Angehöriger des Rings der Neun, der Führungsriege der Sechzehnten. Stammt aus der Ninraéfeste Mondfänger.

Gelion: Ein früherer Mitschüler von Amara auf der Magierschule des Einen Weges, der unvorstellbare Macht erlangte, dafür aber einen üblen Weg beschritt.

Grausling (auch Dudjim genannt): Etwas merkwürdiger Begleiter Amaras, der sich als deren Leibwächter sieht.

Grolk: Ein Grolk, eines der Tiere, die in den Höhlen von Kharnuk-Bragha leben.

Hauptmann Gangratz: Anführer einer Einheit, der Erion im Rebellenheer zugeteilt wird.

Horam Horamsohn: Angehöriger einer Einheit, der Erion im Rebellenheer zugeteilt wird.

Hugar-Vhan und Jagha-Bho: Die beiden obersten Duergaschergen von König Morlugh.

Kinphaidranauk: Der „Zorn der Kinphauren", die unheimliche und geheimnisvolle Heerführerin, die alle vorher zerstrittenen Klans der Kinphauren unter sich einte und zur siegreichen Invasion des Nordteils des Idirischen Reiches führte.

König Morlugh: Der despotische Duergaherrscher von Kharnuk-Bragha.

Kunja: Erions Freundin von Kindesbeinen an. Wie er stammt sie ursprünglich aus Ishuk-Bragha, wurde aber nach Kharnuk-Bragha verschleppt. Eine Dwerc, Abkömmling eines Zweiges, der sich aus der Vermischung von Firimduerga und Menschen entwickelt hat.

Langer Firk: Angehöriger einer Einheit, der Erion im Rebellenheer zugeteilt wird.

Lhuarcan: Angehöriger der Sechzehnten. Ursprünglich Angehöriger des Rings der Neun. Stammt aus der Ninraéfeste Himmelsriff.

Malaiar (Malaiar-Jhin): Eine Firimduerga aus Kharnuk-Bragha, begnadete Stollenspürerin.

Mercer: Ehemaliger Angehöriger von Leutnant Danaks Milizkader, der mit ihr in den Widerstand ging.

Murnig: Brummiger Angehöriger einer Einheit, der Erion im Rebellenheer zugeteilt wird.

Nadragír: Angehöriger des Rings der Neun, der Führungsriege der Sechzehnten. Stammt aus der Ninraéfeste Himmelsriff.

Sandros Moridian: Ehemaliger Angehöriger von Leutnant Danaks Milizkader. Schwarzes Schaf aus gutem Haus, der zusammen mit Danak in den Widerstand ging.

Sekainen: Angehörige der Sechzehnten. Ninraé, die eine Liebesbeziehung zu Auric hat. Stammt aus der Ninraéfeste Himmelsriff.

Siganche: Angehörige des Rings der Neun, der Führungsriege der Sechzehnten. Stammt aus der Ninraéfeste Himmelsriff.

Sindaurak: Ranghoher Angehöriger der Bannerklingen, den sich Brannaik-Var zur engen Zusammenarbeit herangezogen hat.

Turam (Turam-Jhir): Ein Duerga aus Kharnuk-Bragha und einer von Erions besten Freunden. Beinah unzertrennlich mit Duvruk.

Viancar: Einer von Findracs Gefolgsleuten, dem Erion unterstellt wurde.

Yauso der Succurus: Also … hm, tja … Geheimnisvolles Wesen aus der Welt hinter dem Feuer.

GLOSSAR

DIE WICHTIGSTEN BEGRIFFE AUS DER WELT DES „RINGS DER ELFEN"

Anaudragor: Der letzte Drache, der Alte Drache, Heerführer, der sich in der Doppelgestalt von Kinphaure und Drache verkörperte und in den Späten Feuerkriegen die Welt mit einem furchtbaren Eroberungskrieg überzog.

Bannerklingen: Klanunabhängige Kinphaurenorganisation, die besondere, oft geheime Aufgaben übernimmt.

Birgenvettern (auch Sirith-Drauk): Die Magierkaste der Kinphauren.

Drachenklingen: Die Leibgarde Kinphaidranauks.

Duerga: Eine nichtmenschliche Rasse, kolosshaft groß, deren Körper mit Hornplatten bedeckt sind; ihr Hauptzweig wird landläufig *Trolle* genannt.

Dwerc: Eine Rasse, die aus der Vermischung von Firmduerga und Menschen entstand.

Elfen: Bezeichnung für bestimmte menschenähnliche, aber nichtmenschliche Rassen. In der „Niemandsland-Saga" und dem „Pfad des Magiers" sind damit meist die Kinphauren gemeint. Das Wort wird allerdings auch auf eine Rasse angewendet, die von den Menschen „die Ninre" genannt wird.

Erzverheerer: In den Feuerkriegen die ersten Diener und Heerführer des Alten Drachen Anaudragor.

Feste Himmelsriff (Nin-c'ron-vinhwe, Nincavaer): Eine Feste, in die sich die Ninraé aus der Welt zurückgezogen hatten. Herkunftsort der Angehörigen des ursprünglichen Neuen Rings der Neun.

Feste Mondfänger (Van K'hirom Na'ar): Eine Feste, in die sich die Ninraé aus der Welt zurückgezogen hatten.

Feuerechsenleder (auch Drachenhaut genannt): Material, aus dem harte und leichte Rüstungen hergestellt werden. Die Tiere, aus deren Häuten es gewonnen wird, kommen nur in den Sümpfen Kvay-Nans vor. Es wäre falsch, wegen des Namens davon auszugehen, dass es sich um mit Drachen verwandte Geschöpfe handelt.

Firimduerga: Unterzweig der Duerga, von stämmigem Körperbau und kleiner als Menschen; landläufig auch *Zwerge* genannt.

Flamme Vanarands: Unter dem Eindruck der Freien Geister benennen sich die Freien Vanarands in „Flamme Vanarands" um.

Freie Vanarands: Eine Rebellenorganisation gegen die

Kinphaurenherrschaft. Benennt sich unter dem Eindruck der Freien Geister in „Flamme Vanarands" um.

Freie Geister: Eine Organisation von Menschen, die u.a. fordern, dass die ,*unnatürliche Verdammung der Kinphauren*' endlich aufhören müsse.

Front der Menschen: Eine aus Menschen bestehende Organisation, welche die Kinphaurenherrschaft gutheißt, da man in ihr ein nachahmenswertes Beispiel sieht, dass nur ein wehrhaftes Volk unter einer starken, autoritären Herrschaft bestehen kann.

Geistesboten: siehe „Senphoren"

Gesang vom Bergsturz: Ein vom sogenannten „Skalden" gedichtetes Lied, das den Sieg des Zusammenhalts und einer verschworenen Gemeinschaft über jede Unterdrückung und jedes Hindernis besingt.

Grolk: Eine Tierart, die in den Höhlen Kharnuk-Braghas lebt.

Heiliges Ostnaugarisches Reich: Nach der Invasion der Kinphauren entstandener Staat auf dem Gebiet der ehemaligen idirischen Ostprovinzen, der mit den Kinphauren verbündet ist.

Homunkulus (kinphaurisch: Kunaimrau): Ein künstlich für Krieg und Kampf erzeugtes Geschöpf. Es gibt verschiedene Klassen von Homunkuli, unter anderem den Moloch-Homunkulus und den Brannaik-Homunkulus.

Hugen: Zweitgrößte Stadt Vanarands, der ehemaligen idirischen Provinz Vanareum.

Idirisches Reich, Idirium: Weltmacht, die vor der Invasion der Nichtmenschen den größten Teil des Kontinents Naugarien sowie den Norden von Kumarautis beherrschte.

Inaimismus: Sammelbegriff für die zahlreichen Glaubensrichtungen, die Inaim als den einen oder obersten Gott verehren.

Kharnuk-Bragha: Rechts-vom-Berg, eine Duergastadt, die von den Bewohnern von Duarka-Vanur errichtet wurde.

Kinphauren: Elfenrasse, die schon seit uralten Zeiten die Feinde der Menschen sind. Zur Zeit der Späten Feuerkriege erlebten sie mit ihren Verbündeten ihre größten Triumphe. Sie leben im Land hinter den Gebirgsketten des Saikranon, in dem sich auch das Kalte Meer befindet.

Die Kinphauren gelten als zwieträchtig und ränkesüchtig und sind in ihre zahlreichen, sich bekriegenden Klans aufgespalten.

In neueren Zeiten haben sich mehrfach Invasionen über den Saikranon hinaus versucht, die aber nicht zuletzt auch immer wieder an ihrer Zwietracht untereinander scheiterten.

Erst die Anführerin Kinphaudranauk (was übersetzt „Zorn der Kinphauren" heißt) konnte die Klans so weit einen, dass es zu einer großen Invasion aller Kinphaurenklans und ihrer Verbündeten kam.

Kutte: Geheimdienst des Idirischen Reiches. Ist in den von den Kinphauren besetzten Ländern in den Untergrund und Widerstand gegangen. Geführt vom Verhüllten Kreis.

Lygarnien: Ein Land, das einst für das Idirische Reich der größte Konkurrent um die Macht in Mittelnaugarien war. Sein westlicher Teil wurde später zur idirischen Provinz Dagranaum. Nach der Invasion durch die

Kinphauren und dem Zusammenbruch der nördlichen Provinzen wird wieder der alte Name Lygarnien benutzt.

Mainchauraik: Bezeichnung der Kinphauren für Menschen. Vollständig: Athran-Mainchauraik. Ein anderer abfälliger Ausdruck der Kinphauren für die Menschen ist „Flachgesichter".

Nebelfeste: Eine ehemalige Schule für Ordensmagier des Einen Weges.

Ring der Neun (auch Neuer Ring der Neun oder Kreis der Neun): Die Führungsriege der Sechzehnten. Benannt nach einem Zusammenschluss aus lange vergangenen Zeiten.

Ninraé: Eine Rasse, welche of landläufig Elfen genannt wird – nicht zu verwechseln mit den Kinphauren – und die vom Rest der Welt zurückgezogen lebt. Manche halten sie für ausgestorben. Die Menschen nennen sie auch „die Ninre".

Ninragon: Ehrenname der Ninraé für Auric. Bedeutet „Elfenfreund, Freund der Ninraé".

Nordwehr: Aus Menschen zusammengestellte Hilfstruppe der Kinphauren, offiziell der Protektoratsgarde untergeordnet.

Orbus: Ein magisches Artefakt der Kinphauren, durch das Geistesbotschaften übermittelt werden können.

Ordensmagier: Vom menschlichen Orden des Einen Weges ausgebildete Kaste von Magiern.

Protektoratsgarde: Aus Menschen und wenigen Kinphauren bestehende Schutztruppe der Kinphauren, die aus der ursprünglichen Provinzgarde hervorging und von den Kinphauren zum Instrument der Herrschaft und Unterdrückung umgeformt wurde.

Rhun: Hauptstadt der ehemaligen idirischen Provinz Vanareum (Vanarand) und zu dieser Zeit wohl zweitwichtigste Stadt des Idirischen Reiches. Nach der Invasion der Kinphauren wurde sie zur Hauptstadt des von ihnen begründeten Niedernaugarischen Protektorats.

Schwerthaupt: Ursprüngliche Bezeichnung aus der idirischen Armee, die keine feste Rangbezeichnung darstellt, sondern immer für den Anführer einer bestimmten Einheit verwendet wird.

Sechzehnte, die Graue Schar: Geheimnisvolle in graue Mäntel gekleidete Truppe, die immer wieder den Kinphauren Niederlagen beibrachte und dort, wo sie zuschlug, den Schriftzug „Die Sechzehnte lebt!" hinterließ, bezugnehmend auf die ehemalige Sechzehnte Brigade – die sogenannten „Barbarenbataillone" –, die unter dem General Auric Morante im Kampf gegen die Kinphauren unterging. Tritt inzwischen offen auf und ist eine Vereinigung größtenteils von Ninraé, die, anders als der Großteil ihrer Rasse, in dieser Welt verblieben, um als positive Kraft ins Weltgeschehen einzugreifen, u. a. um ein neues Dunkles Zeitalter unter Herrschaft Kinphaidranauks zu verhindern.

Senphoren: Geistesboten. Können auf geistige Weise Botschaften übermitteln, indem sie diese einer Schicht des Geisterreiches, dem Vellinium, einschreiben. Ihre Fähigkeit wird auch Weitsprechen oder Geistsprechen genannt.
  Ihre Botschaft versehen sie mit einer geistigen Signatur.

Diese Botschaft muss von demjenigen Senphoren, zu dem diese Signatur gehört, abgerufen werden.

Shirit-Ross: Pferdeähnliche, raubtierhafte Tierrasse, die von den Kinphauren als Reittiere benutzt werden. Auch oft als Kinphaurenpferd bezeichnet.

Skarvanien: Größtes Land des „Heiligen Ostnaugarischen Reiches", vor der Invasion der Kinphauren bestehend aus den beiden ehemaligen idirischen Provinzen Skarvanaeum Atanum und Skarvanaeum Tevanum.

Turmgarde: Rebellenorganisation, die sich ausgehend von Rhun aus der Stadtgarde entwickelte, die unter Choraik und Danak in den Aufstand gegen die Kinphaurenherrschaft ging.

Urnak: Gott der Duerga, wird meist als eine Abwandlung der allgemein verbreiteten Gottheit Inaim gesehen. (Siehe: Iniamismus).

Valgaren: Kriegerisches Volk im Norden Naugariens, das in verschiedene sich bekriegende Stämme zersplittert ist, einstmals als Verbündete der Kinphauren kämpfte und sich jetzt wieder unter dem Banner Kinphaidranauks sammelt.

Vanarand: Größtes Land im Norden Niedernaugariens, vor der Invasion der Kinphauren die idirische Provinz Vanareum mit der Hauptstadt Rhun.

Vikhnar-Var, der wilde Stamm: Ein Stamm der Kinphauren, deren Angehörige von ihren Rassegenossen mit Misstrauen betrachtet werden, da sie als kulturlose Barbaren gelten.

KARTEN

DER ÖSTLICHE TEIL
NIEDERNAUGARIENS | DIE
BEKANNTE WELT

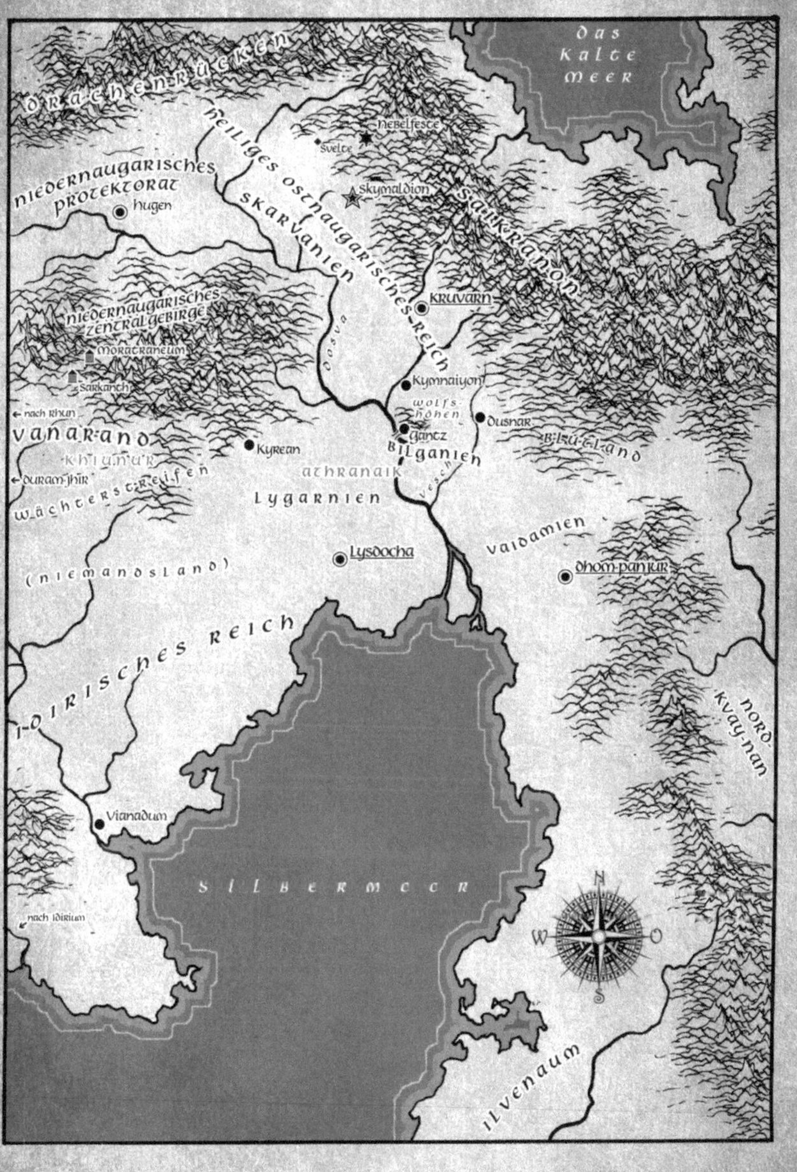

das kalte meer
drachenrücken
niedernaugarisches protektorat
hugen
heiliges ostnaugarisches skarvanien
nebelfeste
svelte
skymaldion
sankranon
niedernaugarisches zentralgebirge
moratraneum
sarkanch
kruvarn
oosva
nach rhun
vanarand
khiunur
kyrean
kymnaiyon
wolfs-höhen
dusnar
duram-jhir
gantz
bilganien
b-lü-e-land
wächterstreifen
athranaik
lygarnien
vesch
(niemandsland)
lysdocha
vaidamien
dhom-panjur
i-dirisches reich
nord-kvay-nan
vianadum
silbermeer
nach idirium
ilvenaum
N
W   O
S

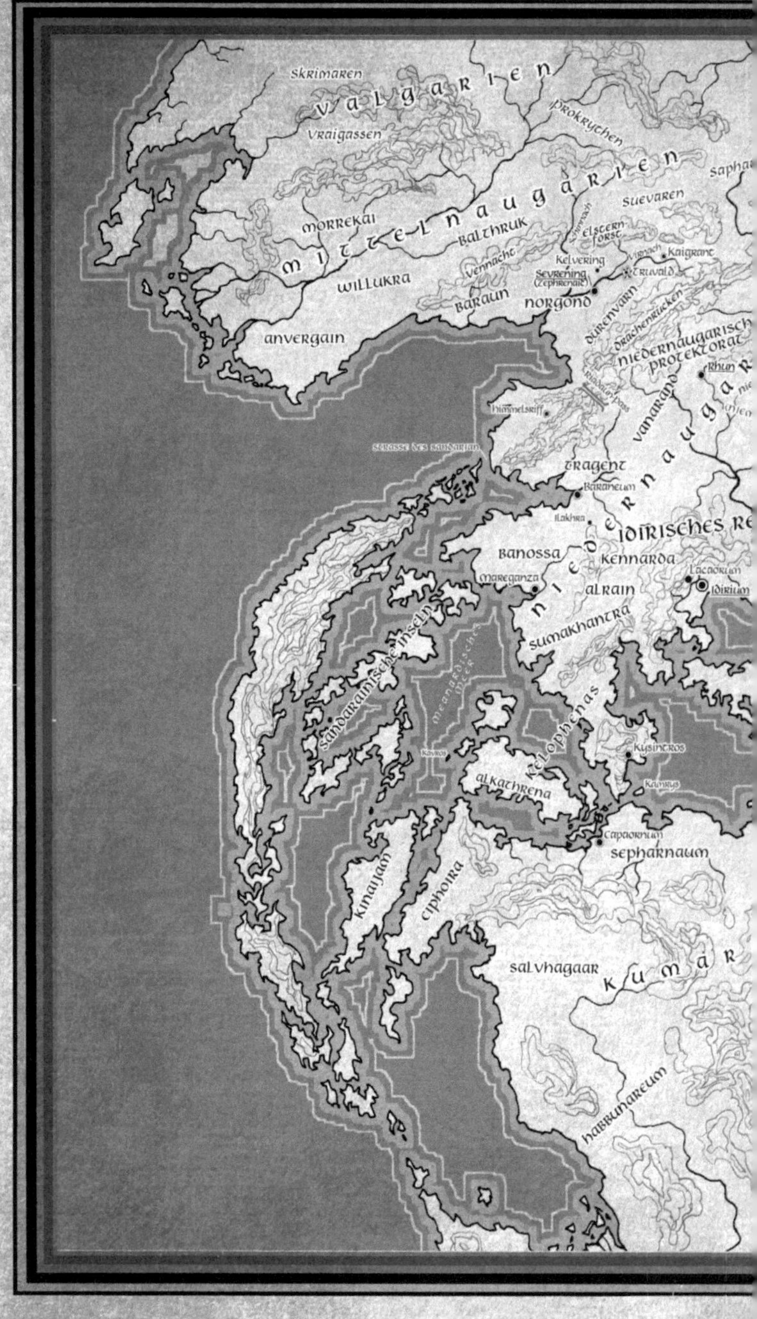

Skrimaren
VALGARIEN
Vraigassen
Prokrychen
saphau
MITTELNAUGARIEN
Suevaren
MORREKAI
Balthruk
Elstern
forst
Vennacht
Kelvering
Vignach
Kaigrane
Sevrening
Truvald
WILLUKRA
(Zephrenau)
Baraun
NORGOND
Durenvarn
ANVERGAIN
Drachenrücken
NIEDERNAUGARISCH
PROTEKTORAT
vanarand
Rhun
Himmelsriff
nie
anjen
SERASSE DES SANDARIAN
TRAGENT
Baraneum
Ilakhra
IDIRISCHES RE
BANOSSA
KENNARDA
Mareganza
ALRAIN
Lacnorium
Idirium
SUMAKHANTRA
Sandaraimische Inseln
Mäandrische
Meer
Kysintros
Kelophenas
Kavroa
Kamrys
ALKATHRENA
Capaorium
SEPHARNAUM
KINAIJAM
Eiphoira
SALVHAGAAR
KUMAR
HABBUNAREUM

ALTES MONDLAND
Trans-Saikranon
Abbydhon
Das Kalte Meer
Saikranon
Surnyaken
ARVANIEN
HEILIGES JUGARISCHES REICH
Kruvarn
Kymnayon
BIL'GANIEN
Gancz
(BLUTLAND)
ENIEN
VAIDAMIEN
Lysdocha
Dhom-Panjur
NORD-KVAY-NAN
KVAY-NAN
YIRKENIEN
ILVENAUM
SURKENYAREN
FREADORUM
MARRAKHON
IS
N
W
O
S

INHALT

Was bisher geschah …   1

TEIL I
MEHR ALS DER TOD

1. Der Zorn der Kinphauren   11
2. Straßenkampf   19
3. Dorn im Fleisch   35
4. Brandstifter   45
5. Hinterhalt   53
6. Am Wickel   62
7. In tiefster Hölle   69
8. Am Ziel der Wünsche   80
9. Am Arsch   96

TEIL II
WENIGER ALS DAS LEBEN

1. Dass dich nicht die Schweine beißen …   109
2. Das Grauen zieht die Schlinge zu   122
3. Im roten Schlamm   139
4. Im Herzen des Widerstands   144
5. Der Einschlag   158
6. Der Riss   175

TEIL III
EIN TRAUM VIELLEICHT

1. Auf der Schwelle   185
2. Im Kreuzfeuer   192
3. Kriegsrat   200
4. Eintagsfliegen   211
5. Hirngespinste   223
6. Der Schildkreis   231
7. Der Kübel   239
8. Das Urteil   249
9. Die Mission   259

10. Der Aufbruch   262
11. In der Unterzahl   269

Nachwort   279
Weitere Bücher von Horus W. Odenthal   285
Personenverzeichnis   289
Glossar   295

Karten   303

Über den Autor   311

ÜBER DEN AUTOR

Horus W. Odenthal schreibt phantastische Romane, meist Fantasy. Schon immer war es das Erzählen, das Horus im Blut lag. Schon immer war er davon besessen und konnte nicht dagegen an.

Sein erster Berufswunsch war es, Schriftsteller zu werden. Einmal als Kind „Der Schatz im Silbersee" gelesen, und alles war zu spät. Später kamen Conan und „Der Herr der Ringe" dazu.

Doch dann entdeckte er das Zeichnen und wurde mit seinen Comics unter dem Namen „Horus" in Deutschland und den USA bekannt. Trotz des Erfolges, trotz der Preise und Nominierungen für seine Werke, war er doch zunehmend unzufrieden mit den Geschichten, die er in diesem Medium erzählen und realisieren konnte. Comics schreiben und zeichnen war zwar schön, aber irgendetwas fehlte ihm dabei. Er hatte mehr und anderes zu erzählen, als für ihn in diesem Medium möglich war.

Als seine Frau ihn aufforderte „Dann schreib doch mal ein Buch.", war das für ihn ein Erweckungserlebnis. Von Stunde an war er süchtig nach dem Schreiben phantastischer Geschichten. Er hatte seine Berufung gefunden.

Gleich seine erste Fantasy-Trilogie wurde zweifach für den Deutschen Phantastik Preis nominiert, in den Kategorien „Bestes deutschsprachiges Romandebüt“ und „Beste Serie“.

Wenn er gerade nicht schreibt, liest er oder verbringt Zeit mit seiner Frau und seinen wundervollen Zwillingstöchtern.

Mehr über Horus und seine Bücher findest du auf:
horus-w-odenthal.de (oder über: ninragon.de)

facebook.com/Horus.W.Odenthal

instagram.com/horusw.odenthal

threads.net/@horusw.odenthal

tiktok.com/@horuswo